Editora Charme

O JOGADOR

BESTSELLER DO NY TIMES
VI KEELA

The Baller © 2016 by Vi Keeland
Direitos autorais de tradução © 2016 Editora Charme

Todos os direitos reservados.

Nenhuma parte desta publicação pode ser reproduzida, distribuída ou transmitida sob qualquer forma ou por qualquer meio, incluindo fotocópias, gravação ou outros métodos mecânicos ou eletrônicos, sem a permissão prévia por escrito da editora, exceto no caso de breves citações consubstanciadas em resenhas críticas e outros usos não comerciais permitido pela lei de direitos autorais.

Este livro é um trabalho de ficção.
Todos os nomes, personagens, locais e incidentes são produtos da imaginação das autoras.
Qualquer semelhança com pessoas reais, coisas, vivas ou mortas,
locais ou eventos é mera coincidência.

1ª Impressão 2017

Produção Editorial - Editora Charme
Modelo da capa - Jack Ryan
Designer da capa - Sommer Stein, Perfect Pear Creative
Fotografa - Simon Barnes
Criação e Produção Gráfica - Verônica Góes
Tradução - Bianca Briones
Revisão - Jamille Freitas e Ingrid Lopes

Esta obra foi negociada por Bookcase Literary Agency em nome de Rebecca Friedman Literary Agency.

Este livro segue as regras da Nova Ortografia da Língua Portuguesa.

CIP-BRASIL, CATALOGAÇÃO NA PUBLICAÇÃO
SINDICATO NACIONAL DE EDITORES DE LIVROS, RJ

Keeland, Vi

O Jogador / Vi Keeland
Titulo Original - The Baller
Editora Charme, 2017.
ISBN: 978-85-68056-41-7

1. Romance Estrangeiro
CDD 813
CDU 821.111(73)3

www.editoracharme.com.br

— Pintando meus dedos do pé. Eu coloquei uma primeira demão hoje de manhã, mas esta cor realmente precisa de uma segunda camada. Uma camada de esmalte, uma ova.

— Você tem que pintar as unhas no meu escritório?

— O meu escritório vai ficar fedendo.

— Mas não há problema de feder o meu?

— Você está sempre cheirando merdas assim. Livros, comida... Não ache que eu não te vi cheirar a nova bola de tênis que você tirou da caixa quando jogamos há algumas semanas.

— É diferente. Eu *escolhi* cheirar aquelas coisas. — Não era o momento de admitir que dois dias atrás eu tinha feito um pedido de esmalte de unha da L'Oréal. Por que ninguém inventou antes o esmalte de unha perfumado?

— Você está saindo, de qualquer maneira. — Ela encolheu os ombros. — Você tem que ir à entrevista com homens suados e seminus. Eu deveria ter feito jornalismo ao invés de marketing.

— Mas você é tão boa em vender para as pessoas um monte de porcarias...

— Você está certa. Eu sou. — Ela suspirou. — Ei... Easton estará de volta hoje.

— Eu sei. Duas semanas mais cedo do que se pensava inicialmente.

— Você sabia que seu apelido é Subway?

Eu a olhei.

— Ninguém o chama de Subway na imprensa.

— Ahh. Não é o apelido da imprensa.

Eu era cética, mas mordi a isca dela mesmo assim.

— Quem o chama de Subway, então?

— Mulheres. — Indie balançou as sobrancelhas. Seu batom vermelho brilhante era um tom mais claro do que seu cabelo cor de fogo. O look funcionava perfeitamente para ela, embora fosse difícil se concentrar em qualquer coisa além de seus lábios coloridos em contraste com sua pele pálida.

— Porque ele é originalmente do Brooklyn e pegava o metrô para visitar as mulheres?

— Não. Mas este não é um palpite ruim.

— Então me diga. — Pendurei minha bolsa de couro no ombro. — Eu preciso descer ao guarda-roupa e começar a me arrumar.

— É muito mais divertido fazer você adivinhar.

Saio do meu escritório, e Indie me segue para o elevador, apoiando o peso nos calcanhares para evitar borrar as unhas.

— Porque ele pode montar o dia todo?

— Não. Mas eu aposto que ele pode. Você viu a última dança celebrando o touchdown que ele fez? O homem pode girar o quadril estreito como um stripper profissional.

O elevador apitou, e ela me seguiu. Eu apertei o botão do segundo andar para o guarda-roupa.

— Porque ele arruma as mulheres como algo diário?

— Essa foi horrível.

— A menos que você vá ajudar a me vestir e me seguir para o estádio, acho que o nosso jogo acabou de qualquer forma.

O elevador parou três andares abaixo. Indie segurou as portas abertas, gritando comigo enquanto eu caminhava pelo longo corredor em direção ao guarda-roupa.

— Não é Subway por causa do metrô, é por causa das lojas de sanduíche. Você sabe... onde você pode conseguir um *delicioso herói de trinta centímetros*.

Eu balancei a cabeça, gritando de volta sem me virar.

— Adeus, Indie.

— Use vermelho, é a sua melhor cor. E um cinto largo. Algo que mostre essa sua cinturinha e bunda redonda. Tenho certeza de que o herói do Super Bowl do ano passado vai gostar do esforço extra!

Foi a minha segunda vez cobrindo o New York Steel, mas a minha primeira no vestiário. Eu fiquei do lado de fora, em pé, com dezenas de outros jornalistas, e tentei parecer tão indiferente quanto eles. A grande porta azul estava fortemente espancada, provavelmente vítima da frustração de um jogador. Várias vitórias do campeonato enquadram a porta de grandes dimensões; o sinal da vitória do Super Bowl do ano passado está estampado orgulhosamente no meio sob o logotipo da equipe.

Depois de alguns minutos, um segurança abriu a porta e fez sinal para que todos entrassem. Alguns repórteres levantaram suas credenciais enquanto passaram; outros, aparentemente, não precisavam de identificação. Henry, como o nome desgastado em seu uniforme de guarda indicava, saudou-os por seus primeiros nomes. Alguns repórteres perguntaram como sua filha estava se sentindo. Aparentemente, Larissa havia recentemente quebrado o braço jogando basquete. Este era um grupo muito unido.

Eu estava ansiosa para entrar, mas certamente não com pressa. A multidão se dispersou rapidamente, deixando apenas quatro de nós no corredor. Respirei fundo e andei para a porta, tentando não transparecer o meu medo. Eu sorri e levantei meu crachá, apontando para o dele. *Henry Inez.*

— Oi.

— Oi, Hi. — Ele balançou a cabeça. — Suas iniciais dão "oi" em inglês.

Bom trabalho em não mostrar o meu medo. Eu tendia a divagar quando estava nervosa. Ele olhou para mim, as sobrancelhas franzidas. Em seguida, pegou meu crachá, deu um tapinha no peito como se estivesse procurando os óculos de leitura, então suspirou e segurou o meu cartão a uma distância para ler.

— Tem um nome do meio, Delilah Maddox?

— Anne. — Ele sorriu.

— Dam.

A troca boba fez com que eu me acalmasse e deixei escapar a respiração que não tinha percebido estar segurando. Hi me estendeu de volta o meu crachá.

— Você é a filha do Tom, certo? — Eu assenti. — Trabalhou aqui por trinta anos. Eles não poderiam gostar mais dele. Um dos melhores atletas que já esteve nesta sala. Sem ego. Um verdadeiro cavalheiro. Sinto muito pela sua perda. Foi uma perda para todo o esporte.

— Obrigada.

Ele apontou para dentro do vestiário.

— Esses meninos? Nada além de ego. Não os deixe atingir você, ok, Dam?

Peguei minhas credenciais de volta com um aceno de cabeça e um sorriso esperançoso.

— Não deixarei.

A primeira coisa que me surpreendeu quando me dirigi para o interior do santuário esportivo foi o seu tamanho. Eu tinha visto fotos suficientes para saber que os vestiários eram grandes, mas, ao ver tudo por dentro, a grande extensão instantaneamente me impressionou. Largos armários estavam alinhados ao redor; a parte central era na maior parte de conceito aberto, com algumas áreas de estar localizadas. Cada área de estar tinha quatro poltronas largas de couro e uma mesa de vidro entre elas. Tudo estava muito imaculado e organizado. Uma prateleira iluminada mostrava os nomes em cima de cada armário, e os jogadores estavam conversando com repórteres em todo o lugar. O clima era leve e agradável, muito provavelmente devido ao placar no final do jogo: Steel ganhou por 28 a 0.

Ninguém pareceu notar a mulher solitária no centro da sala. Ou, se notaram, não pareceram incomodados. Meus ombros tensos relaxaram um pouco.

Encontrei Nick, meu cinegrafista, que já estava lá dentro, e vi que o kicker do Steel não estava ocupado, então me dirigi a ele para fazer algumas perguntas. Ele ainda estava de uniforme, mas tirou o resto da cobertura de proteção enquanto falávamos. Foi uma primeira entrevista fácil de conseguir e isso me deixou confiante.

— Obrigada pelo seu tempo, Aaron — eu disse quando a câmera foi desligada.

— A seu dispor. E de nada. Você substituiu Frank Munnard, certo?

— Isso mesmo.

— O cara era horrível. Fico feliz que tenha se aposentado. Ele falava metade dos nomes errados mesmo que estivessem escritos bem acima da nossa cabeça. — Ele inclinou o queixo até a enorme etiqueta acima do seu armário. — E obrigado pela última pergunta ser sobre treinar a equipe de futebol do meu filho. Ele vai ficar animado por saber que eu tive a oportunidade de mencionar seu nome para a câmera.

Eu sorri, lembrando de quando eu era uma garotinha e meu pai mencionou o meu nome na câmera. Isso fez com que eu me sentisse como uma celebridade. Eu não tinha pensado nisso, mas essas memórias podem ter tido muito a ver com o motivo de eu sempre fazer a minha última pergunta na entrevista sobre uma questão pessoal. Ao assistir meu pai semana após semana, ouvir sobre as estatísticas se tornou comum, mas os pequenos vislumbres da vida pessoal de um jogador sempre me chamavam a atenção; fazia com que estas pessoas parecessem mais reais e menos como estrelas do esporte.

Seguindo em frente, fiz uma varredura no ambiente. Uma gigante área da sala redonda estava lotada, jornalistas alinhados tão juntos que eu não poderia nem mesmo ter um vislumbre do jogador. Mas eu sabia quem eles estavam esperando sem ter que olhar para o nome acima do armário.

Brody Easton.

A todos os lugares que fosse, ele era seguido pela mídia inteira, principalmente porque era uma personalidade midiática arrogante e que lhes dava algo para contar. Não era de se admirar que a câmera amasse seu belo rosto e corpo, assim como faziam as mulheres que frequentemente o cercavam nas fotos.

Conversei com alguns outros jogadores, ignorando os que estavam em vários estados de nudez. Muita pele brilhava por todo lado, mas a maior parte eram peitos e bundas nuas. Quase todos os homens se viravam e encaravam seus armários enquanto se trocavam. Meus olhos poderiam ter se divertido um segundo ou dois na bunda apertada de Darryl Smith — caramba, que bunda musculosa —, mas eu rapidamente voltei a mim. Precisava agir como uma profissional, especialmente se esperava que os jogadores fizessem o mesmo.

Quando a multidão circulando Easton finalmente diminuiu, fui até lá. Ele tinha uma toalha enrolada ao redor da cintura e estava sem camisa. *Puta merda.* Talvez essa coisa de desintoxicação não fosse tão inteligente, afinal. Era como ir ao supermercado quando você não tinha comido há dias. E como eu tinha uma predileção por atletas, essa viagem ao supermercado foi preenchida com todas as minhas comidas favoritas. *Eu preciso me manter focada.*

O cinegrafista na minha frente levantou a iluminação para filmar, tirando minha atenção dos ombros de titânio de Brody para o seu rosto, que já havia estampado dezenas de jornais às segundas-feiras de manhã. Sua mandíbula era robusta e esculpida, com apenas uma sugestão de barba que apontava na pele bronzeada. Eu segui a linha esculpida das maçãs do rosto, passando pelos lábios pecaminosamente cheios e um nariz romano arrogante, antes de subir para os olhos mais incríveis que já vi. *Jesus. Ele é ainda mais sexy pessoalmente.* Olhos verdes-claros em formato de amêndoa brilharam sob grossos cílios escuros. Seus olhos eram cativantes de uma forma que me assustou. Eu balancei a cabeça em uma tentativa de me desconectar da magnética visão à minha frente. Felizmente, Nick chamou minha atenção de volta para a realidade.

— Easton tem sido persistente sobre as mulheres não serem permitidas no vestiário. Não conte com ele sendo tão cordial com você como ele é com os homens. — Nick estava filmando com a equipe havia mais de dez anos; sua advertência veio mais da experiência do que de rumores.

Eu também sabia sobre a rixa entre Brody Easton e Susan Metzinger, uma jornalista de um canal rival. Ela o expôs publicamente por usar linguagem baixa no vestiário, e este incidente se transformou em uma guerra de tabloides durante um mês. Ele sugeriu que ela não entrasse no vestiário de jeito algum e nenhum dos jornalistas masculinos parecia se importar. Ela escreveu uma página inteira sobre Easton, citando quando ele usou linguagem que ela achava degradante para as mulheres. As citações foram praticamente todas tiradas do contexto, mas o seu artigo foi acompanhado por meia dúzia de fotos nas quais seus olhos estavam na direção da bunda ou do decote de uma mulher. As coisas só se agravaram a partir daí. Isso aconteceu há mais de um ano, mas me preparei mentalmente para a reação do famoso quarterback.

— Você está pronta? — Nick jogou sua bolsa no ombro e levantou a câmera. O jornalista à frente terminou a entrevista e apertou a mão de Easton. *Como jamais estarei.*

— Sim. — Dei um passo à frente e estendi a mão. — Eu sou Delilah Maddox, da WMBC Sports News.

Um sorriso lento se espalhou pelo rosto de Easton. Ele me surpreendeu, inclinando-se e me beijando na bochecha.

— Prazer em conhecê-la.

Eu não tinha certeza se ele estava me provocando, esperando meu insulto por ele ter me beijado quando eu tinha apenas estendido a mão para cumprimentá-lo como meus colegas homens, ou se estava tentando usar sua exacerbada sexualidade para me afastar. De qualquer maneira, eu não ia cair em seu jogo. Limpei a garganta e fiquei reta, mesmo que meus joelhos estivessem um pouco vacilantes.

— Você se importa se eu lhe fizer algumas perguntas?

— Para que mais você estaria aqui?

Eu ignorei seu sarcasmo. Ele ainda estava sorridente para mim. Na verdade, foi mais como um sorriso bobo, e me fez sentir como um brinquedo com o qual ele estava prestes a brincar.

— Você está pronto, Nick? — Meu cinegrafista terminou de configurar a iluminação. Em seguida, levantou a câmera para a posição e me deu um sinal com a mão. — Parabéns pela vitória de hoje, Brody. Como está o seu joelho após o primeiro jogo de volta? — Eu levantei meu microfone alto, sabendo que Nick estava dando um close.

— Eu me sinto... — Ele ajeitou a toalha na cintura com indiferença e a puxou no canto, derrubando-a. — Ótimo. Eu me sinto ótimo. E você? É a sua primeira visita ao vestiário, não é? Você gostou do que viu até agora? — Seus lábios se ergueram em um completo sorriso perverso.

Antes que eu pudesse me impedir, meus olhos desceram para a sua nua metade inferior. *Merda.* Ele estava pendurado ereto no ar. Eu totalmente me distraí com o tamanho. *Subway.* O apelido era adequado pra caramba. Passou provavelmente um minuto inteiro antes que eu respondesse sua pergunta. *Um minuto silencioso no ar. Ótimo.*

— Sim. Humm... o vestiário é... hummm... ok.

Eu parecia uma desmiolada total. No ar. O idiota continuou me entrevistando.

— É tão grande como você pensou que seria?

— Hum... É muito maior do que eu imaginava.

Seu sorriso cresceu ainda mais. Argh. Eu precisava retomar o controle da minha primeira entrevista no vestiário ou me tornaria motivo de uma piada muito embaraçosa. Os espectadores não tinham ideia de que ele estava nu da cintura para baixo.

— Você acha que deu cem por cento hoje?

Suas sobrancelhas se ergueram.

— Se você está se referindo ao jogo de hoje, definitivamente. Eu estava cem por cento lá no campo. Há algumas outras áreas nas quais eu tenho um *grande potencial crescente*, mas meu joelho se sentiu cem por cento hoje.

Seus olhos verdes escureceram, e eu assisti seus longos cílios baixarem.

Segui sua linha de visão, e, de repente, eu estava olhando para seu pacote nu. *Mais uma vez. Droga.* Meus olhos dispararam de volta, mas senti minhas bochechas esquentarem. Eu tinha que acabar com isto ou ia ser uma beterraba vermelha no ar.

— Bem-vindo de volta. E parabéns pela vitória de hoje. — Eu esperei até que Nick baixasse a câmera e apagasse a luz, então, olhei diretamente para o rosto presunçoso de Brody Easton. — Você é um idiota e sabe disso, não é?

Seus olhos brilharam.

— Eu sei.

Ouvi as risadas e batidas de mão se cumprimentando às minhas costas enquanto saía do vestiário.

CAPÍTULO 2

Brody

— Bom dia, Sr. Easton.

— Bom dia, Shannon. Como ela está essa semana?

— Um pouco para baixo e não dormiu muito bem, mas suas visitas às terças-feiras sempre parecem animá-la. Ela está lá em cima e pronta para te receber. Acho que está na sala principal.

Grouper parou de varrer a sala quando me aproximei.

— Neto vai ficar desapontado.

— E essa merda não tem nada a ver com ele não conseguir a bola do jogo esta semana. Porra, o garoto tem o nome de um peixe.

Grouper riu e estendeu a mão.

— Você estava uma merda lá ontem.

— Você não pode apenas varrer essas porcarias? — eu disse, sorrindo. — Eu deveria falar com o administrador sobre chutar sua bunda velha para fora daqui. Parece que o lugar é limpo por um homem cego. E eu atirei por 228 jardas... isso não parece merda. Isso sou eu sendo espetacular pra caralho.

— Marlene vai lavar a sua boca com sabão se te ouvir usando essa linguagem.

Ele não estava brincando. Ela pode ter 80 anos de idade, mas a senhorinha ainda me assustava. Quando Willow e eu começamos a namorar, eu sabia que era Marlene quem iria cortar minhas bolas fora se eu machucasse sua neta, e não o avô de costas largas.

Passei mais um minuto trocando insultos com Grouper antes de ir para a sala de estar para ver Marlene. Eu não tive que procurar muito tempo. Havia apenas algumas pessoas na sala e a velha louca era a única usando um vestido de noite.

— Encontro quente hoje à noite, Marlene? — Ela estava sentada em sua cadeira de rodas. Inclinei-me e beijei sua testa. Levou um minuto, mas depois seus olhos sorriram, e eu sabia que a visita de hoje seria melhor do que a da última semana.

— Nossa, você está bonito.

— Eu sempre estou bonito. — Me virei para um canto da sala e posicionei sua cadeira à minha frente antes de me sentar no sofá.

— Você não deveria estar vestindo um smoking?

Ah, isso explica o vestido de noite. Como de costume, eu a acompanhei.

— Tive que treinar esta manhã. Vou me trocar daqui a pouco.

Ela assentiu.

— Diga à minha neta para usar um vestido azul. Vai destacar seus olhos.

Os olhos de Willow eram uma mistura entre o céu azul e a grama verde da primavera. Se ela usasse azul, seus olhos mudavam para água-marinha. Se usasse verde, seus olhos mudavam para um verde num tom de pedra preciosa. Eu sempre tinha preferido quando ela não usava nenhum dos dois, assim eu poderia olhar para aqueles olhos todos os dias e me questionar sobre que cor eu amava mais. A menos que a cor que ela usasse fosse sua pele, então meu foco já não seria mais em seus olhos.

— Eu vou me certificar de que ela vista azul.

Marlene ficou em silêncio por alguns minutos, e vi sua expressão, sabendo que ela estava indo para outro lugar. Eu só não sabia onde iríamos parar.

— Eu acho que alguém roubou os meus dentes.

Minhas sobrancelhas se ergueram.

— Seus dentes estão em sua boca, Marlene.

Lentamente, sua mão trêmula se estendeu e encontrou a dentadura branca perolada.

— Droga. Eu estive procurando-os por toda parte para nada.

Minha visita continuou no mínimo por mais uma hora, indo e voltando entre os tópicos, alguns com cerca de trinta anos e alguns atuais. Eu tinha que estar no estádio em duas horas para ver a reprodução do jogo. Não querendo uma multa de dois mil dólares por estar atrasado para uma reunião obrigatória, me levantei para me despedir.

— Você quer que eu te traga algo quando eu voltar?

— O Heidelman fica entre a rua 34 e a Amsterdam. Eu quero o sanduíche Reuben.

— Eu vou te trazer um quando voltar na próxima semana.

Me inclinei e beijei sua testa, sem lhe dizer que o Heidelman fechou há quinze anos.

— E não deixe que o velho Heidelman faça o sanduíche. Aquele velho é muito burro.

Eu ri.

— Entendi. Sem velho Heidelman.

— Dê um beijo em Willow por mim.

— Vou dar, e você não se esqueça de dizer a Grouper que seu quarto precisa de uma limpeza melhor, ok?

— Precisa? Ok.

Marlene queria ficar na sala de visitas, mas eu fui ao seu quarto vazio no meu caminho para verificar as coisas. Como de costume, estava impecável. Inferno, você poderia comer no chão dada a forma como Grouper mantinha o lugar. Mas eu gostava de fazer Marlene implicar com ele.

No meu caminho para a saída, o velho bastardo estava lavando as portas de vidro da frente. Eu esfreguei intencionalmente meus cinco dedos lá de ponta a ponta para deixar uma marca de mão na porta impecável.

— Você esqueceu uma mancha.

— Babaca.

— Com orgulho.

— Na próxima semana, eu quero duas bolas.

— As suas murcharam e caíram ou algo assim?

— Vá se ferrar.

— Até mais tarde, Grouper.

CAPÍTULO 3

Delilah

— Você não ouviu uma palavra do que eu disse? — gritei para Indie.

Estávamos no carro, dirigindo para o Baxter Bowl, um evento de caridade realizado anualmente em memória do ex-jogador Marcus Baxter. Marcus era um jogador do New York Steel que foi morto por um motorista bêbado, há seis anos. A equipe e a liga patrocinavam o evento de caridade desde então. A WMBC comprou três mesas esse ano. Foi o meu primeiro convite, mas Indie, como vice-presidente de Marketing, participava há anos.

— Eu ouvi. Ele é um babaca. Ele te mostrou o pau dele. Ele te envergonhou.

— E ainda assim você me pergunta se eu sonhei com ele na noite passada?

— Você sonhou?

— Não!

Talvez.

Ela encolheu os ombros.

— Eu sonharia.

— O cara é arrogante e grosseiro.

— Parece que ele é o seu tipo.

Ela foi certeira. O meu histórico de encontros não era o melhor. Eu tendia a me sentir atraída por caras do tipo errado.

— Não mais. Após esta longa desintoxicação, eu vou namorar apenas homens agradáveis, bem educados e confiáveis.

— Eu vou apresentá-la para o melhor amigo do meu pai, Hughey.

— Que engraçadinha.

— O quê? Ele é muito agradável. Eu juro. Tenho certeza de que é por isso que sua esposa se divorciou dele e se casou com o instrutor de dança de salão de quarenta e cinco anos. Ele era muito chato... quero dizer, agradável.

— Eu vou manter Hughey em mente.

— Então, o que você vai fazer na próxima semana se ele fizer isso de novo?

— Ignorá-lo e continuar a entrevista. Eu esperava que ele fosse um idiota, mas não que *me mostrasse o pau*. Ele me pegou desprevenida. Vou estar preparada na próxima vez.

— Eu estou pronta para ele agora. Se estivesse usando calcinha, ela poderia estar um pouco molhada só de eu pensar no corpo dele. Você acha que ele vai estar lá hoje à noite?

— Espero que não. — Uma minúscula parte sombria e masoquista do meu cérebro estava ansiosa para vê-lo. Embora nem no inferno eu admitiria isso.

Minha mesa no Baxter Bowl estava preenchida com uma interessante mistura de pessoas da WMBC e da Administração do Nova York Steel, incluindo o neto do proprietário da estação, o encantador Michael Langley, que também era chefe de operações de radiodifusão, o que tecnicamente o fazia chefe do meu chefe, o Sr. Porra.

Conversávamos há quase uma hora, e fiquei surpresa ao descobrir que tínhamos muito em comum. Nós dois fomos para Stanford, embora ele fosse alguns anos mais velho. Nossos pais tinham sido quarterbacks profissionais quando eram jovens, e ambos morreram cedo. A família Langley era lendária nos esportes de Nova York. O avô de Michael não só possuía a WMBC, mas também era o proprietário da maior parte do New York Steel. Quando tinham terminado de limpar os nossos pratos de jantar, Michael se inclinou para mim.

— Quer dançar?

— Claro. Eu adoraria.

Na pista de dança, ele me conduziu numa dança lenta; tinha uma mão firme e definitivamente sabia como conduzir. E era muito agradável para os olhos também. *Matt Damon de óculos*. Bem preparado, inteligente e bonito — minha noite poderia ser pior.

— Eu gosto do seu cabelo preso.

Gentil também.

O cabeleireiro tinha levado quase duas horas para domar meu volume rebelde de cachos escuros o suficiente para fixá-lo todo em cima da minha cabeça, mas alguns fios já tinham escapado.

— Obrigada. Você não fuma, não é? Porque eu tenho certeza de que, se eu chegar perto de um cigarro, posso pegar fogo com a quantidade de spray que o cabeleireiro teve que colocar para deixá-lo assim.

Michael sorriu.

— Não se preocupe. Sem cigarros para mim.

Por que não é *este* o tipo de cara com quem eu namoro?

Seguindo os passos de seu pai, Michael tinha jogado futebol americano na universidade até que um ligamento rompido encerrou sua carreira antes mesmo de ela começar. Seu conhecimento do jogo e o fato de ser um americano de boa aparência ajudaram na sua transição para narrador de jogos, apesar de a subida na cadeia de comando tê-lo deixado mais por trás das câmeras dos últimos anos.

— Você tem entrevistas planejadas nesta temporada? Eu adoraria te observar e aprender mais. Suas entrevistas sempre parecem uma conversa casual na sala de estar, em vez de em um estúdio cheio de câmeras.

— Obrigado. Na verdade, não tenho nenhuma agendada até agora, mas você acabou me dar uma razão para mudar isso.

Uma nova música tinha começado, e eu estava gostando da sua companhia quando uma voz atrás de mim disse:

— Posso interromper?

Minha cabeça virou, mesmo que eu não tivesse dúvida de a quem a voz grave pertencia. Michael foi galante.

— Eu odeio compartilhar, mas acho que monopolizei a mulher mais bonita do evento. — Ele soltou minha mão e deu um passo para trás com um aceno cortês. — Obrigado pela dança, Delilah.

Novamente, Brody Easton me pegou desprevenida. Antes que eu percebesse, estava dançando com o arrogante idiota. Ele passou os braços em volta de mim e puxou meu corpo, apertando-o contra o seu, com mais força do que Michael tinha me segurado.

— É bom ver você de novo, Lois Lane.

O homem tinha coragem, não posso negar. Eu o olhei diretamente nos olhos.

— É bom ver você com roupas, Easton.

— Você prefere sem?

— Eu prefiro você do outro lado da sala.

Ele deu uma gargalhada.

— Isso é o que acontece quando você decide que quer ir ao vestiário dos homens.

Tentei me afastar, mas ele apertou sua mão e me segurou no lugar. Estiquei o pescoço.

— Me deixe ir.

— Não.

— Não?

— Isso. Não.

— Eu posso gritar com toda a minha força.

— Eu gostaria de te ouvir gritar. — Seu tom deixou claro que significava que ele queria me fazer gritar enquanto eu estivesse debaixo dele.

— Você é um babaca, sabia?

— Eu sei. Você me perguntou isso ontem. Para uma repórter, você deveria realmente tentar mudar as suas perguntas com mais frequência.

Meus olhos se arregalaram. Easton desceu a mão para baixo na parte inferior das minhas costas antes de nos girar ao nosso redor na pista de dança. O idiota sabe dançar.

— Você está saindo com alguém?

— Você não pode estar falando sério.

Ele ignorou o meu comentário.

— Gostaria de jantar hoje à noite?

— Nós acabamos de comer.

— Sobremesa, na minha casa, então?

Eu não pude deixar de rir.

— Você bateu a cabeça no jogo de ontem?

— Está de dieta, né?

— Sim. É isso aí. Eu não quero ir à sua casa para a sobremesa porque estou de dieta.

— Bem, isso é uma pena. — Easton sorriu.

Ele era realmente muito inteligente e engraçado, mas ainda era um babaca.

A música terminou e a banda pediu a todos para se sentarem enquanto os vencedores do leilão eram anunciados.

— Eu diria que foi bom vê-lo novamente, mas eu não minto.

Easton sorriu, ele parecia gostar dos meus insultos. Mas antes que eu pudesse ir embora, ele agarrou minha mão.

— Ei. Tenha cuidado com Langley. Encontrei-o algumas vezes quando ele era só um repórter. O cara é um babaca.

— Não é irônico vindo de você?

— Eu sou o que você vê. Aquele cara não é.

Pelo resto da noite, me diverti muito. Indie me apresentou a um monte de pessoas que eu ainda não conhecia, e minha conversa com Michael foi de amigável para flerte. Algumas vezes, quando Michael e eu estávamos sentados na mesa conversando, eu olhei para cima para encontrar os olhos de Easton em mim. O sorriso que havia estado em seu rosto tinha desaparecido, e ele parecia quase irritado. Isso me fez inclinar para ainda mais perto de Michael.

Lá fora, eu esperava no estacionamento pelo carro de Indie, enquanto ela se despedia de algumas pessoas do setor de vendas corporativas. Michael se juntou a mim, enquanto traziam seu Porsche Spyder prata.

— Carro legal.

— Obrigado. Eu adoraria te dar uma carona um dia... talvez no caminho para um jantar?

— Eu gostaria disso, mas a minha agenda está um pouco louca nas próximas semanas.

Só mais vinte e oito dias para terminar a minha desintoxicação.

— Quando as coisas se acalmarem, então? — Ele me entregou seu celular, e enquanto eu estava gravando meu número, ele se inclinou. — Você tem um cheiro incrível. Eu quis te dizer isso a noite toda.

— Obrigada. É Rose, da Chloe. Eu comprei recentemente e não sabia que era tão floral.

— É perfeito.

Em vez de pegar o telefone de volta da minha mão, Michael passou os dedos em torno dos meus e me puxou para um abraço de despedida. Quando olhei para cima, Brody Easton estava olhando para nós. Ele parecia mais do que só irritado. Então eu fiz o abraço de Michael durar um pouco mais.

Na semana seguinte, o Steel foi escalado para jogar em casa de novo, por isso não haveria viagem no meio da semana, mas eu estava fora da cidade cobrindo a final do Hall da Fama do Basquete. Dirigi quatro horas de volta para casa no sábado à noite para me certificar de que estaria no estádio a tempo para o pontapé inicial na manhã seguinte. Eu assisti ao jogo dos bastidores, auxiliando nos comentários da emissora. Depois que o Steel venceu novamente, rumei para o vestiário. Eu não perdi tempo desta vez. Em vez disso, fui direto para a fila para entrar quando o segurança abriu a grande porta azul.

— O que há, Dam? — Henry bateu a mão na minha em um cumprimento.

— Oi, Hi. Eu trouxe uma coisa.— Enfiei a mão na bolsa e tirei uma foto assinada do Rochelle Travers, estrela da temporada da WNBA. — Eu ouvi alguns dos jornalistas dizerem que sua filha quebrou o tornozelo jogando basquete. Eu cobri o fechamento do Hall da Fama esta semana, e Rochelle estava lá. — Meus olhos apontaram para a foto brilhante. — Espero que eu tenha soletrado Larissa certo.

Henry deu um tapinha no peito e tirou os óculos da lapela do uniforme.

— Bem, olhe só! Isto vai fazê-la achar que sou um pai muito legal. Muito obrigado, Delilah Dam.

— Sem problemas.

Eu fui uma das primeiras dentro do vestiário. Outro repórter já estava se preparando para entrevistar Easton, mas eu pretendia acabar com isso o mais rápido possível, então me aproximei com Nick atrás de mim. Brody estava falando sobre seu joelho, mas, no minuto em que me notou, um sorriso se espalhou em seu rosto. Merda. *Ele usava só uma toalha novamente.* Eu estava muito preparada para a entrevista e sabia como iria lidar com o quarterback arrogante se ele começasse a brincar outra vez, mas esse maldito sorriso me deixou nervosa.

Quando chegou a minha vez, dei um passo para frente com uma atitude que demonstrava que eu não tinha tempo para besteiras.

— Como é que vai ser hoje, Easton?

— Será que você pensou em mim esta semana enquanto estava em Boston? — Eu levantei uma sobrancelha.

— Me vigiando, é?

— Admita que pensou em mim, e eu vou pegar leve com você hoje.

— Eu estou pronta para você e seus joguinhos. Você não tem que ir com calma, jogue tão pesado quanto puder. — Fiz um gesto para Nick começar a gravar.

Easton virou e prontamente deixou cair a toalha. Estávamos ao vivo.

— Parabéns por mais uma grande vitória esta semana, e por seu rápido touchdown.

— Obrigado.

Eu sustentei seus olhos por alguns segundos, em seguida, meu olhar deliberadamente pousou diretamente em sua masculinidade.

— Foi uma curta corrida. O quê, cerca de dez centímetros?

— Ah, não. Foi definitivamente mais de dez centímetros. Eu diria que pelo menos trinta centímetros.

— Eu acredito que os números oficiais são de dez centímetros. Homens e suas histórias de pescadores — eu repreendi. O sorriso de Easton ficou um pouco menos arrogante. E estava contido com indignação. Eu estava feliz, mas ele claramente não estava. — Diga-me, o que você mudou no segundo tempo? Antes do intervalo, parecia que estava tendo problemas com seu passe de jogo. Wren Jacobs ainda golpeou duas de suas tentativas de passar a bola para Daryl Breezy. Você estava tendo problemas para levantar?

Os olhos de Easton se estreitaram.

— Não. Eu não estava tendo problemas para levantar. Só precisava de uma melhor proteção. O treinador fez algumas mudanças no intervalo, que cobriram as lacunas que estávamos abrindo em nossa linha ofensiva. Uma vez que havia a proteção, fui capaz de deslizar diretamente para dentro.

Assim como eu tinha feito, Easton sustentou o olhar por alguns segundos, em seguida, olhou para baixo, levando meus olhos com ele. O controle da minha entrevista foi para o inferno no segundo em que percebi que ele estava ficando excitado.

Quando olhei de volta, ele estava sorrindo como o gato de Alice no País das Maravilhas. Então, ele tomou o controle da *minha* entrevista mais uma vez.

— Bruce Harness fez um excelente trabalho hoje. Esse bloqueio no início do segundo tempo mudou a dinâmica.

— Esse bloqueio o fez entrar no top dez dos líderes na carreira de bloqueador — respondi.

O sorriso de Easton desapareceu. Ele pareceu surpreso por eu saber as estatísticas dos bloqueadores de cabeça.

— Você está certa. Mais cinco, e ele poderia conquistar o recorde de todos os tempos de melhor bloqueador.

— Mais seis — eu o corrigi.

— Cinco.

— Seis.

— Cinco.

— Herman Weaver, 1970 a 1980. Começou com Detroit e terminou com Seahawks. Quatorze bloqueios. Harness tem oito. Ele precisa de mais seis para quebrar o recorde.

Easton abriu a boca para falar, depois fechou de novo. Eu recuperei o controle da minha entrevista.

— Uma última pergunta. — Eu me virei e vi a fila de repórteres impacientes atrás de mim. — Seu joelho está pronto para enfrentar os Chargers pelo primeiro lugar na próxima semana na Califórnia?

— Você vai estar lá para cobrir?

— Sim, eu irei.

— Então você pode apostar que estarei pronto.

CAPÍTULO 4

Brody

— Vamos logo!

O esfregão de Grouper bateu no chão, e ele começou a se movimentar pelo longo corredor. Shannon, a enfermeira encarregada do turno diurno, passou, balançando a cabeça. Não foi a primeira vez que ela nos viu fazendo uma merda como esta... Jogamos desde antes de Grouper ter alguma dificuldade de caminhar. A cirurgia de quadril o derrubou há alguns anos. Agora, meus passes eram mais do que uma bola, poderiam ser como uma bala.

— Ele tem 69 anos— Shannon falou por cima do ombro. — Um dias destes, você vai causar um ataque cardíaco naquele doce velho. — Eu a peguei sorrindo enquanto ela continuou.

Quando Grouper chegou ao final do corredor, eu mandei a bola em espiral por dezoito metros até que caiu diretamente em suas mãos.

— Eu ainda consigo pegá-la. — Ele voltou na minha direção.

— Você nunca consegue. Eu coloquei a bola em suas mãos.

— Besteira. Você não joga bem merda nenhuma. Todo mundo sabe que um passe só é tão bom quando o receptor é bom.

— Será que o pequeno Guppy sabe o quão desrespeitoso seu avô é com seu ídolo?

— Pfft. Ídolo. *Eu* sou o ídolo dele.

Aos oito anos de idade, Grouper era um grande fã de futebol e um fã ainda maior de Brody Easton. No seu último aniversário, eu tinha ido à sua festa. Ele estava tão animado que chorou quando me viu. Isso me deu algumas semanas de provocações para usar durante os arremessos com o Grouper mais velho. Saí e parei no posto de enfermagem.

— Como foi a semana dela?

— Foi boa, de verdade — disse Shannon. — Ela quer ir às compras. Diz que precisa de roupas de baixo novas, mesmo que tenha uma gaveta cheia delas.

— Então, o ajudante vai levá-la às compras.

— Você quer que eu consiga um ajudante que a leve para um passeio que irá lhe custar um extra de trezentos dólares, mais o custo da roupa de baixo, mesmo que ela já tenha mais de quarenta.

— Isso vai fazê-la feliz?

— Eu acho que sim.

— Então, sim. Eu quero.

Ela sorriu.

— Vou agendar para esta semana.

Encontrei Marlene em seu quarto assistindo a uma reprise de The Price is Right. O show estava mostrando um jogo de Bullseye, no qual você tinha que somar o custo total de um monte de itens diferentes para chegar a um certo total.

— Oi, Marlene.

— Shhh.

Ela tinha um bloco de papel e lápis, e sua mão trêmula estava furiosamente anotando os preços enquanto eles mostravam cada item. Bob Barker levantou um galão de leite e eu furtivamente espiei em seu rabisco. *Quinze centavos.* Ok, então eu tinha uma ideia de em que ano nós estamos hoje.

Ela não estava feliz que seu total não estava ainda perto da resposta. Eu tentei fazê-la se sentir melhor.

— Eles sobem os preços apenas para tornar mais difícil para as pessoas.

— Eu acho que você está certo.

— Claro que estou. Eu estou sempre certo. E muito bonito também. — Abri o saco de papel que eu trouxe e desembrulhei o papel branco, revelando o Reuben que ela queria na semana passada.

— Você foi no Heidelman.

— Sim. — Ou talvez tenha ido a uma franquia do Ben's Kosher Deli que tomou conta do lugar há dez anos. Mas isso não era importante.

— Eu mal posso esperar para comer. Pode me passar meu estojo com os dentes?

— Seus dentes já estão em sua boca, Marlene.

Ela levou um minuto e confirmou que eu estava dizendo a verdade com um toque da unha no dente da frente. Mesmo que sua mente estivesse em todo lugar, seus dentes eram quase sempre uma conversa semanal.

— Willow veio me ver um dia.

— Isso é bom.

— Sim. Ela me disse o que fez.

Eu não fazia ideia do quê.

— Ah, sim. O que foi? Eu não consigo acompanhar todas as coisas que Willow faz.

— A piscina. Você sabe. Vocês dois deveriam ter vergonha. Da próxima vez, a polícia não vai ser tão boazinha.

Ela nunca deixava de me surpreender como conseguia se lembrar claramente de alguma coisa que aconteceu há mais de dez anos, e ainda não se lembrar de onde colocou os dentes há cinco minutos. Era quase como se suas memórias mais recentes fugissem primeiro. Eu esperava que a minha memória do incidente da piscina nunca desaparecesse para mim. Foi a primeira vez que vi Willow nua. E a noite em que percebi que a dor em meu peito por causa da garota que eu chamava de Willow Selvagem me assustava demais. Não era dor. Era amor.

— Foi tudo minha culpa. Willow tentou me convencer do contrário. Ela só pulou o muro para me tirar dali. Eu a joguei na piscina.

Marlene me olhou com ceticismo. Com razão. Ninguém em seu juízo perfeito iria acreditar que Willow tinha que ser convencida a fazer qualquer coisa imprudente. A menina sempre se arriscava, sorrindo, enquanto eu ficava observando, esperando para parar o sangramento, quando ela se machucasse. Essa era a coisa mais bonita sobre ela. E também a mais feia.

— Este é o meu último aviso. Se vocês dois se meterem em mais problemas, eu vou separá-los. Vocês dois agem como um casal de inconsequentes.

Eu peguei metade de seu Reuben e prometi me manter fora de problemas.

O JOGADOR

A ironia era que ela tinha ameaçado nos manter separados, mas, no final, ela foi a única coisa que nos manteve juntos.

CAPÍTULO 5

Delilah

— No que você está trabalhando? — Indie se jogou na cadeira do outro lado da minha mesa. Ela levantou as pernas e sentou em estilo indiano, mesmo que estivesse usando saia.

— Bonita calcinha.

— Você não consegue ver minha calcinha.

— Claro que consigo — eu blefei.

— É impossível porque eu não estou usando uma.

— Eu espero que tenha se sentado assim na reunião com o chefe do departamento que você teve há pouco.

— Claro que sentei. — Indie se inclinou para frente e pegou uma pilha de papéis na minha mesa antes que eu pudesse detê-la. Ela folheou alguns dos artigos que eu tinha imprimido.

— Brody Easton, hum?

— É pesquisa.

— Para quê? Uma entrevista com a revista Cosmopolitan? Eu não estou vendo quaisquer artigos relacionados a esporte aqui. — Ela abriu os papéis com os dedos e se abanou.

— Para o jogo desta semana.

— Sério? — Indie parou de se abanar e arrancou uma página de seu leque.

— O que você aprendeu com esta aqui?

Era uma foto de Brody de cueca. Uma cueca boxer preta apertada.

— Eu estava olhando para o joelho para ver se a foto foi tirada antes ou depois da cirurgia.

— Você estava olhando para o pau dele.

— Eu não estava. O cara é um babaca.

— Que mexe com você.

— Não mexe não.

— Mexe sim.

— Que seja. — Revirei os olhos. — Ele tem uma história única, sabia? Recrutado na primeira rodada aos vinte anos. Acidente de carro em meados da segunda temporada. Ele ficou ferido, mas nada muito grave. Foi afastado da equipe antes do início da terceira temporada. Se recuperou quase dois anos mais tarde, em seguida, voltou do nada. Três anos mais tarde, se tornou a estrela do Super Bowl.

— Eu me lembro de quando ele foi afastado. Ele aparecia mais em notícias de fofoca do que durante as partidas do Steel, sempre bebendo e festejando. Tornou-se um brinquedo para um monte de mulheres famosas.

— Como você vai de primeiro selecionado a ser afastado do time assim?

— Drogas e álcool.

— Mas ele não era realmente conhecido como um cara de festas até depois de ser afastado. Eu estive investigando por aí, tentando juntar as peças do quebra-cabeça de Brody Easton, e sinto como se estivesse faltando algo. Não há nada sobre ele ter qualquer problema, e a equipe não citou nenhum quando o afastou.

— A liga provavelmente não queria ninguém marcado. Talvez ele tenha ficado viciado em analgésicos por causa do acidente de carro ou algo assim.

— Ele saiu com apenas alguns cortes e contusões. Não se feriu gravemente no acidente.

— Tinha mais alguém?

— Ele estava sozinho no carro, com excesso de velocidade, e perdeu o controle.

— Humm... Eu não sei. Mas talvez você possa perguntar a ele durante a conversa antes de dormir, sabe? — Indie se levantou. — Quando você vai estar de volta?

— Segunda-feira à noite.

— Posso ficar com isso? — Ela ergueu a foto de Brody de cueca boxer. Definitivamente algo para se guardar.

— Claro. Eu não quero uma foto desse babaca arrogante.

— Claro que não. — Ela me soprou um beijo e desapareceu.

A Delta tinha um avião personalizado para cada equipe esportiva. Um Boeing 757 com mais de duzentos lugares, mas a aeronave que a liga utilizava tinha assentos removidos para espaço extra para as pernas. Na parte traseira do avião, algumas seções de assentos tinham mesas em frente, concebidas para reuniões de treinadores durante os voos. Todos os cinquenta e três jogadores ativos no registro do Steel viajaram juntos dois dias antes do jogo fora de casa, acompanhados de dezessete treinadores e alguns funcionários do escritório. Cerca de uma dúzia de repórteres iam com o time e, como a WMBC era patrocinadora da equipe oficial, eu era um desses repórteres. E... Eu odeio voar.

Cinco minutos antes do embarque, tomei um calmante com um copo cheio de vinho. A última coisa que eu me lembrava antes de desmaiar era o piloto dizendo algo sobre um pequeno atraso devido a um bando teimoso de pássaros. *Pássaros?*

Quando acordei, verifiquei a hora no meu telefone. Eu dormi por quatro das quase seis horas do voo para a Califórnia. Minha boca estava seca e meus olhos, ainda mais secos.

— Bom dia, dorminhoca. — A voz me assustou.

Grogue, virei a cabeça em direção ao corredor, confusa.

— Onde... está o Alan? — Eu tinha adormecido sentada ao lado de Alan Coleman, um jornalista da Sports Chronicles. Sentado ao meu lado agora estava ninguém menos que Brody Easton. E ele estava sorrindo de orelha a orelha.

— Ofereci a ele uma entrevista exclusiva sobre as novas regras da liga sobre álcool, se ele trocasse de lugar comigo.

— Por que você faria isso?

— Para sentar ao seu lado.

— Gostou de me ver dormindo?

— Gostei. Você ronca, sabia?

— Eu não rouco.

— Sim, você ronca. Quer ver o vídeo que prova isso?

Meus olhos se arregalaram.

— Você me filmou dormindo?

— Não. Mas você tem um pouco de baba seca.— Ele apontou para o canto da minha boca. — Aí mesmo.

Limpei, mesmo que não tivesse certeza se ele estava falando sério.

— Você sentou aqui para me irritar?

— Basicamente. — Ele sorriu. Era um sorriso sincero, e até mesmo seus olhos verdes participaram. *Droga.*

Logo em seguida, o avião pegou um pouco de turbulência, e a calma que o remédio tinha produzido voou pela janela. Segurei os braços da poltrona com as duas mãos.

— Tem medo de voar?

— Por assim dizer.

— Você deveria tomar algo antes de voar.

— Eu tomei, mas o efeito passou.

— Que tal um drinque para acalmar os nervos?

— Eu não deveria misturar mais álcool com o calmante... — O avião balançou novamente. — Eu vou querer um Merlot.

Brody riu quando estendeu a mão e apertou o botão para a comissária de bordo. A morena de pernas longas respondeu rapidamente. Ela me ignorou e falou com Brody.

— O que posso fazer por você, Sr. Easton?

— Você pode nos trazer um Merlot e uma garrafa de água, por favor?

— Claro. — No minuto em que chegou, eu engoli quase totalmente o copo cheio como se fosse remédio.

Olhando para Brody, percebi, pela primeira vez, que ele estava vestindo um terno que, a propósito, lhe caía muito bem.

— É bom ver você de calça para variar.

— Posso tirar, se você quiser.

— Eu precisaria de muito mais do que uma garrafinha de Merlot. — Easton rapidamente estendeu a mão e apertou o botão para a comissária de bordo. Eu realmente gargalhei um pouco. — Então... de verdade... por que está sentado aqui?

— Você já olhou ao redor deste avião? Há uma mulher sexy e uma centena de homens peludos. Eu não sei por que não está todo mundo brigando para se sentar aqui.

— Isso quase soou como um elogio, Sr. Easton.

— E foi. Você é sexy pra caralho. E eu gosto de você.

— Sério? Você tem um jeito engraçado de demonstrar que gosta de mim. Toda vez que te vejo, você tenta sabotar a minha entrevista.

— Toda vez que te vejo, eu me exponho para você. — Ele me lançou seu sorriso característico. — De onde eu sou é assim que nós mostramos que gostamos de uma garota.

— De onde você é? Da selva?

— Do Brooklyn.

Um dos seus treinadores nos interrompeu.

— Brody, eu quero fazer algumas alterações em uma das jogadas. Nós acabamos de estudar as fitas da última semana e precisamos mudar o jogo um pouco.

— Tudo bem, treinador.

Brody pegou minha mão e a beijou, então desapareceu com o treinador durante o resto da viagem. Eu não o vi novamente até o dia do jogo.

Como de costume, o sol estava brilhando em San Diego. Eu realmente sentia falta da Califórnia. Depois da faculdade, pensei que voltaria mais vezes, mas, ao longo dos anos, meu medo de voar havia se intensificado, e agora os únicos voos que eu fazia eram a trabalho. Esta viagem foi um lembrete de que eu estava deixando meus medos me controlarem em vez do contrário.

Fiquei ao longo da linha lateral assistindo ao jogo com Brett Marlin, o repórter do jogo. Parte do meu trabalho na equipe era ser o olhar auxiliar de Brett. Nós trocávamos ideias entre as transmissões ao vivo, já que era praticamente impossível uma só pessoa manter o controle de vinte e dois homens no campo ao mesmo tempo. Quatro olhos faziam um trabalho melhor.

Como esperado, a disputa de rivalidade entre San Diego e Steel foi intensa. O resultado determinaria o primeiro e o segundo lugar entre os dois, e eles jogaram como se fosse o Super Bowl. O rugido da multidão era tão alto que tornou difícil para Brett e eu ouvirmos um ao outro em nossos fones de ouvido. Eu senti as vibrações dos pés batendo nas arquibancadas em meu peito. *Nossa, eu amava jogos assim.*

Com trinta segundos restantes antes do intervalo, eu estava perto da linha de gol, observando como o Steel se movia pelo campo. Em um movimento, Brody diminuiu o ritmo para passar e encontrar seus receptores todos marcados. Em vez de ser interceptado, ele esperou e, de alguma forma, evitou uma colisão de frente com um defensor gigantesco. Então, ele abaixou o ombro e investiu em direção à linha final. Suas pernas não pararam mais de se mover até que ele cruzou a linha. *Era só eu, ou de repente o sol estava ficando mais quente?*

A multidão foi à loucura, e eu me peguei batendo palmas um pouco também. Jornalistas deveriam ser neutros, na teoria. Enquanto Brody corria para fora do campo no intervalo do jogo com a bola da pontuação na mão, ele me surpreendeu ao jogá-la para mim. Eu não tinha sequer percebido que ele tinha me visto na linha lateral. Minha mãe e eu passamos anos indo aos jogos, sentadas em assentos de camarote na linha das cinquentas jardas; eu amava ver meu pai jogar. Inferno, foi ir àqueles jogos enquanto crescia que me fez querer ser jornalista esportiva.

Eu não poderia imaginar minha vida não envolvida com futebol de alguma forma. Mas assistir Brody lá era diferente. A forma como o homem se movia era sexy e confiante. Seus passos largos, poderosos, densos, coxas musculosas, o jeito como ele parecia destemido sobre todas aquelas pessoas. Ele era uma força tão dominante que era impossível não ser atraída por ele. E não era só comigo. Quase todas as mulheres, na verdade, assobiavam toda vez que ele tirava o capacete quando vinha para fora do campo. Durante o segundo tempo, ele marcou um outro *running touchdown*. Quando jogou a bola novamente em minha direção, algumas dessas fãs que o amavam realmente me vaiaram um pouco.

Depois do jogo, esperei do lado de fora do vestiário, tirando o atraso de mensagens e e-mails.

O primeiro que abri era de Indie.

Indie: Essa saia é muito longa. Suba essa merda alguns centímetros antes de ir ao vestiário para flertar com Easton.

Eu ri enquanto digitava.

Delilah: Eu não flerto, eu entrevisto. É o meu TRABALHO.

Indie: OMG. Ele lhe deu duas bolas hoje. Aposto que vai te dar mais duas hoje à noite!

Ótimo. A câmera pegou Brody Easton me lançando suas bolas durante o *running touchdown*. Eu tenho certeza de que metade dos homens na reunião obrigatória de segunda-feira terá algo a dizer sobre isso.

Eu dei uma olhada nos outros e-mails e comecei a excluir alguns, parando em um de Michael Langley.

Só queria te dizer o quanto gostei de passar um tempo com você no evento da semana passada e que eu estava pensando em você. Estou ansioso para o seu mês acalmar, para que eu possa levá-la para jantar. E estou agendando algumas entrevistas. Fique bem, M.

Um cara tão doce. Talvez eu pudesse terminar minha desintoxicação um pouco mais cedo. Eu me mantive focada no telefone, recuperando o atraso no trabalho, até que o segurança abriu o vestiário para os repórteres.

Dentro do vestiário do time convidado, entrevistei um grande receptor e, em seguida, fomos para Jennings Astor, um atacante defensivo que tinha sido peça-chave no quarto trimestre. Easton, como de costume, tinha uma fila longa. Seu armário estava na diagonal do Jennings, e eu podia ver que ele estava terminando sua entrevista. A próxima pessoa na fila era Sandra Halston, uma repórter que cobre o time da casa. Eu estava curiosa para assistir à interação entre os dois. Enquanto Sandra estava se aprontando para começar, os olhos do babaca arrogante capturaram os meus.

Ele sorriu largamente.

Eu o ignorei. Esclarecimento: eu *fingi* ignorá-lo.

Do outro lado da sala, estudei a linguagem corporal de Easton. Ele não tinha deixado cair a toalha para a linda jornalista loira. Na verdade, ele parecia estar tratando-a exatamente como tratou os jornalistas homens. Sem sorriso sexy ou brilho nos olhos enquanto fazia insinuações sexuais. E ele não estava, tampouco, mostrando seu Subway. Eu me perguntava se Sandra já tinha conseguido sua quota de trotes antes. Eu realmente queria saber se ele já havia feito a mesma coisa com ela, mas eu não tinha certeza de por que isso era importante para mim.

Após o término de todas as entrevistas que eu precisava, fomos para Easton. Eu não estava mais nervosa. Em vez disso, acho que estava um pouco... animada. Enquanto Nick preparava a câmera e as luzes, eu disse:

— Obrigada pelas... bolas de hoje.

Easton sorriu.

— Sem problemas.

— Você fez isso apenas para que eu tivesse que te agradecer pelas bolas, não foi?

— Não. Mas foi um bônus. Eu fiz isso para que você as levasse para casa e, toda vez que as olhasse, pensasse em mim.

— Eu sei o lugar perfeito para elas.

— No seu quarto?

— No porão, é assustador lá em baixo. É apropriado.

Como de costume, ele ignorou o meu insulto.

— Você está com elas na sua mochila?

— Sim, estou.

Ele se virou, enfiou a mão no armário e tirou uma caneta.

— Pegue-as que vou autografar para você.

Quando ele autografou a segunda bola, Nick anunciou que estava pronto para filmar. Enfiei as bolas na minha mochila e tentei domar o meu cabelo selvagem.

— Está pronto?

— Para você? Sempre.

Balancei a cabeça e disparei a minha primeira pergunta. Eu esperava que ele deixasse cair a toalha, mas ele me surpreendeu por ficar coberto. Na verdade, ele permaneceu com a toalha por toda a entrevista e respondeu a todas as perguntas sem quaisquer insinuações sexuais. Talvez o meu trote tenha acabado. Depois que a câmera foi desligada, eu não pude resistir.

— Obrigada por ficar um pouco vestido hoje.

— Foi realmente muito duro para mim.

Eu ri quando guardei o microfone e o bloco de notas.

— Então, é sobre isso? O trote, quero dizer. Eu notei hoje que você não ficou nu com Sandra. Esse é o seu jeito de tratar uma nova repórter mulher: com completa nudez frontal para constrangê-la nas primeiras semanas?

— Me ver nu foi um prazer. Eu sabia.

— Sua cabeça é tão grande, eu estou surpresa que você possa conseguir um capacete que caiba nela.

Ele sorriu.

— Cabeça grande. Grande capacete.

— Como é que ninguém entrou ainda com uma queixa de assédio sexual contra você na liga?

Ele deu de ombros.

— Eu não faço isso com mais ninguém.

Meus olhos se estreitaram.

— Você quer dizer que Sandra nunca experimentou a rotina da toalha durante uma entrevista?

— Não.

— Bem, sou a sortuda?

— Você é. Janta comigo?

— Não.

— Não?

Eu meio que adorei que ele ficou chocado ao ser rejeitado.

— Isso mesmo. Não.

— Por quê?

— Eu não tenho encontros com jogadores.

— Você saiu com o kicker dos Saints no ano passado.

— Eu disse que não vou a encontros com *jogadores*, não disse nada sobre encontros com atletas.

Pela primeira vez, Brody Easton não deu uma resposta espirituosa.

Eu me afastei, em seguida, parei e virei.

— Já que você mencionou isso, pesquisou meu histórico de encontros? Arrepiante. Suas bolas estão definitivamente indo para o porão.

Peguei o primeiro voo comercial na segunda-feira de manhã para casa, em vez do voo da equipe no fim de tarde. O Sr. Porra não se importava se eu estivesse do outro lado do país, ele ainda me esperava em sua reunião obrigatória de segunda-feira.

Quando cheguei ao aeroporto JFK, um carro da empresa me pegou, e eu me dirigi diretamente para o escritório. Nós rodamos menos de um quilômetro antes de pararmos no trânsito. Peguei minha mochila com equipamento para tirar o bloco de notas e meu olho travou em uma barra marcada de preto. O nome de Brody Easton estava rabiscado na bola, mas algo estava escrito acima dele.

Eu quero muito transar com você. 212-538-0321

Balancei minha cabeça. Então me abaixei para a outra bola. Virei-a de ponta-cabeça e encontrei:

Pare de balançar a cabeça. Você sabe que quer.

Eu estava um pouco excitada. E muito patética.

CAPÍTULO 6

Delilah

— O Steel acaba de anunciar uma coletiva de imprensa na terça-feira, às dez. O rumor é que Tyrell Oden tem uma lesão mais grave do que foi inicialmente previsto, e eles vão anunciar uma negociação no meio da temporada...

Felizmente, o jornalista ao meu lado me chutou por baixo da mesa para chamar minha atenção.

— Desculpa. Pode repetir isso? — Sr. Porra bufou. Eu senti a necessidade de dar uma desculpa. — Eu estava passando algumas perguntas da entrevista em minha cabeça.

— Sua cabeça deve estar nesta reunião. E os olhos, em mim.

Eu balancei a cabeça, e ele começou a me contar sobre a entrevista coletiva, presumivelmente pela segunda vez.

— Anotado — eu disse.

— Bom. — Ele suspirou. — Agora que temos a mente da Srta. Maddox de volta às notícias, por que não conversamos sobre Brody Easton?

Humm. Era aí que minha mente estava. Eu simplesmente não conseguia arrancar o idiota do meu pensamento.

— Ok.

— Phil Stapleton quer uma entrevista com Easton para o seu programa semanal. Você parece ter algum tipo de relacionamento com ele. Eu o vi atirar uma bola em sua direção depois de um touchdown ontem.

Duas bolas, que estavam em uma mochila no meu escritório e onde lia-se *"Eu quero muito transar com você"*. E lamentavelmente eu estava desesperada no departamento de romance, porque o pensamento de ele me querer fazia com que eu me mexesse na cadeira.

— Eu o entrevistei algumas vezes, sim. Embora não tenha certeza sobre você rotular nossas interações como bom relacionamento.

O Sr. Porra acenou com a mão, desconsiderando.

— Na próxima semana, convide-o para uma conversa com Phil. Nós o queremos no programa "60 minutos com Stapleton".

Era um fato amplamente conhecido que Brody Easton não fazia mais do que dar entrevistas de vestiário e conferências de imprensa. Artigos de jornais eram limitados aos que ele fazia aprovação dos textos. Ele se recusava a dar entrevistas televisivas desde que tinha ganhado um lugar de volta no time.

— Ele não dá entrevistas desse tipo.

— Seria muito bom para nós. Estamos ficando atrás nas classificações deste ano, sabe?

Cerrei os dentes. Eu sabia o que ele estava insinuando. Embora fosse verdade, nós estamos atrás por causa do nosso conteúdo irrelevante. A maioria dos veteranos fazia entrevistas com jogadores amigos e sem notícias diferentes. Espectadores queriam histórias frescas.

— Verei o que posso fazer.

Depois de perder mais de uma hora nessa reunião, voltei para o meu escritório. Indie estava sentada na minha cadeira, jogando uma bola de futebol no ar.

A bola do *"Eu quero muito transar com você"*. E ela estava sorrindo de orelha a orelha.

— Tem alguma coisa que queira me contar?

— Fica quieta.

— Acho que a desintoxicação está prestes a terminar. Ou já terminou?

— Eu acho que não.

— Por quê? Ele é ridiculamente gostoso, e está, obviamente, interessado em você.

— Esse cara não está interessado em mim. Ele quer entrar em mim.

— Mesma coisa.

— Não. Há uma grande diferença.

— Sabe, é um novo milênio. Você pode ter relações sexuais sem amor e compromisso.

— Sim. Eu sei. Já fiz isso.

— Você namora caras por alguns meses, encontra algo de errado neles e, em seguida, faz um hiato de seis meses de pênis. Não seria mais fácil só ter relações sexuais e não namoros? Então você não precisaria ficar seis meses em celibato no período de recuperação. Você poderia apenas transar até cansar durante todo o ano.

— Essa lógica fez muito mais sentido na sua cabeça antes de sair da sua boca, não foi? — Puxei um arquivo do meu gabinete e comecei a folhear.

— Então você vai transar com Easton?

— Será que você realmente não notou o sarcasmo na minha voz? O cara só quer transar. E iria embora na manhã seguinte.

— Ele te convidou para sair?

— Ele me pediu para jantar antes de entregar o eloquente convite na bola.

— Viu? Ele está interessado em você.

Tanto quanto eu odiava admitir isso, eu meio que queria que ele estivesse. Não havia como negar que eu estava atraída por ele. Que mulher em seu juízo perfeito não estaria? Mas eu simplesmente não era o tipo de pessoa que transava sem compromisso. Eu ficava imaginando o dia seguinte, o sentimento de ser esquecida... Era um pouco como bungee jumping, o escorregar solta pela corda. Um divertido e alto mergulho que você dava, apenas para perceber durante a queda livre que nada estava te segurando por mais tempo. Era só você, totalmente sozinha. E você não conseguia sequer lembrar o que te fez saltar, em primeiro lugar.

Naquela noite, exausta da viagem, deitei cedo. Embora meu corpo estivesse cansado, minha mente parecia estar girando. Eu pensava em Brody Easton e a maneira como ele olhou para mim. Isso me deu uma sensação de excitação que eu tinha esquecido que existia, a reação visceral que era inútil tentar domar. Eu não tive essa vibração nem uma única vez desde Drew.

Drew.

Estendi a mão para minha mesa de cabeceira e peguei a pequena fotografia na moldura oval tirada no ensino fundamental. Eu não tinha olhado direito para ele nos últimos anos: Drew vestindo seu uniforme de futebol, a tinta preta sob os olhos castanhos doces estava manchada de enxugar o suor durante o jogo. Eu sorri, pensando em como aquele olhar me dava borboletas no estômago.

Deitada na cama, no escuro, tentei entender o meu fascínio por Brody. Mas, no final, parecia que talvez eu simplesmente tivesse uma coisa por jogadores de futebol, afinal, meu pai era jogador de futebol. Tenho certeza de que Freud teria uma ou duas coisas a dizer sobre isso.

Sentei na fileira de trás durante a conferência de imprensa da quarta-feira. À frente dos jornalistas havia cinco homens. Da esquerda para a direita estava o diretor de operações da equipe; o treinador Bill Ryan; o receptor do Chargers, Colin Anderson; o treinador do ataque do Steel; e, na extrema direita, Brody Easton.

Conforme os rumores, o treinador Ryan confirmou que Tyrell Oden, um dos principais jogadores da linha ofensiva da equipe, sofreu uma lesão que o afastaria dos jogos. Eles também confirmaram uma rara negociação no meio da temporada para substituí-lo. Colin Anderson iria se juntar ao Steel esta semana.

Um amigo meu tinha me avisado sobre a negociação de ontem, e isso me deu tempo para pesquisar um pouco. Embora nunca tenham feito isso no radar da mídia, Colin e Brody aparentemente tinham uma história complicada. Eles frequentaram a mesma faculdade. No ano passado, antes de Brody voltar aos holofotes, eles eram da mesma linha ofensiva. Ao que parece, os dois não se davam bem e brigaram várias vezes fora do campo. Eu duvidava que qualquer um dos repórteres soubesse sobre isso, afinal, eu só descobri porque tinha um amigo em comum com Colin. A primeira divisão de futebol das universidades mantinha os conflitos internos muito escondidos. Eles não queriam manchar um recruta em potencial como um encrenqueiro.

Após os anúncios, o treinador Ryan abriu espaço para perguntas. Brody me fitou e piscou. Como uma idiota, eu sorri de volta. Seus flertes passavam dos limites, mas era impossível não me divertir pelo menos um pouco.

Todas as mãos na sala levantaram. O treinador chamou um repórter conhecido na fila da frente. Eu vi Brody rabiscar algo em um pedaço de papel e deslizar para o treinador. Antes da pergunta seguinte, o treinador Ryan olhou para o papel, então vasculhou a sala com o olhar. Ele ainda não tinha me encontrado no meio da multidão quando disse meu nome, mesmo assim, levantei-me para fazer a minha pergunta.

— Minha pergunta é para o Sr. Easton. — Brody pareceu momentaneamente satisfeito. — Você está preocupado com a química entre você e seu novo receptor?

Brody cruzou os braços sobre o peito e recostou-se na cadeira.

— Quais foram as estatísticas dele no último ano, Senhorita Maddox?

— Cento e onze capturas, e quatorze pontos de três jardas, onze touchdowns. Segundo melhor do campeonato.

— Você tem a sua resposta. Você tem outra pergunta, Senhorita Maddox?

Alguns homens riram. Mas eu queria uma resposta de verdade.

— A questão não foi quão capaz ele é como atleta. Nós todos sabemos que ele é muito talentoso. A minha pergunta é, talvez eu deva repetir, se você está preocupado com a *química* entre você e Colin Anderson?

A mandíbula de Brody apertou.

— Eu não estou pensando em sair com ele.

Mais risadinhas.

— Eu acho que não, mas, considerando que vocês dois não se davam bem na faculdade, pode haver uma preocupação para você?

Sua resposta foi direta.

— Não. Enquanto ele fizer o seu trabalho, eu não estou preocupado.

— Obrigada. — Eu me sentei e a sala começou a zumbir com conversas.

Brody olhou para mim com um brilho nos olhos durante o resto da entrevista. Isso me fez questionar se eu apenas tinha cutucado um leão. Colin, por outro lado, estava ostentando um sorriso maligno e parecia estar desfrutando da nossa interação.

Não fiz questão de socializar por aí após o término da conferência. Eu tinha um encontro delicioso com roupas que acumulei durante um mês e precisavam ser lavadas.

Enviei uma mensagem para Indie enquanto caminhava pelo longo corredor em direção à saída quando uma mão no meu cotovelo me assustou.

— Boa descoberta. Você teve que ligar para todo o meu dormitório para desenterrar aquela pequena informação que você acabou de jogar lá?

— Tenho certeza de que, se eu entrevistasse todo o seu dormitório, meus ouvidos estariam sangrando.

— Você percebe que agora todos os jornalistas estarão observando cada interação entre mim e aquele imbecil?

— Eu sinto muito.

— Não, você não sente.

Eu parei de andar. Brody ainda estava segurando meu braço. Me virei para ele e dei de ombros.

— Ok, então, talvez eu não sinta. E daí?

Ele olhou para mim.

— Ah. A propósito, meu canal quer que eu lhe peça para fazer uma entrevista de uma hora com Phil Stapleton para o show "60 Minutos com Stapleton".

— Você está me pedindo algo depois que acabou de me ferrar lá?

Inclinei a cabeça e dei um sorriso doce.

— Você começou, ao sabotar minha primeira entrevista no vestiário e depois me convidar para sair.

As sobrancelhas de Easton subiram.

— Então agora estamos quites?

Nós chegamos às portas da frente do estádio. Brody abriu-as e me seguiu.

— E você vai me seguir por todo o caminho até a minha casa?

— Isso é um convite? — Ele me lançou um maldito sorriso arrogante.

Eu balancei a cabeça e continuei andando. Nenhum de nós disse mais nada até que cruzamos o estacionamento e chegamos ao meu carro. Abri a porta e entrei. Easton, do lado de fora, segurou a porta aberta.

— Vou te dizer como será. Eu vou fazer a entrevista de uma hora para o programa.

— Você vai?

— Sob duas condições.

— Quais são?

— Você faz a entrevista. Não o velho idiota Stapleton. Ele tem entrevistadores convidados o tempo todo. Eles me querem, então você será a entrevistadora convidada.

— Você está falando sério?

— Sim.

— Uau. Tenho certeza de que Stapleton não vai ficar feliz com isso, mas o Sr. Por... meu chefe vai.

— Então está resolvido.

Meus olhos se estreitaram.

— Por que você está sendo bom comigo depois de eu ter jogado aquelas coisas na entrevista e feito com que a mídia toda mire em você?

— Eu gosto de você.

Balancei minha cabeça.

— Vou falar com meu chefe e, em seguida, ligo para o seu agente para agendar.

— Por mim tudo bem. Pode me emprestar seu celular? O treinador provavelmente está se perguntando para onde eu fui.

Entreguei a ele o meu telefone. Ele discou um número, desligou e entregou o aparelho de volta para mim sem levá-lo ao ouvido. Ele leu a confusão no meu rosto.

— Você não me perguntou qual era a condição número dois.

Eu tinha ficado tão animada que ele ia me dar uma entrevista que tinha esquecido que ele tinha dito que havia duas condições.

— Qual é a segunda condição?

— Você tem que jantar comigo.

— Jantar?

— Isso mesmo.

— Jantar significa dormir com você?

— Espero que sim quando acabar, mas, se você quiser mudar um pouco as coisas e transar primeiro, ficarei feliz em atendê-la.

— Não, obrigada.

— Relaxe. Estou brincando. Jantar significa jantar. Você sabe, eu te levo a um restaurante caro onde nós compartilhamos uma refeição e te digo quão maravilhoso eu sou.

— Caramba. Como posso recusar esse convite?

Ele piscou.

— Isso foi o que pensei. Eu sou um tipo irresistível.

— Se você não dissesse, não seria você, não é?

Eu estava saindo do estacionamento e me perguntando com o que diabos eu tinha acabado de concordar quando o meu telefone vibrou.

Brody: Quarta-feira. Vou buscá-la em seu escritório às seis.

Use algo sexy.

CAPÍTULO 7

Delilah

— Que diabos você está vestindo? — Indie chegou assim que voltei do banheiro feminino para o meu escritório na quarta-feira à noite.

— Uma roupa nova. Para o meu encontro hoje à noite.

— Você está vestida como uma avó de sessenta anos prestes a ir à igreja.

Eu realmente estava, e eram roupas que eu tive que comprar apenas para a ocasião. A loja Goodwill, na rua Setenta e Dois, foi perfeita. Consegui uma sacola cheia de produtos de avó por menos de vinte dólares. Eu olhei meu reflexo na janela de vidro: um blazer grande de veludo azul-marinho; calça azul de poliéster e elástico da cintura (muito, muito confortável); blusa de crochê e botão, abotoada até o topo, claro; um colar de pérolas falsas; cabelo puxado para trás em um coque apertado; mocassins desgastados (ok, isso poderia ser meu).

Eu peguei em meu bolso um sem graça batom cor de malva, propositadamente passando-o na frente de alguns dentes.

— Você não gosta da minha roupa?

— Sério? Você está parecendo uma louca.

Alisei minha jaqueta e peguei a bolsa marrom gigante estilo lady nada elegante.

— O quê? Você não acha que pareço sexy?

— Você está usando uma calçola aí embaixo?

Eu desliguei o interruptor de luz no meu escritório.

— E um sutiã de amamentação. — Na verdade, eu tinha um fio dental e um sutiã meia-taça, mas o olhar horrorizado no rosto de Indie compensou a pequena mentira.

Ela me seguiu para fora do meu escritório. Felizmente, o prédio já estava quase vazio, ou eu poderia ter recebido alguns olhares estranhos. Eu realmente parecia um pouco louca.

— Você tinha essa porcaria no guarda-roupa? — perguntou Indie.

— Não. Eu comprei para o meu encontro.

— Você comprou esse traje?

— Claro que sim.

— Eu acho que você tem estado sob muito estresse ultimamente. — Ela me beijou na bochecha antes de saltar no elevador para voltar ao seu escritório. — Café da manhã em seu escritório às oito. Eu mal posso esperar para ouvir tudo sobre este encontro.

Dez minutos depois, passei pela porta de vidro giratória da WMBC e vi um carro de luxo estacionado em fila dupla diretamente no meio-fio. Brody saiu e caminhou ao redor do carro para abrir a porta do passageiro. Quando seus olhos me fitaram de cima a baixo, suas sobrancelhas se juntaram. Então, ele piscou várias vezes.

— Oi.

Eu lhe dei um sorriso bobo de orelha a orelha.

— Oi. Aonde estamos indo?

— Hum... ao... um... ao restaurante do Regency.

Eu tentei me conter para não gargalhar. Ele não tinha ideia se a minha roupa era séria ou uma brincadeira, embora ele tenha ganhado um ponto por ser educado o suficiente para não dizer nada. Eu não pude resistir a provocá-lo um pouco mais depois que entramos no carro.

— Você está bonito. — Ele estava vestindo um suéter de cashmere verde-caçador que lhe caía muito bem e marcava seus ombros largos, mas não muito apertado, e calças pretas simples. Ele olhou para mim e de volta para a estrada.

— Obrigado. — Eu não tinha certeza se gostava dele mais ou menos por não ter mentido e elogiado minha roupa.

— Você está diferente com o cabelo para cima. Eu gosto.

— Você gosta?

— Sim. É meio bibliotecária sexy.

— Bibliotecária sexy, hein?

— Eu sempre tive uma queda por bibliotecárias. Desprender seu cabelo apertado, deixá-lo solto em suas costas, sabe? E, em seguida, fazê-la gemer entre as estantes.

— Que romântico. — Eu me remexi no lugar, imaginando o que ele tinha acabado de dizer.

— Eu não acho que as mulheres querem romance tanto quanto pensam que querem.

Eu gargalhei.

— Você não sabe muito sobre as mulheres.

— Ah, mas eu acho que sei. Acho que a maioria das mulheres, especialmente as que trabalham muito e são muito inteligentes, preferem um homem que, ao vir para casa, levante-as do chão e as jogue contra a parede em vez de entregar algumas flores bobas e fazer gestos doces durante toda a noite.

— Nós gostamos de flores bobas e gestos doces. — *Apesar de que eu ia gostar de transar contra a parede.*

— Então, acho que ainda não te pegaram de jeito contra a parede.

— Deixe-me adivinhar, você poderia demonstrar?

— Poderíamos pular o jantar.

— Grandioso da sua parte, mas o nosso combinado foi um jantar em troca de uma entrevista.

Ele deu de ombros.

— Faça como quiser.

Chegamos ao Regency, e o manobrista que abriu a porta do carro para mim conhecia Brody pelo nome.

— O horário de sempre amanhã de manhã, Sr. Easton?

— Na verdade, provavelmente vou usar o carro novamente esta noite, então o estacione por perto.

— Certamente, Sr. Easton.

Brody contornou o carro. Sua mão se acomodou na parte inferior das minhas costas.

— Provavelmente?

— Um homem pode sonhar. — Ele piscou.

Enquanto caminhamos pelo lobby, mais funcionários o cumprimentaram pelo nome. Ele era alguém conhecido, mas eles lhe falavam com a familiaridade de um visitante frequente.

— Você vem aqui frequentemente? Jantar em um hotel? Quão conveniente para a sobremesa.

— Eu moro aqui.

— Você vive no Regency?

— Durante a temporada, sim. O campo é a menos de uma hora daqui, mesmo com trânsito.

— Onde você mora entre as temporadas?

— Eu tenho uma cabana no interior. Fico lá a maior parte do tempo.

— Uma cabana? Na floresta?

— Sim. Trabalho nela há alguns anos entre as temporadas. Eu acho que vou terminá-la em... não sei... vinte ou trinta anos. — Ele riu.

— Parece que você trabalha rápido.

Ele me guiou pelo corredor em direção ao restaurante e se inclinou para mim enquanto falava. Sua voz era rouca.

— Na verdade, eu gosto de ter esse tempo para mim. — O timbre de sua voz fez meus dedos se encolherem dentro dos sapatos.

Uma parte de mim de repente desejou que eu não estivesse vestida como uma professora de sessenta anos. Nós sentamos à nossa mesa no belo restaurante Silver Ivy, e uma garçonete veio pegar nosso pedido de bebidas. Ela bateu os longos cílios para Brody e me deu uma rápida olhada, sem dúvida com inveja da minha roupa.

— O que posso fazer por você esta noite, Sr. Easton?

Sério? Que nojo.

— Oi, Siselee. — Ele olhou para mim. — Você gosta de vinho tinto?

— Considero que é um dos cinco principais grupos de alimentos.

Ele pediu uma garrafa de um vinho que eu nunca tinha ouvido falar. A garçonete foi pela lateral da mesa, serviu uma taça e deixou a garrafa no balde ao lado da mesa.

— Você não vai beber nada? — Minha pergunta foi dirigida a Brody, mas, antes que ele respondesse, Siselee se intrometeu.

— Ele só bebe nas noites de terça-feira. — Ela ergueu o queixo, orgulhosa de si mesma por saber a resposta.

— Treino — Brody explicou.

Nós relaxamos em uma conversa fácil, o nosso fluxo natural levando a esportes. Discutindo sobre os grandes nomes de todos os tempos, experimentamos o jantar um do outro, sem pararmos nossas brincadeiras. O tema da conversa, eventualmente, mudou para o novo grande receptor de Brody.

— Eu jogo, ele pega. Nós não precisamos ser amigos.

— Vocês precisam ter confiança um no outro. Meu pai sempre disse que seu receptor era como sua esposa, ele precisava de um parceiro em quem pudesse confiar para tomar as decisões certas.

— Eu tenho que confiar em suas habilidades, não em sua moralidade.

— Então é essa a questão? Sua moral?

Brody se recostou na cadeira e cruzou os braços.

— É uma entrevista? Esta merda vai estar amanhã no ar?

— Não. Desculpe. Foi força do hábito. Eu cresci discutindo sobre futebol. Eu, na verdade, só sei fazer isso, se for sincera.

— Acho que eu também. O que mais você gosta de fazer?

— Não tenho muito tempo livre hoje em dia. Entre as viagens e todas as pesquisas e estatísticas das quais tenho que me manter informada, não há muito tempo para nada, apenas trabalhar e dormir ultimamente. Eu não tiro uma folga há dois meses.

— O que você faria se estivesse livre por um dia?

— Humm. Eu amo museus e passeios de bicicleta. Mas, se tivesse um dia inteiro de folga, eu provavelmente iria gastar na cama, assistindo filmes.

— Que tipo de filmes?

— Filmes de terror de segunda categoria. Quanto mais escrachado, melhor.

O JOGADOR

— Sério?

— Sério. — Eu toquei meu copo de vinho antes de levá-lo aos lábios.

— E você? O que você faria num dia sem treino ou jogos? — Eu sabia, por crescer com um pai quarterback, que um dia como esse era uma raridade durante a temporada de futebol. Mesmo em "recuperação", dias depois de um jogo, quarterbacks tinham filmes para assistir sobre o último jogo para se preparar para o próximo.

— Eu passaria na cama também.

— O que assistiria?

— Seu rosto enquanto eu afundo dentro de você.

Eu estava no meio de um longo gole do vinho e engasguei. Pelo menos isso e a crise de tosse me deram uma desculpa para o meu rosto ficar tão vermelho quanto uma beterraba.

— Você está bem?

Levei um minuto, e minha voz estava um pouco rouca quando respondi, mas finalmente recuperei a compostura.

— Por que você diz coisas assim?

Ele deu de ombros.

— Porque é verdade. Se eu pudesse fazer qualquer coisa que quisesse em um dia de folga, eu faria... com você.

— Você tem uma boca suja.

— Esta boca suja quer fazer coisas sujas com você.

Eu me sentia no topo de uma montanha-russa prestes a descer uma colina íngreme... só que esse sentimento ansioso e animado não estava no meu estômago, mas na minha calcinha. E só crescia.

Brody levantou a garrafa de vinho do balde e encheu a minha taça.

— Me conte algo embaraçoso sobre você.

— Embaraçoso?

— Sim. Talvez isso vá me ajudar a parar de pensar em fazer as coisas sujas com você.

— Humm... deixe-me pensar.

Ele se inclinou.

— Depressa. Você mexe comigo até pensando e bebendo vinho.

Balançando a cabeça, compartilhei a primeira história embaraçosa que eu poderia pensar, mesmo que fosse antiga.

— Quando eu tinha dezesseis anos, disse aos meus pais que ia dormir na casa de uma amiga, mas fui acampar com um grande grupo de pessoas. Nós compramos cerveja e nos sentamos em volta de uma fogueira durante toda a noite bebendo. Em algum momento, depois que bebemos muito, decidimos assar marshmallows. Eu era tão experiente com acampamento quanto era com bebida e estava bêbada demais para estar perto de uma fogueira. Pegamos umas varinhas e colocamos marshmallows na ponta. Minha varapau tinha uns doze centímetros.

Brody interrompeu, sorrindo.

— Minha vara é maior.

Revirei os olhos, mas continuei a história.

— Continuando... Eu estava sentada muito perto do fogo com a minha vara curta tentando deixar meu marshmallow marrom, e meu cabelo pegou fogo. Eu tive sorte de não ter nenhuma queimadura profunda, mas chamusquei metade da minha cabeça. Eu tive que andar por aí com a cabeça raspada por um ano. E fiquei de castigo por um mês.

Nós dois gargalhamos pela minha história.

— Você sabe qual a parte mais divertida dessa história? — perguntou Brody.

— Qual?

— Eu ainda quero fazer coisas sujas com você.

A garçonete veio até a mesa e tirou os nossos pratos. Brody pediu alguns minutos para decidir sobre a sobremesa, o que me deu um minuto muito necessário para me recuperar. Eu cruzei as mãos à minha frente na mesa.

— Então é isso? Este é o meu cortejo? Um jantar, que você basicamente me obrigou a vir para conseguir uma entrevista de trabalho, e agora eu tenho que fazer sexo com você?

— Pelo tom da sua voz, acho que não devo responder sim a essa pergunta, né?

A garçonete voltou antes que eu pudesse responder.

— Você gostaria de sobremesa?

Brody apontou para o menu.

— Traga um pouco de tudo, por favor.

Ela parecia confusa. E com razão.

— Você quer uma de cada sobremesa?

Ele olhou para mim.

— Sim. Ela precisa ser cortejada por mais tempo. Traga-nos um pouco de tudo.

Eu não pude deixar de rir.

— Veja — ele disse quando Siselee se foi —, eu sou divertido também. Estou fazendo você rir. E você me acha sexy. Este é um belo cortejo. Eu não sei do que você está falando.

— Espera aí. Eu nunca disse que pensava que você fosse sexy.

— Você não tem que dizer. Eu sinto. Está no ar quando estamos perto um do outro. Você é tão atraída por mim como eu sou por você.

— Você está louco.

— Admita.

— Honestamente, não importa mesmo se eu estivesse...

— Você está...

— Tanto faz. Eu não faço sexo casual.

— Por que não?

— Porque o sexo tem que ser mais do que apenas... sexo.

— Por quê? — Suas sobrancelhas se juntaram.

Ele realmente não compreendeu a minha resposta.

— Eu preciso de uma conexão emocional com a pessoa antes de ter relações sexuais com ela.

— Quer dizer, como um relacionamento?

— Sim. Um relacionamento. Eu não estou falando sobre casamento. Mas namoro. Conhecer o outro fora do quarto.

Ele soltou o ar pelos lábios.

— Eu não posso fazer isso. Preciso manter as coisas simples.

Forcei um sorriso, odiando que me sentisse um pouco decepcionada.

— Nós somos melhores como amigos, sabe?

— Eu não tenho nenhuma amiga mulher. Bem, desse tipo que você está falando eu nunca tive.

— Bem, então esta será a primeira vez para você.

— Eu acho que vai ser. — Ele estendeu a mão para selar nossa nova amizade, mas não deixou que eu me afastasse. Em vez disso, se inclinou, mantendo minha mão envolvida na sua quando falou:

— Estou desapontado. Eu estava realmente ansioso para ver suas roupas no chão do meu quarto.

— Mesmo sendo essas roupas? — Arqueei uma sobrancelha.

A garçonete trouxe nossa sobremesa no carrinho, nos obrigando a nos separar. Eu odiava admitir, mas senti falta do seu toque quando ele soltou minha mão. Todas essas sobremesas teriam que preencher a carência.

As coisas voltaram ao normal depois disso. Bem, normal para nós. Discutimos um pouco mais. Ele disse mais algumas coisas inadequadas, e nós comemos um pedaço de cada uma das treze sobremesas diferentes. Eu estava feliz por usar uma calça com elástico da cintura.

— Estou cheia. — Eu me inclinei na cadeira.

— Você come bem para alguém tão pequena.

— Isso não é algo que você deva dizer a uma mulher.

— Eu posso, se ela for só uma amiga, certo?

Nenhum de nós queria terminar a noite. E só percebi que era tão tarde quando fomos as únicas pessoas restantes no restaurante.

— Uau. Estamos aqui há quase quatro horas.

— Não pareceu.

— Eu sei. Esta noite não foi nada como eu esperava.

— O que você esperava?

— Eu não sei. Acho que não esperava conhecer você realmente.

— Você esperava que eu fosse apenas um rostinho bonito, não é?

Eu ri do seu comentário, mas isso *era* o que eu esperava: uma noite de indiretas sexuais e falar sobre futebol. Não me entenda mal, tivemos muito disso, mas também houve *mais*. Eu não conseguia me lembrar da última vez que um primeiro encontro tinha sido tão bom. *Merda. Isso não era um encontro.*

Uma hora mais tarde nós chegamos ao meu prédio. Ele estacionou, desligou o carro e deu a volta para abrir minha porta.

— Sem porteiro?

— Ele sai às onze.

— Eu vou te levar lá dentro.

O lobby estava tranquilo e, como de costume, apenas um elevador em meu complexo de prédios estava funcionando. Eu apertei o botão, debatendo mentalmente se deveria convidá-lo a subir ou não.

Não. Convidá-lo seria um erro.

Mas eu não quero mesmo que ele vá embora.

— Então... Vou ligar para seu agente para marcar a entrevista para este fim de semana.

— Ligue pra mim. Não para o meu agente.

— Ok.

O elevador apitou, e, de repente, eu me senti estranha.

— Você quer subir para tomar um café?

Ele balançou a cabeça lentamente, negando.

— Ok, então. Bem, obrigada pelo jantar. — Entrei no elevador.

— De nada.

As portas impacientes começaram a fechar. Brody as parou, mantendo-as abertas enquanto se inclinou e me beijou na bochecha. Sua boca demorou, e ele se inclinou um pouco mais para sussurrar no meu ouvido.

— Eu não confio em mim sozinho com você. Preciso de um pouco de espaço entre nós, ou nossa amizade não vai acabar bem.

Ele se inclinou para trás, e nós olhamos um para o outro por um momento. Meu coração estava disparado, meu pulso, acelerado como se eu tivesse acabado de correr uma maratona, e cada fio de cabelo da parte de trás do meu pescoço estava de pé por causa da eletricidade correndo entre nós.

Ele levantou o braço que segurava a porta e, enquanto ela fechava, ele disse:

— Doces sonhos, amiga.

Eu sabia que seriam, porque eu estava certa de quem iria aparecer neles naquela noite.

CAPÍTULO 8

Delilah

— Acho que alguém deve estar esgotada da noite passada. — Indie girou em volta de si mesma na minha cadeira ergonômica giratória.

Eu derrubei minha bolsa no chão e olhei para o belo arranjo de flores colocado no meio da minha mesa.

— De onde é que veio isso?

Ela levantou o cartão pequeno da floricultura em sua mão.

— Cityscape Florists. Chegou um pouco antes de você entrar.

— Preciso ir ao banheiro. Por que você não fica e se sente em casa? Ah, espere. Você já fez tudo isso. — Guardei a bolsa em uma gaveta, joguei meu celular sobre a mesa e olhei para o saco de papel marrom onde eu presumia que estivesse o café da manhã que Indie nos trouxe. — Espero que seja algo gorduroso... Preciso disso hoje.

Quando voltei para o escritório, Indie estava falando no meu celular.

— Ela está vindo agora. Flores bonitas, a propósito. — Ela estendeu o meu celular com um sorriso insolente.

— Alô.

— Bom dia. — A voz de Brody estava marcada por rouquidão da manhã.

— Que tipo de flores foram entregues?

Olhei para o arranjo.

— Rosas. Elas são lindas. Obrigada.

— Nada original.

— Perdão?

— Que imbecil envia a uma mulher como você rosas comuns?

— Você quer dizer... elas não são suas?

— Não. E o cara que as enviou mandou a secretária enviar essa porcaria. Provavelmente tem uma conta no florista e um pedido padrão. É um idiota.

— Você nem sabe de quem são. Nem *eu* sei. Mesmo assim, você acha que o cara é um idiota?

— Sim.

— Só porque as flores são rosas?

— Sim. Idiota. Estou certo disso.

Eu ri.

— Sua presunção me diverte. Eu vou me lembrar disso quando ler o cartão e descobrir quem é o responsável por este gesto doce.

— Gesto doce. — Ele deu uma gargalhada. — Isso não é o que você quer e você sabe disso.

Após oito horas de virar e revirar na cama na noite passada, eu estava começando a pensar que ele estava certo. Tanto quanto eu odiava admitir, eu tinha pensado muito sobre Brody depois que ele me deixou. Repetindo mentalmente a nossa conversa sobre por que eu não poderia transar sem estar um relacionamento, eu tinha começado a duvidar de mim mesma. Talvez não houvesse nada de errado em transar com o homem por quem eu estava atraída. Por que preciso me prender em algum tipo de compromisso para desfrutar dos benefícios físicos de um relacionamento sexual? Eu tinha vinte e seis anos, não havia nada de errado com o sexo ser apenas sexo se isso fosse o que eu queria.

— Você ligou por algum outro motivo que não seja o de me dizer o que eu quero, Sr. Easton? — Ele gemeu. — O quê?

— Eu gosto da maneira como você pronuncia "Sr. Easton". — Ele gemeu novamente.

— O que foi?

— Agora eu estou pensando na sua boca.

Eu ri.

— Você não é muito bom nessa coisa de amigo, não é?

— Eu lhe disse que você seria a primeira. É mais duro do que eu pensava.

— Aposto que é.

— Você está flertando de volta comigo, amiga?

— Você me deixa confusa. Não faço ideia do que estou fazendo. Eu ainda nem tenho certeza do que você pediu.

— Merda. Ok. Sim. Certo. Eu quero que a entrevista seja feita na minha suíte de hotel.

— Sua suíte de hotel?

— Não fique tão preocupada. Você vai ter uma equipe com você. Eu não posso atacá-la na frente deles.

— Isso é verdade.

— Eu vou ter que esperar até que eles saiam.

Eu ainda estava de pé ao lado da minha mesa, então sinalizei o polegar para Indie para dizer que ela saísse da minha cadeira.

— Que dia?

— Sábado. À tardinha. Nosso jogo é em casa no domingo, por isso temos treino até às duas.

— Que tal por volta das cinco?

— Está ótimo para mim.

— Obrigada. Nem posso dizer o quanto agradeço por estar fazendo isso. Meu chefe ficará feliz. E ele é muito difícil de lidar o tempo inteiro, então é um alívio.

— Fico feliz que posso ajudar.

— Eu te envio uma mensagem com as perguntas amanhã à noite.

— Na verdade, por que você não as traz, e nós podemos fazer um ensaio.

— No seu hotel?

— Medo de que não possa se controlar?

— Claro que não. — *Talvez.*

— Às sete. Eu vou pedir o jantar no quarto.

— Ok.

— Ah, e Delilah?

— Sim?

— Você pode deixar as roupas da sua avó em casa. Elas não vão me impedir de querer transar com você contra a parede.

O telefone desligou enquanto eu estava boquiaberta. Quando finalmente recuperei meu juízo, estendi a mão para Indie, a palma para cima. Ela colocou o cartão pequeno do florista nela.

Delilah.
Estas não cheiram tão bem quanto você.
Michael Langley.

— De quem são?

— Eu não deveria mesmo te dizer depois que você fez isso no telefone.

— O quê? Eu achei que eram de Brody. Você saiu com ele ontem à noite, e ele estava te ligando logo cedo de manhã.

— Bem, você pensou errado.

— Aposto que Brody estava com ciúmes.

— Eu acho que não.

Indie arrancou o cartão da minha mão. Ela leu e franziu o nariz.

— Michael Langley.

— O quê? Ele é um cara legal. Nós conversamos na arrecadação de fundos. Temos muito em comum.

— Você sabe o que está faltando?

— O quê?

— Ele não é *Brody Easton*.

— Eu acho que *você* deveria sair com Brody Easton.

— Eu deveria, mas eu sigo o código das garotas.

— Código das garotas?

— Você não dorme com o homem que a sua melhor amiga quer pegar.

— Eu não quero pegar ninguém.

— Você quer.

Não fazia sentindo discutir com ela.

— Você, pelo menos, me trouxe algo de bom para o café da manhã?

— Dois ovos simples, bacon e queijo.

— Graças a Deus.

— Se você tivesse dormido com Easton, não precisaria de comida ruim esta manhã. Você estaria comendo iogurte ou algum outro alimento saudável idiota.

— Certo, dormir com Easton é realmente saudável, então? É isso que você está tentando me dizer?

— Absolutamente.

No final da tarde, procurei o telefone do Michael Langley na lista da empresa. Sua secretária atendeu no segundo toque.

— Escritório de Michael Langley.

— Oi. É Delilah Maddox. Michael está disponível?

— Ah, oi, Delilah. Não. Na verdade, ele está fora em uma reunião esta tarde. Posso anotar o recado?

— Certo. Você pode... — O comentário de Brody ficou repetindo na minha cabeça. — Na verdade, eu estava ligando para agradecer por enviar as flores. Mas provavelmente deveria agradecer a você, na verdade. Tenho certeza de que foi você quem enviou o belo arranjo que veio hoje.

— Eu não posso levar todo o crédito. Ele me disse o que colocar no cartão. — Ela riu, inocentemente reconhecendo algo que não deveria ter importância. No entanto, teve.

— Bem, obrigada e, por favor, deixe-o saber que liguei para agradecê-lo também.

— Eu vou avisar que você ligou.

Sentei-me no meu escritório, olhando para o nada por um tempo depois que desliguei.

Uma batida na porta me assustou.

— Delilah Maddox?

— Sim? — O entregador segurava uma grande caixa branca envolvida com um laço azul e amarelo gigante. *Rosas de haste longa agora?*

— É para você.

Ele colocou a caixa na minha mesa e saiu.

Tirei o laço, percebendo que as cores eram as mesmas do Steel. Desembrulhei o papel de seda branco por dentro, esperando encontrar uma dúzia de rosas de haste longa. Em vez disso, na caixa, estavam longas *varas*, uma dúzia mais ou menos, amarradas com um laço que combinava com o do lado de fora.

O cartão que acompanhava a entrega tinha a caligrafia de Brody. Eu reconheci por causa da mensagem que ele tinha deixado nas bolas de futebol.

Para o caso de você querer assar marshmallows.

Estou pensando em você.

~ Brody

(P.S: E são pensamentos safados.)

CAPÍTULO 9

Delilah

Senti como se estivesse indo a um primeiro encontro. Olhei para o relógio quase tantas vezes quanto mudei de ideia sobre a roupa na quinta-feira à noite. O fato era... não era um encontro. Era uma reunião de negócios. Com um cara que já recusei um convite para transar, um cara que eu não conseguia parar de me perguntar como seria transar com ele. Qual era exatamente o guarda-roupa certo para um evento como esse?

Dando um jeito no meu cabelo selvagem, deixei-o para baixo, cachos indisciplinados caindo até o meio das costas. Eu revirei meu armário à procura de algo que fosse profissional e ainda atraente, sem ser abertamente sexy. Escolhi uma saia lápis preta e uma camisa vermelha. Coloquei alguns braceletes e sandálias de tiras amarradas em torno dos tornozelos e dei uma última olhada no espelho de corpo inteiro do meu quarto. O tempo ainda estava quente o suficiente para as pernas à mostra, e o salto alto das sandálias alongava minhas já longas pernas. Eu gostei do que vi. Quem diria que eu encontraria algo inteligente com um toque sexy? Agora, se ao menos eu pudesse fingir que não era atraída pelo idiota arrogante...

Exatamente às cinco horas, levantei a mão para bater na suíte da cobertura e a porta se abriu, deixando meus dedos no ar. Uma bela jovem morena me cumprimentou vestindo uma camisa muito decotada e legging como uma segunda pele. Metade da sua cintura fina estava em exposição, e sua voz era enérgica como a de uma líder de torcida.

— Ei — ela gritou por cima do ombro, saltando sobre os calcanhares —, o seu compromisso está aqui, Brody. Te vejo amanhã. — Ainda sorrindo, ela se afastou para que eu entrasse e me deixou com a seguinte frase: — Eu o esgotei, espero que não atrapalhe o que você pretende fazer com ele.

Confusa, eu apenas hesitei parada na porta, que se fechou atrás de mim. Brody entrou na sala. As gotículas de água em seu corpo sem camisa mostravam que ele tinha saído do banho. Seu cabelo estava molhado e penteado para trás. *Droga.*

— Oi. — Seus olhos inspecionaram meu corpo lentamente e ele parou a alguns centímetros de distância. — Uau. Você está... — Meu corpo ficou ainda mais quente com o calor dos seus olhos. Ele descaradamente levou um tempo antes de levantar os olhos para encontrar os meus. — Então, como isso funciona? Amigos não podem falar essas coisas uns para os outros, certo?

— Claro que podem. Amigos podem fazer elogios.

Seus olhos brilharam.

— Bom. Você está deliciosa o suficiente para ser comida.

Deus, realmente faz muito tempo. Meu corpo se apertou, e eu tive que segurar o fôlego para depois deixar um pequeno suspiro escapar. Senti meu rosto ruborizar apenas ao imaginar o que ele havia dito. Eu conseguia me ver olhando para aqueles ombros largos enquanto ele me comia. De alguma forma, eu sabia que não seria nada lento e suave. Não, este homem me devoraria toda.

— Eu não ouvi você entrar, precisei de um banho rápido depois de Brittany. Essa mulher pode ser pequena, mas é muito exigente. Me esgotou hoje.

Abruptamente, esfriei. *Nada como falar sobre suas escapadas sexuais com outra mulher para refrescar uma libido em fúria.*

— Maravilhoso. Fico feliz que você tenha cuidado das suas necessidades. Talvez nós pudéssemos ignorar os jogos e ir direto para o trabalho, então? — Meu tom saiu um pouco sarcástico.

As sobrancelhas de Brody estreitaram em confusão. Ele caminhou na minha direção, não parando até que invadiu meu espaço pessoal. Eu ainda estava na entrada da suíte, e a porta estava a apenas um passo ou dois atrás de mim. O desejo de escapar era grande, mas me mantive no lugar.

— Não há jogos. Não há nada mais que eu gostaria de fazer do que tomá-la contra aquela porta agora. E o fato de que você ter ficado com ciúmes da Brittany, *minha fisioterapeuta*, só prova que eu não estou tão louco assim. Você me quer dentro de você tanto quanto eu quero me enterrar. Você simplesmente não admitiu isso a si mesma... — Ele esticou o pescoço para baixo, para que estivéssemos nariz com nariz. — Ainda. Mas você vai.

Engoli em seco. Dessa vez, eu estava sem palavras. Eventualmente, ele gemeu e deu um passo para trás. Passou a mão furiosamente através de seu cabelo e disse:

— Nós precisamos fazer isso em outro lugar. Eu não confio em mim mesmo nesta suíte de hotel sozinho com você.

Eu pensei que ele estava brincando, mas, poucos minutos depois, ele saiu usando um boné de beisebol e um suéter.

— Aonde estamos indo?

— Para algum lugar onde eu não possa passar dos limites com você. — Em vez de pedir ao manobrista para pegar o carro, ele optou por um táxi. — Amsterdam com Rua 112th, por favor.

— Morningside Heights? É lá onde você não vai passar dos limites comigo?

— Sim.

Meus olhos estavam grudados no teto pintado vividamente enquanto entramos.

— Este lugar é incrível. Já passei por ele centenas de vezes antes, mas nunca entrei.

Brody e eu andamos por St. John the Divine. Ele me guiou por um longo corredor no lado esquerdo da igreja e acenou para dois padres sentados em uma fila, conversando. No final do corredor, abriu uma porta e me conduziu primeiro.

— Para onde estamos indo?

— Para o telhado.

— Telhado?

— Sim. Venho aqui algumas vezes. Um amigo trabalhava aqui. Ele tinha um pombal na cobertura. Quando eu era criança, vinha para cá ficar com ele o tempo todo. É calmo. A maioria das pessoas vai ao topo do Empire State ou Top of the Rock para ver a vista da cidade. Mas você pode ter a mesma vista daqui de cima.

— E você pode ir lá em cima?

— Não. Você pode ser presa. Eu vou correr quando os policiais vierem, mas você não vai conseguir com essa porcaria de sapatos sensuais.

— O quê?

— Estou brincando. É aberto ao público em alguns períodos. Mas eu conheço a maioria das pessoas que trabalha aqui, então, me deixam subir sempre. Carl trabalhou aqui durante cinquenta anos antes de se aposentar. Eu cresci perto dele e de sua esposa, Marlene.

Brody não estava exagerando. A vista da cobertura era espetacular. Aninhada entre dois dos picos da igreja estava uma confortável e pequena área que dava para ver a cidade inteira.

— Então, o que aconteceu com as gaiolas de pombos após Carl se aposentar? — Não havia nenhum sinal de uma gaiola ou um pombo, neste caso.

— Ele ficou com eles por um tempo. Depois que morreu, Marlene doou tudo para o West Side Pigeon Club. Há uma grande quantidade de pessoas que gostam de pombos nesta cidade.

Ficamos parados ao longo do trilho no último piso de tijolos, e Brody apontou para alguns edifícios; ele conhecia bem a área e a arquitetura.

— Em que você se formou? — perguntei.

— Quer dizer que você não memorizou isso?

— Eu sou melhor com as estatísticas do que com as palavras.

— Engenharia.

— Certo. Curso muito difícil enquanto jogava futebol em um time grande.

— Está vendo? Não sou apenas um rosto bonito. Eu tenho cérebro também.

Revirei os olhos.

— Então, é aqui que você traz todos os seus encontros? Definitivamente não é o que eu teria esperado.

— Se este fosse um encontro de verdade, nós definitivamente não estaríamos em um lugar onde eu não posso dar em cima você ou dizer o que estou pensando em fazer com o seu corpo.

— Então, este é o meu lugar seguro?

Brody fez sinal para eu sentar no banco de pedra e, em seguida, sentou ao meu lado.

— Pode ser o seu único.

— Ok, então. — Limpei a garganta e enfiei a mão na bolsa em busca do bloco de notas. — Por que não começamos? Eu vou pegar leve com você.

Ele sorriu.

— Eu não facilitaria as coisas para você se fosse o meu show.

Balancei minha cabeça.

— Como você se sente sobre as mudanças de técnicos e direção que estão previstas para o próximo ano?

O técnico Ryan tinha sido treinador do Steel desde que Brody começou sua carreira. Ele tinha afastado Brody da equipe, mas também o contratou de volta e deu-lhe uma segunda chance. Devido a problemas de saúde de sua esposa, Ryan se aposentaria no final da temporada. Brody soltou um suspiro.

— Não estou ansioso por isso. O treinador é difícil, mas justo, e construiu a equipe que é hoje. Eu o respeito e gostaria que ele continuasse. Mas o respeito ainda mais por colocar sua família em primeiro lugar.

— Alguma ideia de quem eles têm em mente para a sua substituição?

— Não. Mas espero que a decisão seja tomada antes de o treinador se aposentar. Quanto mais cedo melhor. Vai ser uma transição mais suave ter os dois treinadores trabalhando juntos por um tempo. Bob Langley tem sido firme com a seleção de treinadores. Só espero que ele continue.

— Isso me leva para minha próxima pergunta. Há rumores de que Bob Langley pode vender um...

— As rosas eram de Langley?

— Por que o dono do seu time me enviaria rosas se eu nunca o conheci? — Eu sabia exatamente de quem ele estava falando. Ele estava se referindo ao filho de Bob, Michael.

— O imbecil com quem você trabalha, não Bob.

— Eu não acho que isso seja da sua conta.

— Talvez não seja, mas eu estou perguntando.

Enfrentei seu olhar.

— Sim.

— O cara é um...

— Estamos em uma igreja — eu o lembrei.

— Você vai sair com ele?

— Ele me chamou para jantar, se você quer saber.

— Você vai sair para jantar com ele, mas não comigo?

— O convite para jantar dele é para me conhecer, não para entrar em mim.

— É aí que você está errada. Eu sou apenas mais direto do que ele.

— Como a minha pré-entrevista se transformou em *você* fazendo perguntas para *mim*?

Brody se inclinou para trás e cruzou os braços sobre o peito.

— Pergunta com pergunta.

— O que você quer dizer com isso?

— Para cada pergunta que você fizer, eu farei uma.

— Isso é ridículo.

— Não se você quiser a entrevista.

— Deixe-me adivinhar, todas as suas perguntas serão pessoais?

— Só quando a sua for.

— Tudo bem. — Bufei.

Eu queria evitar todas as questões pessoais. Lendo a lista que tinha preparado, pulei a primeira, que era claramente mais pessoal do que profissional.

— A linha ofensiva parece ter se tornado uma segunda metade da equipe. Sessenta e oito por cento da pontuação foi feita no segundo tempo, e o Steel tem vindo de trás, no segundo tempo, em quatro de cinco de suas vitórias. O que acontece no vestiário no intervalo que faz com que a equipe se reagrupe melhor?

Brody parecia satisfeito com a minha pergunta. Ele passou quase cinco minutos falando sobre como o intervalo muda o que o treinador Ryan fez durante os jogos anteriores. Ao contrário de muitos quarterbacks, ele não tomou para si os créditos das melhorias que levaram a sua equipe a vencer.

Em vez disso, ele focou no treinador.

— É a minha vez — disse Brody quando terminei de rabiscar as notas.

— Estou quase com medo de ouvir, mas vá em frente.

— Se você tivesse que casar com um homem do seriado A Ilha dos Birutas, qual escolheria?

Eu ri.

— Essa é a sua pergunta?

— É. — Ele tinha um sorriso inocente no rosto.

— Essa é fácil. O professor.

— Boa resposta.

— Havia qualquer outra resposta lógica?

— Você poderia ter escolhido o Sr. Howell. Ele é rico e velho.

Minha próxima pergunta foi sobre a definição ampliada da pena de jogador indefeso. Em seguida, foi a vez de Brody perguntar novamente.

— Nome do seu primeiro animal de estimação?

— Na verdade, eu nunca tive um animal de estimação.

— Todo mundo teve um animal de estimação em algum momento. Cão, gato, coelho, cobra, lagarto, hamster, tartaruga... algo?

Eu balancei minha cabeça.

— Não. Viajávamos muito nos finais de semana para ver os jogos do meu pai, portanto, nunca tive animais de estimação, porque ninguém estava por perto para cuidar deles.

— Você sabe que eu estou com vontade de te comprar um cachorro agora, certo? Um gigante, talvez um Terra-nova ou um Dogue alemão.

— Não se atreva.

Nós continuamos no telhado da igreja por mais duas horas. Na linha ímpar de questionamento de Brody, encontrei alguns pontos em comum entre nós dois. Os nomes do meio das nossas mães eram Yvonne, nenhum de nós gostava de chocolate, e ambos crescemos em apartamentos com endereços de rua numerados três-três-três. Eu pulei uma questão particular, sabendo que teria que responder a uma pessoal minha. Era a única que sobrou.

— Última pergunta.

— Manda.

— Disponível ou comprometido? — Eu expliquei a questão, tentando não parecer interessada em sua resposta. — Toda mulher vai querer saber a resposta.

Ele me olhou nos olhos quando respondeu.

— Nem um nem outro.

Eu não estava preparada para essa resposta, então não tinha uma réplica. Balancei a cabeça e comecei a arrumar minhas notas. Sentada, eu me preparei.

— Continue. Faça sua pergunta pessoal.

Brody levantou-se e ofereceu sua mão para me ajudar a levantar.

— Eu vou reservar a minha para mais tarde.

Nós caminhamos por duas quadras até chegarmos ao lugar em que jantaríamos. Brody disse que ia pedir comida para nós na sua suíte, então eu não tinha comido o dia inteiro. Meu estômago roncou quando nós nos sentamos.

— O que foi isso? — Brody brincou.

— Fica quieto. Você disse que íamos comer, mas me levou à igreja em vez disso. Meu estômago tem permissão para reclamar.

A garçonete nos olhou duas vezes quando veio pegar o nosso pedido.

— Você é... você é... Brody Easton?

— Sou.

— Ah, meu Deus! — ela gritou. — Eu sou uma grande fã. Meu filho de onze anos é quarterback na escola, ele acha que você é o maior.

— Obrigado. Como a equipe dele está nesta temporada?

— Eles perderam todos os jogos, mas o meu Joey nunca sai derrotado. Puxou a mim na altura. Ele mal pode ver por cima da linha, mas tem mais coração do que os meninos com o dobro do seu tamanho.

— Isso é bom. Ele ainda tem tempo para crescer. Mas o coração no esporte é meio caminho andado.

— Ele não vai acreditar que eu conheci você.

— Bem, que tal tirar uma foto e enviar para ele?

Os olhos da garçonete se alargaram com entusiasmo, mas seu rosto murchou rapidamente.

— Eu não tenho um telefone. A conta fica muito alta com duas linhas, e meu filho realmente queria um. Além disso, estou sempre aqui, e posso falar com ele quando preciso.

— Que tal usar o meu telefone e mandar para Joey, então?

— Meu Deus. Você faria isso? Ele ficaria extasiado.

Eu falei:

— Eu tiro. Fiquem juntos.

A garçonete sorriu quando Brody levantou-se e colocou a braço ao redor dela, inclinando-se. Depois que tirei algumas fotos e vi que estavam boas, lhe dei o meu telefone, e ela enviou a foto para seu filho com uma mensagem bonita. Quando ela começou a entregar o telefone de volta para mim, Brody parou.

— Na realidade, você se importaria de tirar uma foto de nós dois juntos?

— Claro que não.

Olhei para Brody sem entender. Ele me deu um sorriso malicioso e veio para o meu lado da mesa, agachando-se, então estávamos ao nível dos olhos.

— Pronto? — perguntou a garçonete.

Brody inclinou e cochichou no meu ouvido:

— Eu prefiro comer você a qualquer coisa do menu daqui. — Ele puxou a cabeça para trás para pegar um vislumbre da minha expressão.

— Pronto — ele disse para a garçonete, que capturou uma foto de Brody com olhos brilhando enquanto olhava para os meus.

Nós pedimos, e eu fiz o meu melhor para fingir que não fui afetada.

— Conte-me algo sobre você — Brody disse, descansando o braço casualmente ao longo da parte de trás da poltrona.

— Como o quê?

— Eu não sei. Qualquer coisa. Diga-me algo sobre você que incomoda as pessoas.

— Você faz perguntas estranhas.

— Ainda bem que eu não tenho o seu trabalho, então.

Eu ri.

— Verdade. — Bebendo meu refrigerante, pensei sobre a sua pergunta. — Eu falo durante os filmes.

— E daí? Todo mundo fala durante um filme.

— Não. Eu *falo* durante os filmes. Isso acontece principalmente quando gosto do filme. Eu fico animada e preciso recontar tudo o que está acontecendo na tela para a pessoa ao meu lado.

Brody parecia divertido.

— Então é melhor levá-la para um filme que você não gosta, certo?

— Bem... se eu não gostar do filme, então tenho a tendência de ficar entediada e sonhar um pouco, e perco o controle do que está acontecendo. Então, faço muitas perguntas, em vez de recontar o filme.

— Se você sabe que faz isso e irrita as pessoas, por que não para de fazer?

— Não consigo parar. Então, o que você faz que irrita as pessoas?

— Eu digo o que penso.

— Com certeza você diz.

— Te incomoda?

— No começo, sim, mas acho que estou começando a esperar por isso agora.

— Eu sou como um fungo, eu cresço em você.

— Encantador.

As horas voaram enquanto conversávamos, especialmente quando discutimos sobre futebol. Era quase meia-noite quando estávamos prontos para sair do restaurante. A garçonete trouxe a conta, e Brody se recusou a me deixar pagar, mesmo que eu tivesse argumentado que era tecnicamente um jantar de negócios, e que a estação iria pagar a conta. Ele não disse nada, mas o peguei deixando para a garçonete uma gorjeta de pelo menos algumas centenas de dólares. O fato de que ele não queria que eu percebesse o que tinha feito fez o gesto muito mais significativo.

Ele chamou um táxi e o leve tráfego de fim de noite fez com que chegássemos ao meu prédio em menos de quinze minutos. Brody disse ao taxista para lhe dar alguns minutos e entrou comigo no prédio.

— Obrigada por ter tempo para me deixar pré-entrevistar você. Isso realmente vai me deixar muito mais confortável no sábado.

— De nada.

Apertei o botão para chamar o elevador.

— E obrigada novamente pelo jantar.

Brody assentiu.

— Sabe... Eu ainda tenho uma questão pessoal pendente.

Eu tinha realmente esquecido.

— Deixando o melhor por último?

— Acho que posso dizer que sim.

A vibração no meu estômago sabia o que estava por vir. Em um gesto doce, ele afastou o cabelo do meu rosto e colocou-o atrás da minha orelha. Sua mão acariciou minha bochecha e depois inclinou meu queixo ligeiramente para que eu estivesse olhando diretamente para seus olhos quando ele falou.

— O que é preciso fazer para conseguir você debaixo de mim, Delilah?

Engoli em seco. Ele não estava brincando para chamar minha atenção neste momento. Não, ele estava falando sério e me observando atentamente, esperando por uma resposta.

— Eu gosto de você. Você é convencido e é direto. Mas, apesar de tudo isso, realmente gosto de passar o tempo com você. Eu apenas não estou procurando um relacionamento puramente físico; preciso de mais do que isso.

— Como o quê?

— Eu não sei. Encontro. Sair juntos. Exclusividade. Eu preciso passar um tempo com alguém, mais do que apenas em sua cama. Como falar com ele durante um filme. — Forcei um sorriso. — É quem eu sou.

O elevador normalmente lento chegou rapidamente. As portas se abriram atrás de mim, e esperei que Brody dissesse alguma coisa, mas ele só assentiu.

— Vejo você no sábado? — perguntei.

— Sábado. — Ele assentiu novamente.

As portas se fecharam e me levaram até o décimo quarto andar. Mas senti como se um pequeno pedaço do meu coração tivesse sido deixado para trás.

CAPÍTULO 10

Delilah

Apenas dois dias se passaram desde que vi Brody, mas eu ainda não conseguia tirá-lo da minha mente. Aparentemente, eu não era a única.

— Bonito. — Indie deu um aceno para o cara do outro lado do bar que inclinou sua bebida em nossa direção. Ela suspirou quando levou a taça de Martini à boca. — Mas ele não é nenhum Brody Easton.

— Nós podemos não falar disso novamente? Seu interesse está quase virando perseguição.

— Bem, eu acho que há sempre aquele cara. — Ela inclinou a taça na direção de um cara mais velho que seriamente se assemelhava ao Dr. Hannibal Lecter, de O Silêncio dos Inocentes. Ele estava sozinho, em um canto, olhando de soslaio em nossa direção, e, quando nos pegou olhando, seu sorriso de dentes raquíticos ficou ridiculamente grande. Eu teria me sentido mais segura se Hannibal tivesse a máscara de couro no rosto. — Tenho certeza de que ele ficaria feliz em quebrar o selo de sua vagina revirginada... antes de comer metade do seu rosto.

— Acho que vou passar. Eu tenho outras oportunidades, sabe? Michael Langley me mandou uma mensagem hoje.

— Foi? E você concordou em sair com ele?

— Estava ocupada. Não tive tempo de responder ainda.

— Você está enrolando porque quer Brody, e você sabe disso.

— Não estou.

— Está.

— Você não está ocupada agora. — Ela fez sinal para o garçom, apontando para o copo vazio. — Vá em frente, eu espero. Envie uma mensagem e diga que vai sair com ele, então. Se você não está esperando por Brody Easton, então não há nada que te impeça, sua desintoxicação já está terminando, de qualquer maneira.

— Eu vou.

— Estou esperando. — Indie bateu os dedos no balcão. Precisando provar que ela estava errada, peguei meu celular e escrevi uma rápida resposta para Michael.

— Feliz? — Eu virei meu telefone em sua direção para que ela pudesse ver o que enviei. Ela arrancou-o da minha mão e leu minha resposta.

Obrigada. Ainda em outra semana louca. Semana que vem prometo compensar o atraso.

— Isso não está dizendo que você vai sair com ele. Isso é enrolar novamente por mais uma semana.

— Mas eu *estou* ocupada. Como você teria gostado que eu respondesse?

Ela digitou no meu teclado e virou o telefone em minha direção. Felizmente, ela não tinha pressionado "Enviar". Li seu texto.

Pensando melhor, acho que não posso esperar mais uma semana. Jantar sábado à noite?

— Eu não sou tão direta. — Segurei o telefone, mas ela o tirou do meu alcance. Com um enorme sorriso, ela disse:

— Agora você é. — E apertou "Enviar".

Meus olhos se arregalaram.

— Eu não posso acreditar que você fez isso!

Ignorando-me, ela pediu duas doses quando o barman retornou com seu terceiro Martini. Eu não queria muito beber. Dois copos de vinho eram o limite para um happy hour de sexta-feira. Se eu fosse honesta, diria que vim pela companhia e comida, que era o que metade das pessoas solteiras em bares em New York fazia. Nenhum de nós queria cozinhar em nossas cozinhas minúsculas se não fosse preciso.

Eu ainda estava fazendo beicinho quando meu telefone tocou no balcão. O nome de Michael apareceu na tela. Virando para Indie, eu levantei a dose que ela pediu e bebi. Então, bebi a dela também.

Depois de sacudir os arrepios que o álcool deixou, tive coragem de ler a resposta de Michael.

Eu estava começando a pensar que você ia me dispensar. Sua mensagem fez o meu dia podre brilhar novamente. Às oito no sábado?

Talvez Indie estivesse certa. Eu estava protelando por causa de uma atração persistente por determinado quarterback. Uma que, no fundo, eu sabia que não deveria sequer ser tentada a explorar. Realmente não havia razão para não começar a namorar novamente. Suspirei.

— Ok. Talvez você esteja certa.

— Repita.

Falei mais alto:

— Eu disse que talvez você esteja certa.

— Ah, eu ouvi da primeira vez. Só queria te ouvir admitir isso.

Indie e eu nos sentamos no bar até quase onze. Eu estava mais do que bêbada quando ela chamou um táxi para nós, substituindo a nossa habitual viagem de metrô para casa. O motorista a deixou primeiro, e eu me sentei olhando o trânsito pela janela em um torpor induzido pelo álcool.

Um ônibus parou ao meu lado e me chamou a atenção um velho anúncio descascado nele. Era o logotipo de New York Steel junto com uma bela foto de Brody de frente, onde lia-se "Easton está de volta". Deve ser de alguns anos atrás.

O álcool me fazia tomar decisões precipitadas. Sem pensar, digitei uma mensagem.

Delilah: Acabei de ver sua foto na lateral de um ônibus. Você gosta de ter seu rosto no transporte público?

Ele respondeu trinta segundos depois.

Brody: Eu gosto de ter meu rosto em qualquer lugar que faça você pensar em mim. Mas eu prefiro ter meu rosto entre suas pernas.

Quem diz coisas assim? E por que diabos eu gosto? Sério, a metade inferior do meu corpo começou a formigar.

Delilah: Você sabe como usar as palavras, amigo.

O JOGADOR

Brody: Eu sei usar a minha língua. Quando você vai desistir e me deixar te mostrar?

Delilah: Tentador. Mas acho que vou ficar com os homens que estão interessados em mais do que apenas meus orifícios.

Brody: Eu estou ficando duro só porque você usou a palavra orifícios.

Eu ri em voz alta. O motorista olhou para mim no espelho retrovisor, e levantei o meu telefone em explicação. Ele não deu a mínima.

Delilah: Boa noite, Brody.

O homem podia me fazer rir e me inflamar ao mesmo tempo. Era uma combinação que meu corpo inteiro gostou bastante.

Brody: Vejo você nos meus sonhos.

Ele certamente iria.

Sábado à tarde eu estava quebrada. Tinha a extraordinária entrevista cara a cara com Brody às cinco, seguida por um encontro com Michael às oito. Enquanto ia para o Regency, eu queria matar Indie por ter marcado o jantar para esta noite.

— Nervosa? — Nick olhou para mim e, em seguida, de volta para a estrada.

Estávamos levando mais equipamentos do que normalmente levávamos para uma entrevista de vestiário, então ele me pegou com a van da estação.

— Pareço?

— Você está girando a caneta na mão desde que entrou.

Segurei a caneta na mão para me impedir de continuar. Eu estava definitivamente em uma inquietação nervosa e não tinha ideia de que estava fazendo isso.

— Desculpe.

— Não me incomoda, mas estou surpreso. Para mim, ir ao vestiário seria mais desesperador do que cara a cara. Você sempre parece tão calma no pós-jogo.

— Eu devo ser melhor em esconder isso. Além disso, tenho um encontro hoje à noite após a entrevista e já faz um tempo. Eu estava em uma pausa autoimposta de seis meses sem namoro.

— Bem, isso explica tudo, então. Que horas é o seu encontro?

— Oito.

— É bem depois da entrevista. Nós vamos sair de lá por volta das sete.

Chegamos ao hotel de Brody alguns minutos antes da hora, e ele abriu a porta com a aparência de ter acabado de sair do chuveiro. Seu cabelo estava penteado para trás, e gotículas de água cobriam seu peito ridiculamente tonificado. *Deus, eu queria lambê-lo.*

Brody me pegou de boca aberta, e um sorriso maroto se espalhou por seu lindo rosto. Eu queria bater nele. *Ou beijá-lo.*

— Entrem. Pensei que Delilah poderia me ajudar a escolher algo para vestir enquanto você arruma tudo. — Ele apertou a mão de Nick e depois se inclinou e me beijou na bochecha. — Você está bonita.

Nick e Brody falaram sobre onde se instalar e passaram alguns minutos conversando sobre esportes. O homem era definitivamente charmoso, tanto com homens quanto com mulheres. Isso era natural para ele. Era parte do que fazia dele extraordinário na frente da câmera; ele exalava confiança e carisma.

Eventualmente, ele virou sua atenção para mim.

— Você está pronta para me vestir?

Revirei os olhos. Enquanto Brody abria caminho para o seu quarto, Nick gritou:

— Não demore o mesmo tempo que você leva para escolher suas próprias roupas para sair, ou vai perder metade do seu encontro.

Tentei continuar andando, mas Brody parou.

— Encontro?

Engolindo em seco, senti como se tivesse feito algo errado.

— Sim, eu tenho um encontro hoje à noite depois da nossa entrevista.

— Que horas?

— Oito.

Ele me surpreendeu por não discutir mais. Nós caminhamos pelo quarto até chegar ao grande closet.

— O que você acha? Terno ou algo mais casual?

— Eu acho que casual. Talvez suéter e calça.

— Vá em frente. — Ele estendeu o braço em direção às prateleiras embutidas que exibiam pilhas bem dobradas de camisas. Dedilhando através delas, notei que cada peça de roupa estava dobrada exatamente do mesmo jeito.

— Acredito que você tenha alguém que cuide da sua roupa.

Ele caminhou até perto de mim. Muito perto. Senti o calor do seu corpo. *Sem camisa, seu magnífico corpo.*

— Eu tenho. Se não tivesse, você estaria procurando no meio de uma confusão de roupas no chão.

Tentando fingir que a proximidade dele não me afetou, me concentrei na tarefa de escolher a roupa. Estendendo a mão, agarrei um suéter de caxemira azul-marinho.

— Que tal isso? — Eu me virei para mostrar minha seleção e bati direto na parede de tijolos de seu peito.

Ele não se mexeu. Era um grande closet, ainda assim, havia pouco espaço entre as prateleiras atrás de mim e o homem na minha frente. Ele deu de ombros.

— Se você gosta, eu vou usar.

— Você é fácil.

— Gostaria de poder dizer o mesmo de você.

— Algo me diz que, se eu fosse, você já teria perdido o interesse.

— É isso que você acha? Que eu só gosto da caçada?

Eu o olhei diretamente nos olhos.

— Eu acho que sim, acho que você desfruta da caçada. Estou achando que é uma novidade para você. Que você é, normalmente, o caçado, e não o caçador.

Ele deu um passo para mais perto, e eu recuei e bati nas prateleiras atrás de mim. Colocando um antebraço contra a parede em ambos os lados da minha cabeça, ele efetivamente me enjaulou. Eu deveria querer fugir, mas, em vez disso, tive a súbita vontade de pressionar o meu corpo contra o dele. Felizmente, um pouco de autocontrole ainda existia no meu cérebro. Ele baixou o rosto para o meu.

— Quem é o encontro desta noite?

— Não é da sua conta.

Ele se inclinou um pouco mais perto, para que os nossos lábios estivessem separados por apenas centímetros.

— Você sente o que está sentindo agora quando está perto dele?

Não.

— Talvez.

— Mentira. Diga-me que posso te beijar. — Ele baixou a cabeça e gentilmente correu o nariz ao longo da minha garganta.

Meu corpo estava zumbindo como o de um garoto universitário na cerimônia de iniciação da fraternidade.

— Não. — A palavra saiu quase em um sussurro. Minha voz estava grossa e tensa, clara evidência do que ele estava fazendo a mim. Ele continuou arrastando o nariz ao longo da minha pele.

O toque sensual gerou uma corrente de arrepios que me despertou. Quando chegou à minha orelha, sua voz estava nervosa e repleta de necessidade.

— Diga-me que posso te beijar. Eu sinto o cheiro da excitação no seu corpo. Diga-me.

Meus joelhos tremiam, e minha boca se abriu para finalmente ceder. *Eu quero tanto que ele me beije.* Felizmente, a voz de Nick quebrou o momento.

— Brody, eu posso pegar um cabo do... Ops... Sinto muito. Eu não quis interromper.

Brody respondeu sem se mover:

— Faça tudo que precisar, Nick.

— Sim. Tudo bem, cara — disse Nick, seus passos rapidamente recuando.

Esses segundos de distração me deram a chance de sair da minha neblina induzida pela luxúria.

— Isso foi muito pouco profissional da minha parte. — Eu passei por baixo do braço dele e praticamente corri para fora do closet.

Passei alguns minutos me recompondo no banheiro antes de me juntar a Nick na sala de estar, que já tinha quase terminado o cenário.

— Me desculpe por isso. Eu não sabia que seu encontro hoje à noite era com Brody.

Minha boca se abriu, mas a resposta veio do homem que entrou na sala atrás de mim.

— Não é. Mas deveria ser, porra.

Eu me virei, encontrando Brody vestindo o suéter de caxemira azul que eu escolhi e uma calça bem ajustada. A profunda cor azul realçou a intensidade de seus olhos. Olhos que estavam me perfurando.

— O treinador precisa falar comigo. Eu tenho que atender essa chamada agora. Por que vocês dois não se ajeitam enquanto isso? Vou pedir alguns lanches no serviço de quarto antes de começar.

— Sem problema. Obrigado, Brody — disse Nick.

Em seguida, ele se foi.

Durante quase duas horas.

Eventualmente, eu me aventurei em procurar por ele. Tudo estava tranquilo, nenhuma indicação de que ele ainda estava no telefone. Bati de leve na porta do quarto, mas não houve resposta. Então bati novamente. Quando ainda assim não havia nada além do silêncio, eu abri a porta do quarto.

Brody estava deitado no meio de sua cama king-size. E parecia estar *dormindo*.

— Brody?

Seus cílios bateram enquanto ele abria os olhos.

— É a mulher dos meus sonhos.

Minhas mãos foram para o meu quadril.

— O que você pensa que está fazendo?

— Acho que adormeci.

— Antes ou depois do telefonema falso do seu treinador?

Ele balançou as pernas para o lado da cama e sentou-se. Passando as mãos pelos cabelos, disse:

— Você está pronta para começar?

— Eu estou pronta há mais de duas horas.

— Desculpa. Eu acho que você vai ter que cancelar o seu encontro desta noite.

Brody estava sorrindo, e eu sorri de volta. Mas o meu não era um sorriso amigável. Foi mais como se eu estivesse prestes a enfiar o pé direto na sua bunda.

— Está bem. Nós podemos simplesmente ignorar o jantar e ir direto para o que ele tiver planejado para depois.

O sorriso de Brody sumiu. O meu cresceu mais. Dez minutos depois, estávamos finalmente sentados e prontos para começar a entrevista.

As primeiras perguntas soaram tensas. Meu aborrecimento estava sangrando inteiramente, e suas respostas foram breves. As coisas começaram a mudar em torno da quarta pergunta, quando chegamos a um debate acalorado sobre estatísticas. Mais de uma hora e meia de fita rolou, embora nós só tivéssemos que preencher uns vinte e dois minutos seguidos, depois tinha o merchandising dos comerciais, para finalizar com meia hora. Fomos até a última pergunta:

— Disponível ou comprometido?

Sua resposta foi nem um nem outro durante a pré-entrevista, o que eu pensei que era uma descrição muito interessante e precisa de sua vida amorosa. Ele não era comprometido, mas também não estava disponível. Só que, desta vez, quando fiz a pergunta, sua resposta me pegou desprevenida.

— Comprometido.

Ele podia ver a confusão no meu rosto, mas eu rapidamente assumi meu modo jornalista.

— Sério? É recente?

— É.

— Quão recente?

— Tão recente que ela ainda não sabe.

— Perdão?

— Eu pretendo contar a ela sobre o nosso novo relacionamento logo após esta entrevista.

— Contar a ela? Não pedir?

— Sim. Nós estivemos brincando de gato e rato por um tempo. Há alguma coisa acontecendo durante semanas, mas eu tenho evitado porque não sou bom em relacionamentos.

— E agora isso mudou?

— Mudou. Ela me deixou completamente louco. Eu não consigo parar de pensar nela. Então, é hora de tornar oficial e eu sair do mercado para ver como as coisas correm.

Eu não tinha ideia de como responder a isso, então terminei a entrevista. Virando para a câmera, finalizei.

— Vocês ouviram aqui em primeira mão, senhoras, que Brody Easton está fora do mercado. Tenho certeza de que há legiões de mulheres devastadas com a notícia. A WMBC deseja ao melhor jogador do Super Bowl boa sorte no jogo de amanhã e com o seu novo relacionamento. Esta jornalista acredita que um pode ser mais fácil para ele gerenciar do que o outro.

Nick desligou a câmera. Enquanto arrumava a iluminação, ele disse:

— Ótima entrevista. Editar é que vai ser bem difícil. Temos muito material e será complicado escolher o que cortar.

— Obrigado, Nick.

Brody e eu ajudamos a arrumar o resto do equipamento. Passava das nove quando terminamos. Nick olhou para o telefone.

— Quer que eu te deixe no seu encontro? Você já está atrasada.

— Obrigada, mas eu enviei uma mensagem e adiei.

Nick assentiu.

— Levo-a para casa?

— Eu levo — disse Brody.

— Deixe-me ajudá-lo a colocar essa merda toda na van.

Peguei uma bolsa, mas Brody a tomou da minha mão.

— Fique, deixa comigo, eu já volto.

Enquanto ele foi, eu reorganizei os móveis da sala como estavam antes da entrevista. Brody veio assim que eu estava terminando de arrumar as almofadas no sofá.

— Você tem que conseguir umas almofadas com monogramas para o sofá — eu disse. — Faz parecer menos como um hotel e mais uma casa.

— Quando você adiou o encontro?

Eu segurei uma almofada contra o meu peito.

— Depois que saí do closet.

— Não depois que eu atrasei você?

Eu balancei minha cabeça. A maneira como me senti quando saí do closet me fez ter certeza de que ir a um encontro com Michael teria sido errado. Fizesse algo ou não, eu tinha sentimentos por outro cara. Era um erro começar um relacionamento com alguém quando meus pensamentos estavam realmente em outro.

— Você está adiando isso indefinidamente.

— Estou?

Ele balançou a cabeça e caminhou até o sofá. Alcançando minha mão, ele olhou nos meus olhos.

— Eu posso ser exclusivo. Inferno, o pensamento de você com mais alguém me deixa louco. Eu insisto em exclusividade. E namoro. Estou dentro para o que você quiser fazer. Na parte da relação, eu provavelmente vou precisar que você tenha paciência comigo daqui por diante. Faz muito tempo desde que tive uma namorada. Eu provavelmente vou foder tudo e te chatear muito, mas gostaria de tentar.

Uau. Eu não ia mencionar que tinha estado pronta para ceder à sua oferta de só sexo. Acho que tinha ganhado a batalha de resistência. *Por cerca de trinta segundos.*

— Ok.

— Ok?

— Sim. Eu gostaria de tentar também. Você é um idiota arrogante, mas há algo em você que eu gosto.

Ele pegou minha mão e a levou aos lábios, dando um beijo doce na parte superior.

— Fantástico. Jantar e então transar? Ou transar e então jantar?

— Caramba. Como é que uma garota pode decidir com tais escolhas excitantes?

— Jogue uma moeda. Cara, você me dá. Coroa, eu te pego. Você ganha dos dois jeitos. — Ele piscou. — A propósito, eu realmente gosto que use a palavra "excitante" na nossa conversa, garota safada.

Eu sorri.

— Que tal começar com um encontro de verdade?

— Vamos lá.

— Não tão rápido.

Brody olhou como se eu tivesse chutado seu filhote de cachorro.

— O quê?

— Se vamos fazer isso, vamos começar direito. Você tem um jogo amanhã. Eu quero um encontro real. Que tal no próximo fim de semana?

— De jeito nenhum.

— Quanta impaciência.

— A paciência é amarga. E o fruto é doce.

— Você acabou de citar Aristóteles?

— Talvez. — Ele puxou a mão que estava segurando, aproximando-me dele. — Jantar. Quarta-feira à noite. Vou buscá-la às sete.

— Ok.

— Agora, me beije, porra.

Eu não tive tempo de responder. Numa batida do coração, seus lábios estavam nos meus e seus braços, possessivamente em torno de mim, me puxando firmemente contra ele. Meus joelhos ficaram fracos. Meu coração estava batendo no meu peito, e eu teria jurado que havia um monte de borboletas agitando as asas no fundo do meu estômago.

Com um gemido que ecoou através de nossas bocas e vibrou para baixo de todo o meu corpo, ele lambeu os lábios e cutucou minha boca aberta. Sua língua perseguiu a minha de forma agressiva e, em seguida, tomou tudo que eu dava. O desespero e a intensidade do beijo foram como algo que eu nunca tinha sentido antes.

Minhas mãos cravaram em seu cabelo enquanto ele pegou um punhado do meu e puxou minha cabeça para trás ainda mais para onde ele me queria. Eu gemia, sentindo o fluxo do desejo dele me envolver. Gemi quando senti sua ereção contra o meu ventre.

Puta merda.

Ficamos assim por um longo tempo. Agarrando e apalpando. Puxando e precisando. Quando finalmente libertou minha boca, ele sugou meu lábio inferior e soltou um gemido faminto.

— Bolsa de viagem. Traga uma bolsa na quarta-feira, porque de jeito nenhum que eu vou deixar você ir de novo.

CAPÍTULO 11

Brody

— Sabia que quando eu era criança eles tinham jogadores de futebol reais? Eles usavam capacetes de couro e não faziam semanais. Que tipo de atleta fraco precisa de uma semana de folga no meio da temporada?

— Quando você era criança, eles marcavam a pontuação esculpindo marcas de X na pedra. — Joguei uma camisa para Grouper. A próxima semana era de revisitar o passado, quando a equipe usava réplica de uniformes de anos atrás. Eu tinha encomendado um extra para Grouper III. — Diga ao Guppy que assinei com uma caneta que não sai na lavagem dessa vez. Não quero a mãe dele recebendo outra ligação da escola sobre o garoto estar cheirando mal.

Grouper ergueu-a e suspirou nostalgicamente.

— Me lembro deste uniforme. Era do tempo dos jogadores verdadeiramente machos.

— Vai se foder, velho.

Marlene estava sentada na beira da cama, com uma touca de natação floral na cabeça. Ela estava rabiscando algumas notas no seu bloco, enquanto os créditos finais de The Price Is Right rolavam na tela da TV atrás dela. Acho que hoje eu estou atrasado.

— Vai nadar, Marlene? — Inclinei-me e beijei sua bochecha.

Ela olhou para mim sem expressão.

— Você é o motorista do ônibus?

— Não. Sou Brody. Lembra-se?

Ela ainda parecia confusa.

— Eu morava ao lado. — Ela me reconheceu.

— Brody da Willow. — Ela olhou ao meu redor. — Ela está com você hoje?

— Não hoje, Marlene.

— Ela não quer vir?

Eu odiava quando ela me fazia essas perguntas. Às vezes, era mais fácil quando ela não se lembrava de quem eu era.

— Ela está trabalhando em um projeto de arte na minha cabana. Você sabe como ela é quando está trabalhando. — Isso pareceu acalmá-la. Então eu mudei o assunto para um de seus favoritos. — Como foi o programa hoje?

Ela olhou para seu bloco de notas.

— Eu teria vencido facilmente o jogo. A mulher que estava no final, Kathryn era seu nome, não sabia de nada.

— Eles não podem ser todos como você. Ou não seria um jogo, não é?

— Aquele microfone do Barker é muito fino. Eu não sei o que ele está tentando provar.

Eu ri.

— Sim. Eu não tenho certeza do que seria. — Marlene pegou o controle remoto de sua mesa de cabeceira e desligou a TV.

— A que horas é a natação? Eu não soube que eles mudaram a programação.

— Onze.

Eu olhei para o meu relógio. Passava cinco minutos do meio-dia. Marlene e eu conversamos por um tempo, e, eventualmente, Shannon entrou carregando um pequeno copo plástico contendo algumas pílulas. Ela entregou a Marlene com um copo de água.

— Estão atrasados para a natação? — perguntei.

— Não. A natação é na quarta-feira às duas.

Olhei de soslaio para a touca de natação de Marlene, em seguida, de volta para Shannon. Ela encolheu os ombros.

— Ela ficou chateada quando eu tentei tirar esta manhã. Eu disse a ela que não teria natação até amanhã. Ela me disse que eu tinha merda na cabeça. Certo, Marlene?

Marlene acenou com a cabeça e entregou-lhe de volta o copo vazio sem as pílulas. Ela falou como se estivesse verificando o tempo.

— Está certo. Merda na cabeça, essa aí.

Shannon me deu um polegar para cima e uma piscadela enquanto saía do quarto. Uma hora mais tarde, Marlene me deixou ajudá-la a retirar a touca de natação de borracha. A maldita coisa estava tão apertada que deixou uma marca vermelha na testa, onde a borda segurou a circulação.

— Estou indo embora, estou atrasado para o treino desta tarde.

Ela assentiu.

— Beije minha neta e lhe diga para não trabalhar demais.

— Pode deixar.

CAPÍTULO 12

Delilah

Depois que voltei de uma sessão de duas horas na sala de edição, a recepcionista entrou no meu escritório carregando um vaso de vidro alto cheio não de flores, mas de água. O olhar confuso em seu rosto combinava com o meu. Até que vi que o vaso não estava realmente vazio. Um único peixe beta azul estava nadando dentro dele, e o fundo era revestido com uma camada de cascalho azul e amarelo.

Ela me entregou o pequeno cartão do arranjo, olhou para o outro vaso na minha mesa, o cheio de varas, e saiu, balançando a cabeça. Eu abri o cartão.

Chamei-o de Brody. De nada.

Eu sorri, lembrando da nossa conversa sobre eu nunca ter tido um animal de estimação antes. Para um homem que tinha me dito que as mulheres realmente não queriam flores bobas e gestos doces, que o que elas realmente queriam era uma boa foda contra a parede, eu tinha certeza de que ele me daria as duas coisas hoje.

Mais tarde, eu estava vendo uma repetição da minha entrevista com Brody no meu notebook. O som de sua voz corajosa e a confiança que ele exalava eram um pouco como preliminares para o nosso encontro de hoje à noite. Eu estava ansiosa, animada e nervosa ao mesmo tempo.

Fechando os olhos enquanto ele falava, eu me inclinei na cadeira e o visualizei de pé diante de mim, com a sua voz me comandando a me despir.

Desabotoe sua camisa.

Tire esse sutiã.

Deus, mesmo só imaginar já agitava um lugar específico em mim.

Levante sua saia.

Mais alto, Delilah.

Você sabe o que eu vou fazer com você...

O JOGADOR

Uma batida na porta me assustou, e eu pulei na cadeira. Merda.

— Ei. Desculpe, não queria assustá-la. Achei que você tinha me visto.

— Michael. Oi. Acho que estava distraída com o trabalho.— Eu tinha mandado uma mensagem no último minuto para cancelar o encontro da outra noite, e ele tinha sido muito compreensivo. Eu não tinha exatamente mentido quando disse que uma entrevista tinha terminado algumas horas mais tarde do que o planejado e prometi um reagendamento.

Na noite passada, ele me mandou uma mensagem querendo saber sobre o reagendamento que eu tinha prometido, e, não sabendo como responder, acabei deixando-o sem reposta.

— Parei para dizer olá e ver como você está indo.

— Estou bem. Ocupada. Desculpe não ter respondido ainda a sua mensagem. Minha agenda está muito louca.

Seus olhos passearam sobre as rosas que ele me enviou expostas no armário de arquivo atrás de mim, então, tomou nota do vaso cheio de varas no canto da frente da minha mesa. Ele parecia confuso, e com razão. Elas acrescentaram, de algum modo, algo ao meu escritório monótono, talvez um toque de loucura. No entanto, ele não questionou a esquisitice.

— Você estaria disposta a jantar hoje à noite?

— Na verdade, tenho planos para hoje à noite. Desculpe.

— Trabalho de novo?

Michael estava me observando, esperando uma resposta. Era estranho dizer a ele que eu estava indo a um encontro, provavelmente por causa da minha culpa torturante de que o encontro era com o cara que era o motivo de eu ter cancelado na outra noite com ele. Então eu menti.

— Sim. Eu preciso refazer parte de uma entrevista que fiz. — A expressão de alívio passou pelo rosto de Michael.

— Bem, ser o chefe por aqui não dá qualquer regalia, não é?

— Acho que não. — Eu tentei rir.

— Uma noite, na próxima semana, então?

Eu balancei a cabeça, deixando as coisas muito evasivas. Felizmente, meu telefone tocou.

— Desculpe-me um minuto. — Fiquei aliviada ao sair da conversa e atender a minha linha do escritório. — Delilah Maddox.

A voz sexy de Brody rosnou através do telefone.

— Você trouxe uma bolsa de viagem para o trabalho?

Eu olhei para Michael; ele ainda estava de pé na minha porta.

— Trouxe.

— Você realmente não precisa de nada nela. Vou buscá-la em uma hora. Você terá seu encontro. Então eu vou lhe dar a minha própria versão desses gestos doces que você gosta tanto.

Limpei a garganta.

— Ok. Parece bom.

— Alguém está ai?

— Sim, isso mesmo.

— Você está usando saia?

— Sim.

— Tire sua calcinha antes de eu ir pegá-la.

— Humm...

— Uma hora, Delilah. Sem calcinha. Eu estou salivando só de pensar em provar você.

Ele desligou o telefone, e eu fiquei sentada lá como uma idiota, meu corpo zumbido e minha boca entreaberta.

— Você está bem? — Michael parecia preocupado.

— Sim. — Eu pisquei, voltando a mim. — Me desculpe por isso.

— Eu vou deixar você voltar ao trabalho. Ligo pra você na próxima semana?

— Parece ótimo.

Talvez até lá eu crie coragem.

Durante dez minutos, fiquei no banheiro e tirei e coloquei a calcinha três vezes. A porta externa se abriu novamente, e duas mulheres cujas vozes eu não reconheci entraram, batendo papo. Isso era ridículo.

Por fim, decidi enfrentar o desafio. Enrolei o fio dental preto de renda que eu estava usando na minha mão, em seguida, enfiei-o dentro do compartimento com zíper da bolsa. Saindo, me senti livre.

Lavei as mãos e me dirigi para a saída do meu complexo de escritórios. Através das portas de vidro da frente, vi Brody encostado em seu carro. Ele estava balançando as chaves casualmente e observando as pessoas indo e vindo do prédio. Eu era uma mistura de animação e nervosismo quando pisei na calçada.

Quando me viu, seu rosto se curvou em um delicioso sorriso. Ele cruzou os braços sobre o peito e me observou atentamente enquanto eu caminhava em direção ao carro. A rua estava cheia de pessoas andando em todas as direções, mas ele não pareceu notar nenhuma delas. Foi a coisa mais louca de todos os tempos o jeito que ele estava olhando para mim, observando cada movimento que eu fazia com desejo em seu rosto. Na verdade, estava me excitando um pouco. Meu corpo ficou excitado sem um único toque. De repente, eu estava morrendo de fome, mas definitivamente não de comida.

Ele estendeu a mão para mim quando me aproximei, então abruptamente puxou com força, me arrastando para ele. Me surpreendendo, ele começou a me beijar, ali mesmo na rua. *E que beijo.*

Meu cérebro estava em curto-circuito quando ele finalmente liberou minha boca.

— Nossa. — Suas mãos deslizaram para baixo e pararam na minha cintura, me mantendo quente contra ele. — Nós podemos pular o encontro.

Mesmo que meu corpo não quisesse nada mais do que fazer exatamente isso, eu disse:

— Eu não posso facilitar para você agora, posso?

— Você não fez mais nada além de me deixar duro desde o dia em que te conheci. — Ele me puxou ainda mais apertado contra ele, e eu literalmente senti sua sinceridade sendo empurrada contra o meu ventre.

— Então, aonde estamos indo?

— Jantar e um museu.

— Museu?

— Você disse no outro dia que amava museus.

— Para um cara que não acredita em flores bestas e gestos doces, você é muito, muito bom com eles.

Mesmo que tenhamos ido a um pequeno restaurante que estava fora da rede de celebridades, entre o momento em que o manobrista levou o carro e enquanto estávamos sentados em uma mesa tranquila no canto, duas pessoas nos abordaram.

— Me desculpe.

— Está tudo bem, estou acostumada com isso. Só que eu não me lembro das esposas dos homens que paravam meu pai olharem para ele do jeito que a mulher do último cara estava cobiçando você.

— Eu conheci o seu pai uma vez.

— Mesmo?

— Sim. No campo de treinamento no meu primeiro ano na equipe. Ele me chamou de lado e conversamos por cerca de meia hora. Ele costumava ir no primeiro dia de cada temporada.

— Sobre o que vocês falaram?

— Ele me disse para nunca chegar perto de sua filha ou ele esmagaria minhas bolas com um torno.

Meus olhos se arregalaram.

— Sério?

— Não, eu estou brincando com você.

Eu ri. Eu fazia muito isso com Brody. Ele tinha uma incrível capacidade de mudar meu humor em um instante. Num minuto, eu estava rindo, e, no próximo, eu poderia estar praticamente ofegando da extrema tensão sexual.

Depois que pedimos vinho e aperitivos, outro fã animado interrompeu a nossa conversa e pediu um autógrafo. Era meados de temporada de futebol, e eu estava jantando com a estrela quarterback do time segundo lugar do ranking.

— Isso te incomoda? A fama?

— Geralmente não. Eu evito fazer coisas em público para não ser interrompido. Acredite ou não, eu não saio muito.

— Eu já vi fotos suas com várias mulheres.

— A maioria foi em eventos, obrigações dos patrocinadores ou com a equipe. Na verdade, eu não me lembro da última vez que eu tive um encontro como este, sem que fosse algo que eu fosse obrigado a comparecer.

— Por quê? Eu suponho que não seja por falta de oportunidade.

— Eu gosto de manter meu foco no jogo.

— Então você nunca teve um relacionamento sério?

Brody se inclinou para trás em sua cadeira e olhou ao redor do restaurante.

— Eu tive uma relação, sim.

— Apenas uma?

— Apenas uma. — Um músculo em sua mandíbula apertou. Era evidente que esta conversa o deixava desconfortável, mas eu queria saber mais sobre ele.

— O que aconteceu?

— Acabou.

— Eu acho que há mais aí, considerando que estamos sentados aqui e você está tentando me convencer a dormir com você há semanas.

As sobrancelhas de Brody se ergueram.

— Por que sempre sinto que estou sendo entrevistado quando estamos juntos?

— Provavelmente porque você não dá muita informação voluntariamente.

A garçonete parou em nossa mesa.

— Posso levar estes pratos?

Brody assentiu.

— Pode sim.

Quando ela desapareceu, ele tentou mudar de assunto.

— Então, o jornalismo?

Eu não o deixaria fugir tão facilmente. Tomei um gole de vinho e ignorei sua tentativa de escapar.

— Então você teve um relacionamento antes?

— Sim.

— Há quanto tempo acabou?

— Eu não sei, Delilah. Eu não tenho contado os dias no calendário. Há quatro anos, talvez.

— Então, só namoros casuais desde então?

— Sim.

— Interessante.

— Na verdade não. É a minha vez de fazer as perguntas agora?

— Certamente. — Acenei com a mão como se estivesse lhe dando a palavra.

Ele coçou o queixo por um momento.

— Se você soubesse que ia ficar presa em uma ilha por um mês e só pudesse levar três coisas, o que você levaria com você?

Eu ri.

— Você podia ter falado sobre futebol ou política para mudar de assunto.

— Eu poderia, mas realmente quero saber se você pegaria um vibrador como um de seus três itens.

— Você acha que se eu fosse ficar presa em uma ilha e só pudesse levar três coisas, eu levaria um vibrador?

— Acho que eu meio que esperava que sim.

— Não acho que estaria na minha curta lista.

— O que seria?

— Eu não sei. O que primeiro me vem à mente? Fósforos, água e uma rede de pesca.

— Escolhas inteligentes. Estou desapontado. Mas pelo menos você não vai morrer de fome.

— Suas perguntas são bizarras, você sabe disso, certo?

— Talvez. Mas a sua resposta me disse muito sobre você. Assim, eu soube que você é prática. Você sabe que poderia se satisfazer com sua mão, dessa forma, não vai perder uma das suas três coisas em um brinquedo desnecessário. — Ele bateu o dedo em sua testa e sorriu. — Bem pensado.

— Deixe-me perguntar uma coisa. Se, eventualmente, fizermos sexo...

Brody interrompeu.

— Se?

— Quando. *Quando*, você sabe...

— Eu te foder...

— Isso. Você vai parar de falar sobre sexo em todos os momentos?

Ele se inclinou para frente.

— Não vou porra nenhuma. Aposto que, uma vez que eu estiver dentro de você, só vai piorar.

— Ok, então. — *Deus, está quente aqui.* Eu precisava mudar de assunto, ou esse encontro iria acabar muito em breve. Tomando a sugestão de Brody, perguntei: — Se você pudesse escolher uma princesa da Disney, qual seria?

Brody sorriu.

— Deixe-me pensar. — Ele ficou quieto por um momento, depois me surpreendeu. Ele estava pensando na minha pergunta a sério. — Definitivamente não a Bela Adormecida. Ela fica dormindo o dia inteiro, esperando que algum idiota vestindo calça apertada a beije.

— Isso não é exatamente como eu a teria resumido. Mas, tudo bem... continue.

Ele coçou o queixo.

— A voz da Branca de Neve iria me irritar pra cacete. Além disso, eu tenho 1.90m, e ela gosta de baixinhos. — Ele fez uma pausa. — Eu não tenho certeza se conheço quaisquer outras princesas. Espere, não. Aquela garota do Aladim é sexy. Ou a Pequena Sereia. Mas uma sereia pode abrir as pernas? Ela é sequer uma princesa?

O resto da noite continuou do mesmo jeito. Fizemos outras perguntas ridículas, e as respostas realmente revelaram muito sobre o outro. Comecei a pensar que talvez eu deveria lançar uma excêntrica pergunta em minhas entrevistas a partir de agora.

Depois que Brody pagou a conta, esperamos do lado de fora pelo manobrista trazer o carro. Havia uma multidão conversando, e eu notei que ele nos conduziu para longe deles e virou as costas para não chamar a atenção para si mesmo.

— Posição favorita? — perguntou.

Fácil.

— Quarterback, é claro. Eu sou filhinha do papai.

Ele se inclinou, sussurrando em meu ouvido.

— Eu quis dizer posição favorita nua.

— Ah. — Ah! Ele estava realmente esperando por uma resposta. — Não tenho certeza. Nunca pensei muito sobre isso. — Eu engoli em seco. — E você?

Ele pegou minhas mãos e as colocou nas minhas costas. Capturando meus pulsos em uma de suas grandes mãos, a outra foi para o meu rosto e tirou uma mecha de cabelo solta.

— Em cima. Não importa como. Acabei tendo um desejo louco para estar em cima de você desde o dia em que nos conhecemos. Por mais que também adoraria ver você me montar, acho que no topo é o que eu vou gostar mais com você. E a posição do missionário, porque, por algum motivo, não há nada mais que eu queira fazer do que ver seu rosto enquanto eu afundo profundamente dentro de você.

Não foi a coisa mais romântica que alguém já me disse, mas eu senti em todos os lugares, até no meu peito.

— Jesus, Brody.

Ele roçou seus lábios contra os meus.

— Nosso passeio ao museu vai ser bem rápido.

A ternura de seu toque, combinada com sua forma direta de dizer as palavras, me deixou com um desejo que eu nunca antes tinha experimentado.

Inclinei-me, nossas bocas novamente se juntando levemente e minhas palavras vibrando contra nossos lábios.

— Vamos pular o museu.

Quando chegamos ao hotel que era a sua casa durante a temporada de futebol, Brody acenou para o manobrista e correu para o lado do passageiro do carro, estendendo a mão para me ajudar.

— Ainda vai sair essa noite, Sr. Easton?

Ele entrelaçou nossos dedos e me puxou em direção à porta, respondendo por cima do ombro sem parar.

— É capaz de eu não sair nunca mais.

Minha respiração acelerou enquanto o elevador se aproximava do piso superior. Nós não estávamos sozinhos no elevador, mas a única coisa que eu podia sentir, cheirar ou ouvir era Brody. Vi seu peito subir e descer no reflexo do brilho das portas prateadas, e minha respiração começou a igualar à sua. Ele estava atrás de mim, e eu podia sentir cada respiração. Não tentei encaixar a minha respiração em seu padrão, mas meu corpo se juntou naturalmente ao seu. Não ia ser o único ritmo que viria a nós por natureza, não havia dúvida sobre isso. A brutal química sexual tinha funcionado como uma corrente entre nós desde o primeiro dia em que nos conhecemos.

O som da porta fechando atrás de mim ecoou pela suíte do hotel. Eu andei alguns passos dentro do quarto, mas não me virei. Brody estava atrás de mim. Ele não estava me tocando, mas eu podia senti-lo perto. Ele jogou as chaves sobre a mesa e elas chacoalharam alto. Meu corpo estava com tanta energia, tão cheio de antecipação, que o som realmente me fez ofegar um pouco.

A suíte estava escura, o que parecia intensificar o que eu ouvia, o que eu cheirava, o que eu sentia. A mão de Brody agarrou meu quadril por trás quando ele se moveu para mais perto e deslizou meu cabelo para um lado com a outra mão. Quando sua cabeça mergulhou para baixo e ele correu o nariz ao longo da linha do pulso da minha garganta, deixei escapar um pequeno gemido, levantando os braços sobre a cabeça e os envolvendo em torno do seu pescoço. Pensar no que estava prestes a acontecer deixou meus joelhos fracos.

— Há tantas coisas que eu quero fazer com você. — A voz de Brody era baixa e decidida, cheia de tudo, necessidade e desejo tanto quanto eu estava sentindo.

— Como o quê?

Ele manteve a boca na minha orelha enquanto suas mãos acariciavam meu corpo. Lentamente, ele correu os dedos para baixo do lado do meu quadril sobre a curva de minha cintura, em seguida, de volta à minha frente, colocando meus seios em suas mãos, apertando com firmeza.

— Eu quero chupar seus peitos. Com força. Mordiscar seus mamilos até que você não aguente mais.

— O que mais? — Qualquer timidez que eu tinha foi embora, esse homem me deixou desesperada por ele.

— Então eu acho que vou te comer toda, eu quero você sentada no meu rosto enquanto eu faço isso, assim, você pode controlar onde quer que eu chupe e com que intensidade quer montar minha língua.

— Ah, Deus.

— Então, quando você estiver satisfeita e molhada... quando estiver encharcada para mim e eu puder sentir o cheiro do quanto você me quer, eu vou segurar suas mãos sobre sua cabeça e te foder. Eu não vou ser capaz de ir devagar na primeira vez. Vamos guardar isso para amanhã, quando a luz do sol escorrer em seu corpo nu e eu puder assistir à maneira como seu rosto muda com cada raio, ouvir a forma como sua respiração muda conforme eu me enterro profundamente dentro de você.

As mãos de Brody deixaram meus seios e correram para baixo na frente do meu corpo. Ele sugou minha orelha e me agarrou mais, me puxando contra ele. Sua ereção estava crescendo em suas calças e forçando o caminho até a parte inferior das minhas costas.

— Esta bunda. Eu gostaria de ter também. Talvez não hoje à noite, mas algum dia em breve. Eu quero estar dentro de cada parte sua. Experimentar tudo com você. Possuir todas as partes deste corpo. — Movi meu corpo para trás, esfregando minha bunda mais forte contra ele. Ele gemeu. — No primeiro dia em que te conheci no vestiário, eu fiquei duro a tarde inteira depois que você saiu. Nem mesmo um banho frio com um grupo de jogadores de futebol peludos por perto conseguiu me acalmar. Cheguei em casa e me masturbei pensando em seu rosto.

Ele me virou, sabiamente me agarrando quando o fez. Eu estava tonta de todo o sangue correndo para outras partes do meu corpo. Em seguida, ele devorou minha boca, beijando-me de uma maneira que eu nunca tinha sido

O JOGADOR   **109**

beijada antes. Dominante, mas não violento. Calmo, ainda assim necessitando de mais. Não havia dúvida de que ele estava no controle do meu corpo. Nossas línguas emaranhadas, lábios enredados e corpos fundidos um no outro, separando apenas durante o tempo que foi necessário para que ele levantasse minha camisa.

Baixando a cabeça, ele empurrou para baixo a taça do meu sutiã com o polegar e puxou um mamilo em sua boca faminta. Fechei os olhos enquanto sua língua o massageou e o sugou. Ele alternava entre os seios, lambendo e mordiscando até que eu estava ofegante. Quando passou a mão debaixo da minha saia, ele gemeu ao verificar que eu não estava usando calcinha.

— Porra! Você a tirou. — Ele deslizou um dedo dentro de mim. Eu já estava molhada e pronta. Ele gemeu e acrescentou um segundo dedo. — Eu realmente deveria ir devagar com você na primeira vez, mas preciso estar dentro de você agora. Eu vou te compensar mais tarde. Prometo. — Ele não estava brincando. Um minuto depois, ouvi o barulho de uma embalagem de preservativo, e eu estava contra a parede. — Diga-me se está bom. Eu quero te pegar contra a parede. Com força.

— É mais do que bom.

— Ah, porra. — Ele ajustou minha saia para cima e me levantou no ar. — Enganche suas pernas em volta de mim.

Eu obedeci e ele nos levou para a parede e prendeu minhas costas contra ela. Ele se posicionou e, em seguida, me levantou um pouco, trazendo-me para baixo em direção ao seu pênis. Segurei seus ombros e um gemido escapou dos meus lábios quando ele afundou dentro de mim. Então ele parou.

— Você está bem?

— Muito.

Ele recuperou minha boca e começou a deslizar dentro e fora de mim. Meu corpo envolto em torno dele, a cada empurrão era uma suave massagem para cima e para baixo, trazendo mais e mais nervos à vida. Eu não me lembro de sentir nada tão bom antes, especialmente não na primeira vez. Depois que desvendou o meu corpo apertado, ele começou a se mover mais rápido. Mais duro. Estocadas mais breves, mais profundas, mais fortes.

Uma mão agarrou a minha bunda com força. Seu ritmo acelerou, e nós dois gememos quando ele empurrou profundamente e começou a girar em torno com seu quadril, apertando a base do pênis contra o meu clitóris. Prestes a atingir o clímax, meus músculos começaram a apertar em torno dele.

— Brody.

Ele aumentou seu ritmo ainda mais.

— Pooorra!

Enquanto me penetrava implacavelmente, meu corpo finalmente cedeu, pulsando no orgasmo em torno dele. Quando meu corpo perdeu a força, ele acelerou por poucos impulsos, em seguida, se afundou profundamente dentro de mim, permitindo sua própria liberação.

Muitas horas e mais orgasmos depois, minha cabeça estava no peito de Brody enquanto ouvia seus batimentos cardíacos. Preenchida com uma nova esperança, eu adormeci com um sentimento estranhamente calmo. Talvez fosse euforia do melhor sexo da minha vida, talvez tenha sido a maneira como me senti segura e protegida com Brody me enrolando em seus braços.

O que quer que tenha sido, a sensação não durou muito tempo.

CAPÍTULO 13

Brody

Era tarde quando finalmente fui visitar Marlene. Levei quase duas horas para sair da cama depois que Delilah foi para o trabalho. E eu a tinha feito sair atrasada também, mas não pude resistir a transar mais uma vez quando a vi naquela pequena saia preta. Ela estava vestida de modo formal e apropriado, com salto plataforma e cabelo preso em cima da cabeça. Minha ereção estava no auge para derrubar a bibliotecária sobre a cama. Ela saiu com a roupa ligeiramente desgrenhada, o cabelo solto e um sorriso de quem foi bem fodida em seu rosto corado. Foi bom olhar para ela. *Realmente* bom.

Eu ia pagar por uma noite muito extenuante nos exercícios de cardio mais tarde. Treinos no meio da semana eram sempre os mais pesados. Ia ser de matar depois de ontem à noite e com quase nenhum sono. Mas eu não dava a mínima. Eu não me sentia tão bem em muito tempo. Quatro anos, para ser exato.

Grouper estava limpando o chão na sala de jantar quando passei por ele a caminho para ver Marlene. Sem uma bola para jogar na sua direção, era necessária alguma improvisação. O serviço de almoço tinha terminado, mas a equipe ainda estava guardando as sobras, então peguei três pequenas caixas de leite que um dos rapazes da manutenção de Grouper estava levantando e gritei:

— Anda logo, ou você vai limpar uma poça de urina de vaca.

Grouper resmungou alguma coisa, mas saiu correndo em direção à outra extremidade do corredor. Eu lancei as duas primeiras minicaixas de leite em suas mãos. Quando ele estava prestes a pegar a terceira, Shannon chamou, distraindo a mim e a Grouper. A terceira caixa de leite passou por suas mãos abertas e o acertou no ombro, logo antes de cair no chão e explodir em todo lugar.

— Você é um arremessador de merda.

— Melhor jogador do Super Bowl, velho. Melhor jogador do Super Bowl.

O rosto de Shannon me avisou que minha tarde não ia ser tão edificante como a minha manhã.

— O que foi, Shannon?

— Ela está tendo um dia ruim, Brody. — Sua voz falhou enquanto ela estendeu a mão e tocou meu antebraço.

As enfermeiras da Marlene eram incríveis. Tinham visto tantas situações de partir o coração com essas pessoas de idade que era muito difícil elas ficarem chocadas.

— Física ou mentalmente?

— Mentalmente. Ela se lembra de algumas coisas sobre Willow. Coisas que ela não se lembrava já faz tempo.

Marlene estava perturbada e chorando quando entrei em seu quarto. Sentei-me ao seu lado na cama e peguei a mão dela.

— O que está acontecendo, Marlene? — Eu não sabia qual memória a estava atormentando, e não queria torná-la pior do que precisava ser.

— É a Willow.

Nos últimos quatro anos, eu tinha aprendido a falar sobre Willow. Não tinha sido fácil no início, mas o tempo entorpeceu a dor que ouvir seu nome me fazia sentir.

— O que tem a Willow?

— Ela me ligou na noite passada. Disse que estava vindo me ver na próxima semana, no meu aniversário. Então a polícia chegou esta manhã.

Olhei para Shannon, que balançou a cabeça.

— Alguém fez uma chamada de telefone ontem à noite. — Ela ergueu o relatório de Marlene e folheou as páginas. — A enfermeira da noite escreveu. Nós suspeitamos que foi uma operadora de telemarketing. Talvez a pessoa se chamasse Willow. — Marlene começou a soluçar. Shannon sussurrou: — Ela está fazendo isso de vez em quando por horas. Divaga sobre a polícia e um corpo no rio. — Bloquear Willow da minha vida diária era uma coisa, mas as lembranças ainda estavam enterradas dentro de mim. Nossas memórias. As boas vencendo as más, mesmo que as más ofuscassem as boas.

— Está tudo bem, Marlene. Vai ficar tudo bem.

Eu estava tranquilizando-a da mesma maneira que eu tinha feito há quatro anos na sala de espera do hospital, a mesma batalha interna me assombrando. Só que agora a demência de Marlene era avançada. Os dias em que ela se lembrava dos detalhes da vida de sua neta eram escassos. Havia menos razão para lhe dizer toda a verdade agora do que havia naquela época.

— Azul. Ela estava tão azul, Brody.

A lembrança que demorei anos para afastar dos meus pensamentos voltou com tudo. Willow sendo levada para a sala de emergência. No momento em que o acidente no rio aconteceu, ela já estava frágil. Minha Willow tinha desaparecido, substituída por uma viciada em três pacotes de heroína por dia que desaparecia por semanas seguidas. Suas visitas ocasionais eram geralmente para roubar o que nós já não estávamos dispostos a lhe dar.

O grito de Marlene quebrou em um soluço. Passei meus braços em torno dela. A noite em que eles tiraram Willow do East River não era uma noite que eu queria lembrar. Infelizmente, esta foi a nossa segunda viagem em torno da memória da vida de Marlene. Se ao menos as memórias que as pessoas perdem fossem as más...

— Eles não acreditam que ela vá conseguir, Brody.

— Eu sei. Está tudo bem, Marlene. Está tudo bem.

Pedaços daquela noite vieram à tona.

— Dez graus. Eles disseram que sua temperatura corporal era dez graus.

— Eles estão tentando aquecê-la. Estão fazendo tudo que podem, Marlene.

Eu saí do quarto. Não havia nenhuma razão para piorar as coisas. Como da última vez, eu a consolei até o episódio passar. Não havia motivo para partir seu coração novamente; se agarrar a todas as coisas ruins só a faria viver no inferno novamente... e provavelmente ela não se lembraria no dia seguinte. O sedativo que a enfermeira deu a Marlene finalmente fez efeito e ela se acalmou, adormecendo.

— Você tem uma dessas injeções para mim? — brinquei quando Shannon entrou para nos verificar.

— Você tem treino hoje?

— Tenho.

Ela sorriu com tristeza.

— Então não, mas, se quiser falar com a Dra. Pallen, ela está fazendo rondas, posso pedir para ela vir e falar com você.

— Obrigado, Shannon. Mas eu estou bem. Quanto tempo ela vai ficar sedada?

— Ela provavelmente vai estar inconsciente a maior parte do dia. — Shannon colocou a mão no meu ombro enquanto eu estava sentado assistindo Marlene dormir.

— Não se preocupe, Brody. Vamos ficar de olho nela. Te ligaremos se alguma coisa acontecer ou se ela acordar chateada novamente.

— Eu voltarei após o treino desta noite.

— Vou me certificar de que as enfermeiras da noite saibam que ela pode ter um visitante depois do horário.

— Obrigado.

Dizer que acabaram comigo durante o treino era o mínimo. Entre o esforço físico de ficar a noite toda acordado e minha cabeça estar uma verdadeira bagunça do caralho pelo que tinha acontecido com Marlene, não foi nenhuma surpresa que eu fiquei me mexendo por aí como um saco de feno. Em um ponto, a equipe de treino realmente começou a vir facilmente sobre mim, coisa que chateou meu treinador ainda mais do que a minha acomodação.

Após o treino, meu joelho estava inchado como um balão de tanto torcê-lo toda vez que me derrubaram. O fisioterapeuta da equipe me ordenou quinze minutos de molho na banheira de gelo. Como se o passeio de manhã pela estrada da memória não tivesse fodido comigo o suficiente, um molho em água gelada era exatamente o que eu precisava para me lembrar mais uma vez do corpo gelado de Willow sendo retirado do Hudson.

CAPÍTULO 14

Delilah

Brody mandou mensagem todos os dias após a nossa noite juntos. E nos falamos ao telefone duas vezes. Eu tinha crescido tendo apenas vislumbres do meu pai durante a temporada de futebol, então não estava surpresa que ele estivesse ocupado. Mas isso não me impediu de ficar decepcionada. O sexo tinha sido realmente espetacular. No entanto, foram as horas que tínhamos passado na cama conversando que tinham me feito sentir algo que eu não sentia há anos. *Esperança*. Isso foi o que a nossa noite juntos me deu. Eu quase tinha esquecido como era.

Quando embarquei no avião para o Texas para o jogo fora de casa do Steel, lembrei-me por que tinha desistido de ter esperança depois do Drew: ter suas esperanças esmagadas era uma merda.

Estava indo para o meu lugar na fileira vinte e seis quando o capitão pediu pelo alto-falante para todos tomarem seus lugares rapidamente. Tínhamos sido liberados cedo para a decolagem, e, com uma tempestade se aproximando, ele não queria perder o lugar na fila de decolagem. Ótimo. Uma tempestade de merda. Exatamente o que eu queria ouvir.

O tráfego no caminho para o aeroporto tinha sido tão pesado que não tinha tido tempo de pegar uma bebida e tomar o meu Xanax até cinco minutos atrás. Ia ser um desastre essa decolagem. Quando cheguei ao meu assento, Brody olhou para cima e chamou a minha atenção do seu assento algumas fileiras atrás. Me sentindo um pouco estranha, sorri e corri para arrumar minha mala. Eu estava verificando meu cinto de segurança pela terceira vez quando a voz de Brody me assustou.

— Connors — ele se dirigiu ao repórter sentado ao meu lado. — Fileira trinta e um. — Ele apontou em direção ao fundo do avião.

O repórter olhou para Brody, depois para mim.

— Estamos prestes a decolar.

— Sim, é por isso que você deve se apressar.

— Todas as minhas coisas estão na parte de cima.

— Eu vou levá-las para você assim que estivermos no ar. Há uma garrafa de Merlot à sua espera e um assento vazio perto de você.

Connors bufou, mas fez a troca. Brody sentou ao meu lado.

— Acho que você não notou a cadeira vazia ao meu lado.

Na verdade, não notei.

— Eu estava preocupada em sentar e tentando não me concentrar no fato de que vamos estar no ar, e meu Xanax demora mais vinte minutos para fazer efeito.

Só então o avião começou a se afastar do portão. Ele deu apenas um solavanco enquanto se movia lentamente, mas minhas mãos agarraram os braços do assento. Brody tirou meus dedos com nódulos brancos e colocou-os em suas mãos.

— Eu cuido de você.

— Quando estivermos despencando do céu a oitocentos quilômetros por hora em direção a terra, você vai cuidar de mim?

Suas sobrancelhas se ergueram. Minhas entranhas estavam começando a surtar, e eu não conseguia me controlar. Senti meu coração disparado dentro do meu peito. Brody virou-se em sua cadeira e falou com o repórter atrás de nós.

— Cinco fileiras atrás. 31A. Passe a garrafa de Merlot pra cá.

Eu bebi uma taça antes da partida, mas não estava realmente ajudando. Especialmente quando o capitão veio novamente nos dar uma atualização, permitindo que todos fôssemos informados de que éramos os terceiros na fila para a decolagem, e devíamos estar voando em cinco minutos.

— Sabe, eu faço muita coisa com essa mão. — Os olhos de Brody estreitaram em nossas mãos unidas. A minha estava apertando demais a sua e minhas unhas estavam quase perfurando sua pele.

— Desculpe.

— Estou brincando, aperte à vontade. — Ele se inclinou para mim. — Eu gosto da sensação das suas unhas cavando em mim. Sinto falta do jeito que arranham minhas costas quando você está perto e eu vou mais devagar.

— Sério? Você vai falar disso quando estou ocupada tentando não ter um ataque de pânico?

Ele riu.

— Você precisa de uma distração.

— Bem, que tal falar comigo sobre o tempo. Ou esportes? Você sabia que o apostador dos Eagles detém o recorde de jogos consecutivos desde 1971? Ou que existem atualmente oito jogadores chamados Smith no campeonato, que é o recorde para... — Eu estava divagando.

No meio da frase, Brody decidiu me calar. Sua boca desceu sobre a minha, beijando-me dessa maneira que me faz perder a força. Agressivo, controlador, parecia que ele não conseguia o suficiente. Eu estava totalmente perdida no beijo e nem percebi que o avião havia decolado até que estávamos no ar.

— Veja, a decolagem é incrível se você apenas sentar e desfrutar do passeio.

— Eu vou ter que tentar isso mais vezes. Fico imaginando quem vai estar sentado ao meu lado no caminho para casa.

— Isso não é engraçado. — A maneira como ele olhou para mim reprimiu a crescente sensação de mal-estar que esteve me incomodando nos últimos dias. Era época de temporada no futebol. Eu, de todas as pessoas, deveria saber que este era o lugar onde sua concentração precisava estar. Nós conversamos por um tempo até que meu Xanax começou a fazer efeito, e eu finalmente deitei a cabeça em seu ombro e cochilei. Quando acordei, já estávamos pousando.

— Durante um tempo, não tive certeza se você estava respirando.

Estiquei-me no meu lugar.

— Eu estava realmente apagada.

— Eu sei. Tentei acordá-la para fazermos sexo no banheiro, mas você nem se mexeu. Cheguei até a deslizar sua calcinha, mas você estava completamente dura.

— Você não fez isso.

Ele deu de ombros e sorriu. Em seguida, voltou a ler seu livro de jogadas. Eu alisei minha saia enrugada e, enquanto fazia isso, discretamente procurei a marca da calcinha. Brody não desviou o olhar do livro quando falou.

— Sabia que você ia verificar.

Dois ônibus nos transportaram do aeroporto para o hotel. Em vez da recepção normal de check-in, fomos escoltados para uma sala de conferências, onde meia dúzia de funcionários do hotel andava com uma lista de verificação e nos dava os cartões-chave. Claro, Brody não precisou dar seu nome.

— Boa tarde, Sr. Easton. Bem-vindo ao Sonetta Hotel, eu sou Gail. Se existe alguma coisa fora do comum que você precise, tanto os números do meu celular como o do gerente estão na parte traseira deste cartão de visita, e aqui estão duas chaves para a sua suíte. — Ela rabiscou algo em sua prancheta e a direcionou para Brody, entregando-lhe uma caneta para assinar.

— Obrigado.

Gail voltou sua atenção para mim.

— Você está com a equipe ou a imprensa?

— Ela está comigo — respondeu Brody.

A secretária assentiu e parecia que estava prestes a seguir em frente para a sala cheia de jogadores, então eu falei:

— Eu também sou convidada aqui. Preciso de check-in.

Brody estreitou os olhos para mim, em seguida, falou com Gail.

— Ela não precisa de um quarto.

— Sim. Eu preciso.

— Você não está pensando em estar na minha cama hoje à noite?

Gail parecia tão desconfortável quanto eu com essa conversa.

— Eu não disse isso. Mas, se você me embaraçar mais na frente desta simpática senhora, não, não vou estar na sua cama hoje à noite. — Virei para Gail. — Maddox, com dois D.

Brody não disse mais uma palavra até que Gail tivesse feito meu check-in. Então, ele estendeu a mão, dando-lhe o cartão-chave.

— Gostaria de fazer check-out.

— Desculpe?

— Gostaria de fazer check-out. Eu não preciso do quarto. Vou ficar no dela. — Ele balançou a cabeça em minha direção.

— Hum. — A pobre Gail parecia confusa.

— Seu quarto é de luxo, Sr. Easton. A Srta. Maddox tem um quarto padrão.

— O quarto dela tem uma cama?

— Tem.

— Então eu gostaria de fazer check-out.

Meu quarto era no sexto andar. E, como Gail tinha dito, era padrão. Cama, cômoda, pequeno frigobar, televisão e banheiro. Brody guardou nossas malas no armário enquanto eu fui me refrescar. Eu me sentia como se tivesse acabado de acordar de uma noite inteira de sono em vez de um cochilo induzido medicinalmente.

Quando saí, Brody estava deitado no centro da cama, com as mãos cruzadas atrás da cabeça.

— Por que você não quis ficar comigo? — Foi a primeira vez que vi sua confiança vacilar. Havia algo agradável nisso.

Levantei minha saia e subi na cama, montando em seu quadril.

— Eu tenho que fazer os meus relatórios de despesas a cada semana, e não quero ninguém perguntando onde minha conta de hotel está.

— Por que eles se importam se você não faz uma despesa? Você estaria poupando-lhes dinheiro.

— Meu chefe adora dificultar as coisas. Ele foi contra eu ser promovida, foi o chefe dele que me escolheu para o trabalho.

— Por que ele não queria te dar o cargo?

— Porque ele é um idiota machista que acha que as mulheres não pertencem ao vestiário. Parece familiar?

— Eu apenas dificultei as coisas porque achei você sexy pra caramba.

— Eu estava tentando fazer o meu trabalho.

— Eu sei. Sou um imbecil egoísta. Eu realmente não pensei nisso. Só queria me enroscar com você, e me empolguei.

— E Susan Metzinger? Não era você que não permitia que ela fosse ao vestiário?

— Susan Metzinger não deve ir mesmo.

— E por que não? — Hasteei minha bandeira da liberdade das mulheres com orgulho.

— Ela veio para o vestiário e agarrou meu pau. Eu não estava interessado.

— Sério?

— Sim. Gleason, da WMBC, filmou a coisa toda. Ele estava entrevistando Smith no armário ao lado do meu. — Ele fez uma pausa. — Um dos sete Smiths.

— Por que você não a expôs? Ela correu para expor você em todos os meios de comunicação.

— Acho que me senti mal por rejeitá-la.

— Então, você realmente não tem nada contra mulheres no vestiário?

— Eu tenho algo contra *você* no vestiário. — Ele me puxou de sentada para deitada em cima dele.

— Por quê?

— Porque o único pau que eu quero que você veja atualmente é o meu.

— Essa é uma declaração estranhamente fofa.

— Eu sou um tipo de cara estranhamente fofo. Agora cale a boca e me beije.

Minha bunda ainda estava sobre seu quadril, mas eu estava inclinada, meu peito pressionado ao dele, meus lábios descansando levemente contra os seus.

— Eu estou por cima. Você me disse que esta não era sua posição favorita.

— Melhor testar para ver se eu estava certo.

Brody teve uma reunião com a equipe, e eu tinha algum trabalho a fazer. Quando ele voltou, pedimos uma enorme quantidade de comida do serviço de quarto e passamos o resto da noite na cama. Como eu tinha cochilado, não estava cansada. E, como Brody precisava somente de quatro a seis horas de sono, mesmo que ele fizesse, em um dia, dez vezes mais exercício do que a maioria dos seres humanos em forma, ele ainda não estava cansado.

Depois de mais alguns rounds explorando o corpo um do outro, estávamos de volta à nossa própria e única forma de conhecer um ao outro: eu fazia perguntas normais, e Brody atirava algumas ridículas. Na maior parte, manteve as coisas leves. Até que ele tropeçou, sem saber, na parte da minha vida da qual eu não falava. Eu estava traçando oitos sobre seu peito nu quando ele saiu com outra pergunta excêntrica.

— Se você pudesse entrevistar alguém da sua vida, vivo ou morto, quem seria?

Eu não pensei sobre a minha resposta, mas talvez eu devesse.

— Drew Martin. — Meu dedo parou o desenho no segundo em que as palavras saíram e eu gostaria de poder retirá-las.

— Por que eu conheço esse nome?

— Ele estava na lista um ano depois de você. Segunda rodada. Kicker.

Brody nos moveu para ficamos deitados lado a lado. Eu preferia manter minha cabeça em seu peito, onde ele não conseguia olhar para o meu rosto.

— Devo ficar com ciúmes? — disse meio que brincando.

— Acho que não. — Eu engoli. Essas palavras nunca foram fáceis de dizer. — Ele está morto.

— Ele era parente seu? — Eu balancei minha cabeça. — Ele estava na sua vida? — Assenti. — Você quer falar sobre isso?

— Na verdade, não.

Ele me surpreendeu quando me puxou para ele e beijou minha testa.

— Ok. Conversaremos sobre isso quando você estiver pronta.

CAPÍTULO 15

Delilah

O Steel tinha um jogo no domingo e, em seguida, jogaria na quinta-feira à noite novamente. Como era uma curta semana de recuperação, a equipe voltaria para casa logo após o jogo, em vez de ir na segunda-feira de manhã. Isso significava que não haveria entrevistas nos vestiários após o jogo de domingo. Repórteres de campo poderiam tentar pegar um ou dois jogadores-chave enquanto saíam do campo, mas o acesso regular a toda a equipe foi limitado a um vestiário pós-treino aberto. Repórteres podiam entrar às cinco horas da tarde.

Eu trabalhei em meu notebook no hotel na parte da manhã, consegui me forçar a ir para a academia para uma corrida de quarenta e cinco minutos, e cheguei ao campo onde o Steel estava treinando às três. Subi para as arquibancadas e fiquei olhando as unidades de equipes especiais correrem.

Fazia muito tempo desde que estive sentada sobre o metal frio em um dia de outono para assistir a um treino. Mesmo que uma grande parte da minha vida tenha sido passada na arquibancada de um campo de futebol, foi quase como se a minha vida estivesse em dois atos, e a cortina tivesse descido na parte um.

No entanto, aqui estava eu, de volta mais uma vez. Era quase surreal. Falar sobre Drew ontem à noite e ver o time do qual meu pai foi capitão por tantos anos pesava no meu coração. Quando Drew e eu começamos a namorar, ele era um obstinado jogador de futebol. Ele nunca sequer tinha tentado futebol americano. Lembrei-me da primeira vez que o trouxe para conhecer meu pai. Nós estávamos no último ano, e ele estava meio chocado de encontrar o grande Tom Maddox. Papai lhe disse para sentar e passou a maior parte das duas horas falando sobre os benefícios de ser um kicker d e futebol americano em vez de um jogador de futebol. Naquele outono, Drew experimentou o futebol americano do time do colégio e tornou-se o kicker da partida.

Um apito alto trouxe a minha atenção de volta para o campo. Brody estava falando com o treinador Ryan na linha enquanto as equipes especiais terminavam no campo, mas os grupos de treino estavam mudando de lugar. A linha ofensiva correu para o campo quando os outros jogadores correram. Eu não conseguia ouvir nada, mas observava atentamente quando Brody tomou seu lugar atrás do centro e apontou para várias coisas. Os jogadores fizeram ajustes e movimentaram-se sob seu comando. O homem não era diferente fora do campo do que era dentro. Ele era agressivo, confiante, consciente de tudo acontecendo ao seu redor e completamente no comando. Eu me senti como uma líder de torcida do colegial e também fiquei um pouco excitada assistindo Brody em ação tão de perto.

Eu sentia falta dessa parte da minha vida, eu amava o jogo em si. Mas ver alguém com quem eu me preocupava jogar naquele campo fez alguma coisa em mim. As capturas, os saltos, a enorme capacidade atlética de vinte e dois homens se unindo para formar uma unidade e competir. Havia algo tão intrinsecamente bonito nisso. Mesmo que eu nunca tivesse deixado de estar envolvida com o futebol, algo despertou em mim enquanto eu assistia da arquibancada naquela tarde. Eu não tinha certeza se era o meu amor pelo esporte ou a esperança de que eu poderia um dia novamente combinar o meu amor pelo esporte com um homem no campo.

O vestiário tinha uma vibração muito diferente após o treino do que tinha depois de um jogo. Era mais relaxado e descontraído, até mesmo os treinadores estavam rindo. Nick tinha voado naquela manhã, então eu o encontrei, e tínhamos uma entrevista com o novo receptor que estava começando neste fim de semana, em seguida, mudando para jogadores mais importantes. Brody foi cercado pela enorme fila de costume, então olhei em volta procurando outro jogador para entrevistar enquanto esperava.

A curiosidade sempre esteve muito presente em minha vida. Colin Anderson estava prestes a jogar seu primeiro jogo com o Steel, e ninguém ainda tinha descoberto a razão por trás da rivalidade de faculdade com Brody. Colin estava a quatro armários de Brody, mas o jogador que estava utilizando o espaço entre eles já tinha desaparecido no chuveiro. Nick e eu esperamos uns vinte minutos antes de nos aproximarmos para entrevistar Colin.

Na minha visão periférica, peguei Brody olhando para onde eu estava. Ele olhou para mim, olhou para Colin, em seguida, voltou sua atenção para mim até que nossos olhos se encontraram. Quando foi a nossa vez, eu me apresentei como normalmente fazia.

— Oi, Colin, eu sou Delilah Maddox, estou com...

— Brody Easton. — Ele me deu um sorriso malicioso e, em seguida, olhou para Brody, que estava dando sua própria entrevista, mas os dois homens se enfrentaram por um breve segundo.

— Na verdade, eu estou com a WMBC Sports News — tentei mudar de assunto. — Posso lhe fazer algumas perguntas para a nossa matéria de antes do jogo de domingo?

— Qualquer coisa por você.

Era só o que me faltava.

— Pronto, Nick? — Eu tive um mau pressentimento sobre isso e queria terminar antes mesmo de iniciar. Felizmente, Nick nunca levava muito tempo, e nós estávamos gravando trinta segundos depois. — Parabéns pela sua negociação, Colin. Você está animado para jogar seu primeiro jogo com a equipe no domingo?

— Estou. Eu só estou aqui há algumas semanas, mas já gosto. Acho que encontrei a minha casa com o Steel.

Mesmo que estivesse morrendo de vontade de perguntar o que tinha acontecido entre ele e Brody na faculdade, eu não perguntei. Algo me dizia que Colin estava à procura de uma razão para ferrar com Brody, e eu não ia ser a faísca para inflamar aquela velha chama. A entrevista correu sem contratempos. Colin era realmente encantador e muito profissional.

Após terminar, Nick baixou o equipamento, e eu coloquei o microfone na minha bolsa.

— Obrigada por seu tempo, Colin. Boa sorte no domingo.

Ele me pegou desprevenida quando se inclinou e beijou meu rosto.

— O prazer foi todo meu. — Quando comecei a ir embora, ele me parou. — Estou na suíte 801. E não me importo de compartilhar se você estiver interessada. Vai ser como nos velhos tempos para Brody e mim.

Mas que merda!

— Vamos, Delilah — disse Nick. — O vestiário está aberto por apenas mais dez minutos. Nós precisamos falar com Easton antes de irmos.

Minha cabeça girava enquanto esperávamos para entrevistar Brody. Era por causa disso que havia a disputa? Os dois haviam compartilhado mulheres na faculdade? Eu não era ingênua. Havia um certo grupo de mulheres que fariam qualquer coisa para estar com um jogador. Eles nem sequer tinham que ser profissionais. Na verdade, torcedoras fanáticas de futebol existiam ainda mais na faculdade. Corpos jovens, hormônios em fúria e o estrelato que vinha com o futebol da faculdade na televisão.

A confiança de Brody com as mulheres não tinha vindo de estar sentado em seu quarto do dormitório estudando. Eu sabia que era uma grande oportunidade para os jogadores e sabia que ele era um pegador. Eu só não precisava daquele pensamento sobre o homem com quem eu estava dormindo sendo arremessado em mim, um homem por quem eu tinha começado a me apaixonar.

Fiquei contente por haver algumas pessoas à nossa frente, porque me deu tempo para me acalmar e me lembrar que estar dentro deste vestiário era a minha carreira, não minha vida pessoal. Eu precisava agir como uma profissional. Quando chegou a nossa vez de entrevistar Brody, coloquei meu melhor sorriso no rosto.

— Uma fila longa para você hoje. Eu prometo ser rápida.

— O que ele te disse?

— Quem? — Eu sabia muito bem quem.

— Anderson.

— Ele respondeu às minhas perguntas da entrevista.

— E depois que ele *beijou* você, que merda ele sussurrou no seu ouvido?

Eu tinha esperado que ele não tivesse visto isso.

— Não foi nada.

— Delilah — ele rosnou.

— Podemos discutir isso depois? Eu prefiro ter essa conversa em particular.

Brody virou-se para Nick e olhou para ele. Nick estava brincando com sua câmera, mas ele se tocou rápido.

— Vocês querem que eu lhes dê alguns minutos?

Eu disse que não, exatamente ao mesmo tempo em que Brody disse que sim. O pobre Nick parecia dividido.

— Pode nos dar um minuto, Nick? — Brody estava pedindo, mas a severidade em sua voz mostrou que não era realmente um pedido. Nick se afastou. — O que ele disse, Delilah?

— Não é importante.

— Para mim, é. Ele estava dando em cima de você? Eu posso lidar com isso, se é com isso que você está preocupada. Eu teria que falar com ele depois, mas não vou fazer uma cena, se foi só isso.

Olhei em seus olhos. Ele foi sincero.

— Sim. Ele estava flertando. Me disse que não se importava de partilhar. Que partilhar com você seria *como nos velhos tempos da faculdade*.

Eu esperava que Brody estivesse com raiva. Eu também esperava que ele mantivesse sua palavra de não causar uma cena. *Merda, eu estava errada.*

Em questão de segundos, o mundo desabou. Brody empurrou Colin contra um armário. Repórteres estavam gritando, os jogadores pulavam dos bancos para chegar aos dois homens, e os treinadores estavam afastando corpos de seu caminho para chegar aos seus craques. Brody deu um soco, alguém agarrou Colin e o empurrou para a direita, e Brody acertou o punho em um armário com tanta força que o metal ficou marcado por uma impressão de um enorme punho. Ambos os homens tentaram engalfinhar um ao outro, mas havia tantas pessoas segurando-os, que golpes reais não foram trocados.

Quando os dois foram separados, o treinador Ryan soprou um apito alto e gritou para todos desocuparem o vestiário, exceto a equipe. Repórteres foram levados como gado para a saída.

— Que diabos aconteceu entre esses dois? — Nick me perguntou quando estávamos no corredor.

Eu não tinha ideia, mas estava prestes a descobrir.

CAPÍTULO 16

Delilah

Passava da meia-noite quando a porta do quarto se abriu. Como Brody não tinha voltado depois de algumas horas, eu tinha assumido que ele não iria para o meu quarto esta noite. E eu estava bem com isso. Após a maneira como ele reagiu, eu não tinha vontade de estar perto dele. Obviamente, os dois homens tinham um passado. Mas ele não era o único que sofreria as consequências de hoje.

A maneira como ele se comportou validava a opinião do Sr. Porra de que as mulheres não pertenciam ao vestiário. Sem mencionar que eu realmente não preciso de mais atenção na minha vida pessoal. Meu trabalho era relatar histórias, não ser a história. No entanto, enquanto eu revirava na cama, incapaz de adormecer, me perguntei se ele estava bem. O quarto estava escuro como breu, já que eu fingia dormir. A manhã provavelmente traria mais clareza. Não era muito bom ficar chateada à meia-noite.

Brody não acendeu as luzes. Ele caminhou para o lado da cama e eu o ouvi abrir a calça e jogá-la na cadeira do canto. Ele não acendeu a luz no banheiro até que a porta estivesse fechada. Poucos minutos depois, a cama afundou, e ele deslizou para o meu lado. Meus olhos estavam fechados, mas eu podia senti-lo olhando para mim.

— O nome dela era Willow... — Sua voz era quase um sussurro, e havia uma tristeza nela que me fez esquecer que eu estava chateada com ele em um instante.

Embora o quarto estivesse praticamente escuro, eu podia ver seus olhos. Eles estavam preenchidos por uma angústia que causou uma dor física no meu peito. Eu coloquei a mão em seu rosto, e ele fechou os olhos por alguns momentos. Quando os reabriu, continuou:

— Eu tinha treze anos quando ela foi morar no prédio ao lado do meu. Ela e sua mãe se mudaram para o apartamento da avó. Ela era linda. E selvagem. Eu não era um santo, pode apostar, mas Willow... ela tinha uma fúria dentro de si. — Ele parou por um tempo. Eu queria dizer algo, mas não conseguia encontrar as palavras certas. Era óbvio que aonde quer que esta história levasse, não ia acabar bem. Então esperei até que ele estivesse pronto. — Sua mãe era viciada em drogas. Ela não ficava por perto muito tempo, desaparecia por meses, e, quando reaparecia, era só por tempo suficiente para roubar sua mãe e ferrar com a Willow de novo.

— Eu sinto muito.

— Fazíamos coisas normais de adolescente selvagens, como pular na piscina comunitária, pegar o trem para pular no rio Harlem, onde o canal encontra Spuyten Duyvil Creek, ou roubar uma garrafa de licor do armário da sua avó e entrar no metrô com ela escondida em um saco de papel marrom. Merda de adolescentes. Mas Willow estava sempre querendo mais. Parecia piorar cada vez que sua mãe aparecia. Vivíamos em prédios de apartamentos um ao lado do outro no Brooklyn. Estavam próximos, mas não conectados. Havia talvez três metros e meio entre os nossos telhados. Quando sua mãe aparecia, Willow vinha para o meu apartamento, saltando de telhado em telhado. Ela ficava em cima saltando, não pensando duas vezes sobre a queda de dez metros abaixo dela. Ela foi de selvagem para perigosa. — Havia uma sensação de vazio na boca do meu estômago ao ouvi-lo falar sobre Willow. Por muitas razões. Eu conheci Drew na mesma idade que ele tinha conhecido Willow. Eu sabia como minha história terminou, e agora eu sabia que a sua não ia ser bonita também. — Eu poderia passar horas falando das merdas que passamos juntos ao longo dos anos, mas prefiro avançar e lhe dar a versão resumida para que você possa entender por que eu perdi a cabeça hoje.

— Ok.

— Quando estávamos nos formando no ensino médio, Willow seguiu os passos da mãe: descobriu as drogas e rapidamente passou de experimentar para usar altas doses diariamente. — Brody soltou uma risada sem humor. — Você devia ver os olhares que você ganha quando anda às duas horas da manhã de metrô com alguém de dezoito anos que você tirou de uma casa de crack e uma mulher de setenta anos de idade, em um roupão e bobs no cabelo. Havia noites em que eu tinha que jogar Willow em cima do meu ombro porque ela não podia andar, e a pobre Marlene andava bem perto de mim. — Brody fez outra pausa, e suas próximas palavras me bateram duramente. — Eu a odiava pra caramba, mas não podia parar de amá-la. — Eu cruzei meus dedos com os dele e os apertei. — Fui recrutado por algumas das melhores faculdades do país, mas queria ficar por perto. No último ano, fiquei entre a Syracuse e a Universidade da Geórgia. Meu pai estava me empurrando para que eu fosse um Bulldog e todos nós sabíamos o porquê, embora não falássemos sobre isso. Quando Willow desapareceu por seis semanas antes que eu tivesse que me comprometer com uma faculdade, eu estava tão chateado com ela que aceitei a Geórgia. Depois que fui embora, continuei em contato com Marlene, que me mantinha informado sobre Willow, mas eu comecei a seguir em frente.

— Isso é compreensível. Parece que você já tinha feito muito.

— No verão entre meu ano de calouro e o segundo ano, eu vim para casa. Marlene teve um ataque cardíaco, e isso parece ter acordado Willow. Ela estava limpa e trabalhava meio período em uma loja de música que ela adorava. Passamos muito tempo juntos, e eu odiava ter que voltar para a faculdade no fim de agosto. Eu senti como se tivesse de volta a menina por quem tinha me apaixonado, e estava com medo que ela fosse desaparecer novamente quando eu fosse embora. Marlene sentiu que eu estava pensando em não voltar, então decidiu que ela e Willow voariam para a Geórgia no fim de semana do regresso para me ver jogar. Dessa forma, eu ia vê-la de novo em apenas três semanas. — Brody parou de novo. — Eu prometo. Vou acabar logo de jogar toda essa história horrível em você.

— Leve o tempo que precisar. Sem pressa.

Ele assentiu.

— De qualquer forma, dois dias depois que eu voltei para a faculdade e começamos a treinar novamente, Willow deixou de atender o telefone. Isso nunca foi um bom sinal. Conversei com Marlene, e ela disse que Willow não tinha voltado para casa por todo o fim de semana. Estávamos treinando seis horas por dia, olheiros da NFL estavam começando a vir aos treinos, e tudo que eu queria fazer era voltar para casa. Mas não podia. Eventualmente, Willow apareceria novamente, provavelmente porque teria acabado o dinheiro, e nas próximas três semanas ela brincou com as fraquezas de sua avó. Eu realmente não esperava que ela aparecesse no fim de semana, mas Marlene de alguma forma conseguiu colocá-la no avião. Ela tinha boas intenções, pensou que levá-la para longe dos fornecedores e voltar para perto de mim poderia ajudar. Mas conseguir drogas em um campus universitário é muito mais fácil do que algumas pessoas podem pensar. Depois do regresso para casa, Willow desapareceu, e Marlene e eu passamos uma semana procurando por ela, mas os viciados em drogas que eu ameacei para que me ajudassem a encontrá-la tinham mais medo de perder a sua fonte do que da surra que eu podia lhes dar. Pessoas que não têm nada não são fáceis de encontrar.

Eu tinha medo de perguntar como ela finalmente apareceu, mas, como não tínhamos chegado a Colin ainda, eu sabia que o pior estava por vir.

— Eu nem sei o que dizer.

— Você não precisa dizer nada, eu sim, lhe devo uma explicação e um pedido de desculpas. Se você me ouvir até eu terminar de explicar, espero te dar um pedido de desculpas múltiplo por um longo tempo. — Mesmo no meio de uma obviamente dolorosa história, Brody era... Brody. Isso me fez sorrir, pela primeira vez desde meus momentos nas arquibancadas dessa tarde.

— Bem, então, termine a história para que possamos chegar ao pedido de desculpas — provoquei. Naquele momento, nós precisávamos de um pouco de leveza.

— Colin era calouro na Geórgia. Tínhamos nos encontrado no primeiro dia de treinos em agosto, e eu não gostei dele imediatamente. Ele vivia contando vantagem e constantemente falava sobre as mulheres como se fossem objetos sexuais. Sem mencionar que ele tinha um pavio curto que era facilmente aceso. O cara ainda é um idiota. — Antes, Brody parecia que estava perto de quebrar, mas, ao falar de Colin, o tom mudou. — De, qualquer forma, uma noite, alguns dos caras da minha fraternidade me arrastaram para uma festa. Era fora do campus, e eu realmente não estava com vontade ir. Quando chegamos lá, não era o padrão de festas de barril e copos de plástico da faculdade. O lugar era um inferno, e havia algumas pessoas que procuravam uma porcaria para fumar em um cachimbo de vidro e plástico que cheirava a queimado. Colin já estava lá com alguns dos outros calouros da equipe. Ele estava comentando sobre uma garota com quem ele ia ficar. Ela estava se drogando com seu amigo, e ele poderia dizer que ela estava a fim, que a festa ia ficar boa. A maneira como ele estava falando sobre a mulher me fez mal. Eu falei que, se a mulher estava drogada demais para saber o que diabos ela estava fazendo, o que ele ia fazer era estupro, porra.

— Eu sabia que tinha que ser algo ruim para você reagir dessa forma hoje.

— Essa não é nem a metade da história. — Isso estava ficando pior a cada momento. Minha suposição inicial de que dois homens haviam brigado sobre compartilhar algumas líderes de torcida estava começando a parecer um sonho. — Eu era o motorista da rodada, e alguns dos rapazes queriam ficar por um tempo, então fui forçado a ficar mais do que queria. Mais e mais pessoas estavam aparecendo, e eu não gostava da aparência da maioria delas. Eu queria dar o fora de lá antes que a polícia chegasse. Eventualmente, eu disse aos caras que tinha que ir ao banheiro e, em seguida, saí. Eles poderiam vir comigo ou encontrar sua própria forma de voltar ao campus. Havia pessoas em todo o lugar, portanto, à primeira vista, não parecia estranho que dois rapazes estivessem esperando fora de uma porta fechada ao lado do banheiro. Enquanto eu estava esperando a minha vez, perguntei o que estavam fazendo, e um dos rapazes disse que seu amigo estava lá dentro com alguma viciada em crack quente.

— Não...

— Eu não sei por que, mas não somei dois e dois na hora. Eu fui para o banheiro, saí e vi os dois rapazes ainda de pé lá. No meio da escada, ouvi um dizer ao outro: "Qual é o nome da garota que está com o Colin?". O outro idiota respondeu: "Eu não sei. Rose, Violet, Meadow? Algum tipo de merda de flor".

Minha mão foi para o meu peito.

— Ah, Deus.

— Eu vou te poupar dos detalhes, mas Willow não estava em condições de tomar a decisão de ficar com ninguém. Ela mal podia falar. Eu tive que carregá-la para fora de lá.

— Isso é estupro.

— Quase foi. Felizmente, ele nunca chegou tão longe. Colin alegou que eles estavam brincando, e então ele percebeu quão fora de si ela realmente estava e tentou ajudá-la. *Com a porra da calça aberta*, ele estava tentando ajudá-la.

— Alguma coisa aconteceu a ele?

— Além do meu punho quebrando seu nariz, não. Eu fui à polícia, mas era praticamente a minha palavra contra a dele. Willow não se lembrava de nada e desapareceu novamente no momento em que a investigação terminou. A coisa toda foi em sigilo, e eu tive que atirar a bola para ele por mais dois anos. Pensei que estava finalmente livre do babaca, até a negociação do Steel no meio da temporada.

— E então ele me usou para ferrar com você, fazendo o comentário sobre compartilhar.

— Eu sinto muito que ele tenha dito alguma coisa para você.

— Não é culpa sua.

O JOGADOR   **135**

— Talvez não seja, mas sinto muito pela maneira como agi. E por não vir direto para você depois que o treinador me chamou de imbecil.

— Você foi suspenso?

— Eu não vou saber até amanhã. A multa é certa, mas estou esperando que seja apenas essa a punição. O treinador estava muito mais calmo quando eu saí.

— Aonde você foi depois que falou com ele?

— Eu precisava de algum tempo para clarear a mente e me recuperar antes de vir te ver. Não quero que o passado faça parte do meu futuro nunca mais.

— Eu aprecio isso. Realmente aprecio.

— Você me perdoa?

Havia muito mais que eu queria saber. Para dizer o mínimo, tudo sobre o que aconteceu com Willow. Ela era ainda uma parte da sua vida? Mas, olhando nos olhos de Brody, naquele momento, vi o que contar a história tinha feito a ele. Ele realmente precisava de uma pausa.

— Eu acho que ainda não posso perdoar você.

— Não?

— Talvez depois que eu receber essas várias desculpas múltiplas que você prometeu.

Brody se abaixou e apertou minha bunda.

— Não há nada mais que eu gostaria de fazer do que transar até ser desculpado.

O que aconteceu com Willow certamente poderia esperar até amanhã.

CAPÍTULO 17

Delilah

Dormimos na manhã seguinte só depois que o sol despontou no horizonte após termos trabalhado arduamente naquelas desculpas. A água aquecida caía em meus músculos doloridos conforme estendi as duas mãos e me segurei na parede do chuveiro.

Fechando meus olhos, repassei a maneira como Brody parecia desolado na última noite. Eu não tinha certeza se foi a emoção da nossa conversa ou não, mas o sexo tinha sido especial, mais íntimo. Menos como sexo e mais como fazer amor. O pensamento fez meu coração derreter. A última pessoa por quem eu senti isso foi Drew. Eu sabia que era ridículo, mas uma parte minha se sentiu culpada pelos sentimentos crescendo dentro de mim. Brody disse ontem à noite que queria deixar o passado para trás. E eu também quero. Mas, para fazer isso, eu precisava contar a ele que uma parte do meu coração sempre pertenceria a outro homem.

Eu estava no meio do caminho para o meu compromisso das onze horas para entrevistar um dos treinadores adjuntos do Texas Lions quando recebi uma ligação dizendo que eles precisavam adiar até as duas da tarde. Brody já havia saído para o treino, assim, em vez de voltar para o meu quarto de hotel vazio, decidi parar por um segundo para uma muito necessária xícara de café. O interior da Starbucks cheirava a abóbora e outono, o que parecia estranho, considerando que estava quase vinte e sete graus do lado de fora.

— Eu vou querer um Pumpkin Spice Latte. Eu ia pedir o bom e velho café, mas o cheiro me conquistou.

A pequena barista falou bem rápido:

— Nem me fale. Eu já fiz três hoje. — *Caramba, eu nunca teria imaginado.* — Qual é o seu nome? — Ela apontou a caneta para um copo alto.

— Delilah.

— É um nome bonito.

Meus olhos procuraram seu crachá. *Puma.*

Ela me pegou olhando.

— Sim. É o meu nome verdadeiro. Meus pais eram hippies.

Tentei parecer sincera.

— É legal. Único.

— Pelo menos eles me deram um nome do meio legal: Ophelia. Parece Delilah. E meu nome de casada é agradável e simples: Oar.

Eu sorri e me virei para o outro lado do balcão para esperar *Poo* (esse apelido, me fazendo lembrar de cocô, não soou tão legal assim) fazer o meu café com leite. Me aconchegando em uma cadeira enorme de couro no canto, bebi meu Pumpkin Spice Latte e abri meu MacBook para acompanhar as notícias da manhã. Minha língua se encolheu quando o café quente queimou a ponta. *Droga.*

Quando entrei no feed de notícias ao vivo da WMBC, mal pude acreditar no que lia. Lá, na primeira página de um artigo de esportes da Associated Press, havia uma foto de Brody e eu saindo do elevador no outro dia. Não estávamos de frente, mas de outro ângulo. Ainda assim, dava para ver claramente a mão dele na minha bunda. Então eu li a manchete: *Repórter da WMBC em triângulo amoroso.* Embaixo, havia algumas fotos da briga no vestiário. Uma mostrava Colin contra um armário com o antebraço de Brody pressionando seu pescoço. O rosto de Colin tinha o mesmo sorriso presunçoso que ele me deu enquanto estava provocando Brody. *Merda.* Como é que alguém iria me levar a sério depois disso?

Meu telefone começou a vibrar. Era do meu escritório. Respirei fundo e atendi:

— Delilah Maddox.

— Você estava de calcinha? Eu ampliei a foto no meu laptop, e não vi absolutamente nenhum traço de roupa íntima.

Indie. Graças a Deus. Deixei escapar um enorme suspiro.

— Eu sou a piada do escritório?

— Não tenho ideia. Eu fechei minha porta tão logo me deparei com isto no meu feed. Eu posso ter passado alguns minutos admirando o peito de Brody antes de mudar o olhar para o seu traseiro.

— Você deveria ser meus olhos e ouvidos.

— Depois de olhar para essa foto, eu prefiro ser seus peitos e bunda.

Eu atualizei Indie sobre tudo que havia acontecido, guardando os detalhes da disputa atual e passada de Brody e Colin para mim mesma. Eu não queria trair a confiança do Brody; ele contou a história para a mulher com quem está saindo, não para uma jornalista que ia repassar a história. Foi melhor deixar em "os dois têm um passado complicado".

— Ele vai voar de volta ou vai ficar te esperando até você terminar de cobrir o jogo de domingo?

— Nossa volta está programada com a equipe após o jogo.

— Eu não acho que ele tenha autorização para voar com a equipe.

— Por que não?

— Ah. O que diabos eu sei? O outro artigo dizia que jogadores suspensos não podem ter contato com quaisquer membros da equipe ou assistir ao jogo. Achei que o mandariam de volta de outro jeito.

— Brody não acha que vai ser suspenso, provavelmente terá apenas uma multa.

— Uh... Eu acho que você não olhou mais nada além da sua bunda na tela, né? Brody foi suspenso. Foi divulgado há uma hora.

Desliguei rapidamente e vasculhei o resto das notícias da manhã até que me deparei com o outro artigo que Indie estava se referindo. *Easton volta para o Leste*. O artigo dizia que ele tinha sido multado e suspenso por um jogo por violar a nova política de conduta pessoal da equipe. Colin Anderson, por outro lado, só havia sido multado.

Merda.

Merda dupla.

Brody ia ficar arrasado por ter sido suspenso e eu nem sequer poderia induzir meu próprio chefe a deixar de lado uma história em que *eu* mesma estava envolvida.

Tentei ligar e enviar mensagens a Brody durante toda a tarde, mas ele não respondeu. Assim que a minha entrevista acabou, voltei para o hotel.

— Ei. O que você está fazendo?

Brody estava sentado em uma cadeira, o quarto tranquilo, um copo cheio de uma bebida clara em sua mão.

— Provando que todos estão certos. — Ele engoliu o resto da bebida. Sentei-me na beira da cama em frente a ele.

— Eu sinto muito. Fiquei sabendo o que houve. Tentei entrar em contato com você, mas seu telefone deve estar desligado.

— E está. Permanentemente. — Ele olhou para o telefone sobre a mesa ao lado dele. A tela estava esmagada. Eu não precisei perguntar como isso aconteceu.

— Não pode entrar com um recurso?

— Eu não vou apelar.

— Por quê? Ainda mais se Colin só teve uma reprimenda.

— Porque isso só vai me arrastar para um lugar onde eu não quero estar. Eu não preciso dessa merda.

— Não entendo.

— Depois que fui convocado para a NFL, comecei a seguir em frente com a minha vida. Até Willow reaparecer mais uma vez. Eu perdi o foco. Bati meu carro numa noite enquanto tentava encontrá-la e comecei a faltar aos treinos e exercícios, pois não podia me concentrar no jogo. Meu desempenho estava em uma queda livre, e o treinador me tirou do jogo para me ensinar uma lição. Eu finalmente perdi meu lugar na equipe, sendo sugado para a vida de Willow novamente.

— Entendo.

— Você entende?

— Sim, entendo. Depois que Drew morreu, eu não consegui seguir em frente. Minhas notas caíram, parei de ir às aulas. Eventualmente, perdi um semestre. Em alguns momentos, ficava mais fácil, mas bastava a menor memória e eu me perdia de novo.

— Eu imaginei que ele tinha sido importante para você.

— Ele era meu noivo. Ficamos noivos logo após o colegial, mas eu queria esperar até depois do meu projeto de pesquisa. Ele estava andando de quadriciclo em um sábado e bateu em alguma coisa. Ele capotou e quebrou o pescoço. Morreu na hora.

Brody deixou escapar um longo suspiro e estendeu a mão para mim.

— Venha aqui. — Eu sentei no colo dele. — Você é encantadora e incrível pra caralho, sabia?

— É o que a bebida fala, ou você?

— Você disse bebida e o que ouvi foi lambida. Eu tenho um voo de volta para Nova York hoje à noite. Mas agora fiquei duro e preciso de você antes de ir.

— Você percebe que passou de melancólico para pervertido em menos de cinco minutos, né?

— Eu te disse. Estou seguindo em frente. — Ele começou a desabotoar a blusa.

— Que horas é o seu voo?

— Cerca de uma hora depois de estar dentro de você duas vezes. Não importa o tempo que isso demore.

CAPÍTULO 18

Brody

Por causa do jogo fora, perdi meu dia de visitar Marlene. A equipe de domingo da Broadhollow Manor nunca tinha me visto antes. Eu assinei e me apresentei.

— Nos falamos ao telefone algumas vezes esta semana. Eu sou Karen. Trabalho nos turnos da noite durante a semana e aos domingos. É bom conhecê-lo, Sr. Easton.

— Brody, por favor.

Ela assentiu.

— Brody.

— Como ela está hoje?

— Ainda na mesma. Seja lá o que for que a deixou tão chateada na semana passada, ela parece ter esquecido. Ela está mais em seu estado normal de novo.

— Você quer dizer como falar para uma enfermeira que ela deve usar menos batom para que as pessoas se concentrem mais na sua pessoa e menos em seu rosto?

Karen cobriu a boca sorridente.

— Eu já ouvi essa. Ela é uma piada.

— Diga isso à senhora que tem brilhantes lábios vermelhos.

A enfermeira corou.

— Ela está no quarto dela?

— Acho que ainda está na sala de atividades. Um dos nossos funcionários estava jogando damas com ela quando eu passei por lá.

Eu não estava esperando que o membro da equipe fosse Grouper. Ele não estava vestido em seu uniforme habitual, mas com uma camisa xadrez de

O JOGADOR   **143**

manga comprida e um suéter por cima.

— Ora, ora, se não é o Sr. Rogers. O que você está fazendo aqui? — Andei até Marlene e a beijei na bochecha. — Você não está tentando vencer minha senhora, não é?

Grouper me dispensou e resmungou alguma coisa.

— É domingo — disse Marlene. — Nós jogamos damas e assistimos TV. Mas não tem futebol hoje.

— Eu estava no bairro, por isso pensei em parar e verificar as coisas. — Grouper tentou fazer parecer que era uma visita casual.

— Ele muda minha televisão toda semana antes de jogar. Eu realmente não gosto de futebol, mas nós jogamos damas também, então eu não digo nada.

— É mesmo? O velho bastardo ainda vem no seu dia de folga, hein?

— Isso não é educado. Ele não é um bastardo. Ele é apenas velho e se move de uma forma lenta. E é um pouco surdo também.

Eu sorri para Grouper. A única vantagem de ficar idoso era a capacidade de dizer qualquer coisa que desse na telha e ninguém se importar com isso.

Grouper me olhou com intensidade.

— Está calmo aqui neste domingo sem jogos para assistir.

Eu deveria saber que ia ouvir merda dele sobre a minha suspensão.

— Não estou feliz por *não ter jogo* hoje também.

— Você *deveria* estar infeliz. É um desperdício de talento não estar jogando hoje.

Uma hora mais tarde, eu estava sentado em frente a Marlene, e Grouper estava olhando para nós dois enquanto verificávamos as jogadas. Cinco minutos de jogo, metade de suas peças pretas já eram damas, e ela tinha roubado metade das minhas vermelhas. Ela tirou um salto duplo de onde eu não esperava.

— Que diabos? Você é um tubarão de damas?

Grouper riu.

— Você estava sentado lá pensando que eu a estava deixando ganhar, não era?

— Na verdade, eu estava pensando que você não era capaz de vencê-la. Foi por isso que eu entrei, para dar a Marlene um pequeno desafio. — Eu realmente *tinha* pensado que ele a estava deixando vencer.

— Só quem nunca perdeu dinheiro para mim no jogo é a minha Willow. — Marlene deslizou a peça na minha base. — Minha dama.

Grouper e eu olhamos um para o outro. Nós dois estávamos em silêncio esperando para ver o que viria a seguir. A última vez que ela pensou em Willow não terminou bem.

— Pega leve comigo, senhora, ou verá o que vai acontecer na próxima vez que você quiser um sanduíche do Heidelman.

Ela descartou com um gesto de mão o meu comentário.

— Diga a Willow para trazer as peças de madeira do fundo do armário de louças da sala de jantar.

Isso explodiu em minha mente: como ela conseguia se lembrar de onde mantinha um tabuleiro de jogo, mas não conseguia se lembrar que a sua única neta não vinha vê-la há três anos?

— Pode deixar.

— Ela disse que está ocupada, mas que vem me ver no meu aniversário.

— Ah, sim.

— E diga a ela para parar no Zen Garden. Eles têm a melhor sopa.

Grouper sibilou.

— Sal não é bom para você.

Mas ele não precisava se preocupar. Eu tinha certeza de que Willow não viria.

○ JOGADOR

CAPÍTULO 19

Delilah

Meu estado, já normalmente nervoso em aviões, estava no limite quando embarquei no voo de volta para Nova York na segunda-feira à tarde. A equipe e a maioria dos jornalistas tinham voltado após o jogo ontem à noite, mas eu precisei ficar para uma entrevista com um jogador da faculdade local que era cogitado para ser uma opção de escolhas da NFL na próxima temporada.

Brody reagiu bem quando falei com ele mais cedo, mas eu imaginava que a derrota da equipe ontem estava pesando em seus ombros. O segundo quarterback tinha jogado quatro intercepções e uma delas custou a derrota ao time.

A voz do capitão surgiu para nos dizer que, devido ao mau tempo no leste, as decolagens tinham atrasado, e estávamos voltando para o portão, mas não teríamos que desembarcar do avião. Deveríamos sentar e desfrutar de uma bebida de cortesia. *Certo. Fácil para você dizer.* Estas latas que voam, obviamente, não têm o mesmo efeito sobre ele. Por que cada voo que eu estava ultimamente tinha que mencionar o mau tempo ou algum outro cenário potencialmente catastrófico?

Quando descemos e o sinal do cinto de segurança foi desligado, fui rapidamente para o banheiro, em seguida, procurei na minha bolsa meu celular para dizer a Brody que eu estava atrasada. O display iluminado, logo em seguida, brilhou com o sinal de bateria descarregada e começou a desligar.

— Droga.

— Você precisa de ajuda com alguma coisa? — meu colega de assento, que estava provavelmente no final dos sessenta anos, perguntou.

Pensei em lhe pedir para usar seu telefone, mas eu não tinha ideia de qual era o número de Brody. Eu nunca tinha realmente discado o número dele antes. Eu levantei meu telefone.

— Meu celular morreu e não sei o número da pessoa. Eu deveria encontrá-lo no meu apartamento, e acho que nós chegaremos atrasados, já que desligaram os motores.

— Ah. Abstinência de celular. Dizem que os efeitos podem ser tão assustadores quanto os da heroína.

— Você não tem um?

— Não.

— E alguém vai te buscar no aeroporto quando nós aterrissarmos?

— Sim. Minha esposa.

— Ela tem celular? — Ele balançou a cabeça, levemente divertido. — Como ela vai saber que estamos atrasados?

— Eu acho que ela vai falar com a companhia aérea, como tem feito nos últimos quarenta anos. Quem estiver te esperando não vai fazer isso?

— Definitivamente não. — Eu sorri e coloquei minha bolsa de volta sob o assento. — Então, como você passa o tempo sem o Candy Crush?

— Candy, o quê?

Na meia hora seguinte, expliquei detalhes de um jogo que não pareceu tão fascinante como era quando jogado. Meu novo amigo retornou o favor e explicou a arte do conhaque. Quando a atendente do voo veio nos oferecer uma bebida, ele pediu apenas dois copos. Em seguida, tirou uma garrafa de sua sacola, e nós provamos a bebida. Tinha um gosto ruim, mas bastou um pequeno copo misturado com a minha medicação de voo para que eu saísse do ar.

Quando finalmente pousamos, com mais de três horas de atraso, era exatamente o tempo que Brody estaria chegando na minha casa. Sabendo que o tráfego seria um pesadelo, parei no banheiro perto do portão e carreguei meu telefone enquanto usava o banheiro e me arrumava. O telefone se iluminou novamente depois de alguns minutos, o suficiente para eu mandar uma mensagem para Brody.

Delilah: Pousei só agora. O celular descarregou antes de eu decolar. Você já está na minha casa?

Brody: Estacionando na sua garagem neste exato momento.

Delilah: Desculpe. Vai levar uma hora para chegar em casa.

Me dê dois minutos, em seguida, bata no 3E. Patrick tem uma chave do meu apartamento. Vou enviar uma mensagem agora e lhe dizer para dá-la a você.

Brody: Por que Patrick tem uma chave do seu apartamento?

Eu queria dar o fora do banheiro. Poderíamos discutir a logística disso mais tarde.

Delilah: Para destrancar a porta. Por que alguém tem uma chave?

Eu sorri, sabendo que ele não gostaria da resposta, e, em seguida, enviei uma mensagem rápida para Patrick antes de desligar e ir para casa.

O tráfego estava surpreendentemente tranquilo e cheguei em casa em menos da metade do tempo que normalmente levava. Era estranho eu voltar de uma viagem de futebol, e Brody estar na minha casa esperando por mim. Os papéis normais foram invertidos.

— Olá? — A luz da cozinha estava acesa, mas tudo estava escuro.

Olhando pelo corredor para o quarto, vi que o banheiro estava aceso.

— Estou aqui.

A porta estava aberta. Eu parei na porta quando entrei. O visual era de uma das coisas mais engraçadas que eu já tinha visto.

— O que você está fazendo?

— Exatamente o que parece que estou fazendo.

— Você está... você está tomando um banho de espuma?

Brody estava afundado na minha banheira, com a cabeça apoiada na borda, as costas contra a parede de azulejo. O comprimento total do seu corpo alto não se encaixava e suas pernas estavam saindo pelo outro lado. Bolhas transbordaram da banheira para o chão. O ambiente inteiro cheirava a sabonete perfumado.

— Não há banheira no meu quarto. Eu gosto de ficar imerso, relaxa os músculos.

— E você costuma mergulhar no banho de espuma? — Eu mal podia conter o riso.

— Eu não tenho nada dessa porcaria. Segui as instruções dessa merda rosa... — Ele apontou para uma grande garrafa de plástico que estava cheia quando eu usei, mas agora estava quase vazia. — Dizia que era um bom calmante para os músculos.

— Você só precisa usar uma tampinha.

— Eu estava muito dolorido.

— Você parece... ridículo aí dentro.

— O quê? Você não acha as bolhas sexy? Se eu te visse em uma banheira, acho que te acharia super sexy.

— É uma coisa... feminina.

Ele afastou as bolhas e tocou a cabeça de seu pênis semiereto que estava espreitando para fora da água.

— Isso parece feminino para você? — Ele acariciou o próprio pau.

Eu parei de ver as bolhas. Tudo o que eu podia ver era sua forte mão em torno de seu eixo grosso, lentamente esfregando para cima e para baixo. A visão era muito erótica. Eu nunca antes assisti de perto um homem se masturbar. Meus olhos estavam fixos nele enquanto se acariciava.

— Você dá prazer a si mesma aqui, Delilah?

Engoli em seco e assenti.

— Eu quero ver você. Quero te ver deslizar seus dedos dentro da sua boceta molhada e deixar seu orgasmo te invadir. Meu pau está ficando duro só de pensar nisso. — A velocidade do seu movimento aumentou.

Desviei o olhar para seu rosto; sua mandíbula estava apertada e tensa. Quando nossos olhos se encontraram, ele engoliu em seco, seu pomo de Adão subindo e descendo enquanto seus olhos verdes pálidos escureciam com luxúria. Bastou o olhar, eu não precisei ser tocada, e meu corpo estava zumbindo com necessidade. Quando voltou a falar, sua voz era baixa, mas áspera e dominante.

— Tire a camisa.

Eu segui todas as instruções que ele me deu, minha roupa lentamente desaparecendo, uma peça de cada vez, até que eu estava em pé diante dele vestindo apenas calcinha e sapatos. Ele olhou para minha calcinha preta de renda.

— Tire. Eu quero ver cada centímetro seu. — Sua mão deslizava em torno de seu pênis enquanto ele se acariciava mais rápido. — Você já está molhada para mim, Delilah?

Enganchando meus dedos nos lados da renda, deslizei a calcinha pelas minhas pernas. Minha resposta foi um sussurro.

— Estou. — Tirei a peça de renda, joguei-a com as outras no chão e me abaixei para remover o salto alto com uma tira que enrolava no tornozelo.

— Deixe-os. — Eu parei de desprender e olhei para ele. — Você precisa da altura.

Ele se levantou da banheira. Seu corpo era lindo, uma massa de músculos esculpidos e pele bem bronzeada. O comprimento total da grossa ereção pressionava contra seu ventre rígido. Inconscientemente, umedeci meus lábios.

— Eu quero que você se dobre sobre a pia, vou te pegar por trás.

Deus, sim.

— E eu quero que você se observe no espelho. Eu vou te foder com força até que você goze. Depois, vou me empurrar profundamente dentro de você e encher sua boceta com toda a minha porra.

— Jesus, Brody. — Meus joelhos fraquejaram quando ele caminhou até mim.

Virando o meu corpo de frente para o espelho, ele puxou meu cabelo para o lado e pressionou os lábios no meu pescoço. Seu peito estava molhado, mas quente e rígido contra o meu corpo. Sua ereção pressionava minha bunda.

— Abra suas pernas para mim.

Eu abri.

— Mais.

Lentamente, ele esfregou seu corpo para cima e para baixo em mim por trás, empurrando o pênis na minha bunda enquanto ele esticou a mão para esfregar meu clitóris.

— Molhada pra caralho pra mim.

Foi tão bom, meus olhos se fecharam enquanto levantei meus braços e os envolvi em torno do seu pescoço. Quando ele deslizou dois dedos dentro de mim, um gemido gutural saiu dos meus lábios. Sua outra mão virou meu queixo para o lado, lhe dando acesso à minha boca. Esmagando seus lábios nos meus, seu beijo era selvagem e descaradamente sedento. Eu adorava que ele não fosse gentil, suas ações expressando emoções e necessidades. Ele segurou meus seios e apertou-os, beliscando meus mamilos com tanta força que beirava a dor. Enfiei os dedos pelo seu cabelo molhado e puxei, querendo-o ainda mais perto. Nós dois estávamos ofegantes, incapazes de ter o suficiente um do outro, quando ele libertou minha boca, seus dentes puxando meu lábio quando nos separamos.

— Se incline. — Com a mão nas minhas costas, ele me ajeitou para frente, me dobrando na cintura. — Segure-se dos lados. — Minhas mãos seguraram as bordas. — Olhe para cima. — Meu olhar se ergueu para encontrar seu reflexo olhando para mim do espelho. Brody estava certo: o salto alto nos deixava em um nível perfeito. Minha pele estava vermelha, meu cabelo, desgrenhado e selvagem, e meus olhos, cheios de desejo. — Linda pra caralho.

Ele esfregou sua ereção ao longo da minha umidade algumas vezes antes de me possuir. Como ele sabia que eu estava pronta, fez exatamente o que prometeu: me fodeu com força até que eu gozasse. Em seguida, se aprofundou dentro de mim e gozou com um rugido carnal. Poucos minutos depois, Brody me pegou e me levou para a cama, deslizando por trás de mim. Eu me aconcheguei contra ele, seu corpo moldado em torno do meu.

— Humm... Eu poderia me acostumar com este tipo de boas-vindas.

— É bom mesmo, querida, porque eu joguei fora o vibrador que estava na última gaveta da mesinha. — Eu congelei, sem saber se ele estava brincando ou não. Brody riu e me puxou para mais perto. — Relaxe, estou brincando, mas é bom saber que tem um lá. Eu gostaria de usá-lo em você algum dia. Melhor ainda, acho que eu gostaria de assistir você usá-lo em si mesma.

— Sua mente só pensa em uma coisa.

— Sim, penso só na boceta da Delilah. O tempo todo.

Eu lhe dei uma cotovelada, e nós dois rimos. Era bom ter Brody na minha cama. Conversamos por mais de uma hora no escuro, nos atualizando sobre os últimos dias. Parecia tão... normal. Doméstico. Natural. Certo. Era quase meia-noite quando nos acomodamos, e eu comecei a me sentir sonolenta.

— Brody?

— Humm? — Ele beijou meu ombro.

— Você está se aconchegando em mim? Conchinha com Brody Easton?

— Só com você, querida. Mas não se surpreenda se for acordada com algo te pressionando mais tarde. Ainda pretendo tomar essa bunda. Ainda quero muito de você.

Respirei fundo e sorri, percebendo que eu ainda queria muito dele também.

Durante a próxima semana, passamos todas as noites juntos. Em algumas, eu lhe fiz o jantar, enquanto discutíamos sobre esportes e, em outras, pedimos comida, pegando os pratos e nos sentando no chão da sala de estar enquanto aprendíamos as coisas favoritas um do outro, música, filmes, comidas que não gostávamos.

Graças às escolhas interessantes de perguntas de Brody, também sabíamos que trajes usamos no Dia das Bruxas aos oito anos e que animal escolheríamos se pudéssemos ser transformados em um: Brody seria um leão e eu, um golfinho. Mas acabei todos os dias envolvida nos braços de Brody. O Sr. Porra tinha ficado chateado por que eu não tinha trazido a história do vestiário para a WMBC. Não havia dúvida para ele, e eu também não neguei o fato, de que a minha relação pessoal com Brody tinha influenciado a minha decisão sobre relatar uma história. Mas, dois dias depois, ele se acalmou quando percebeu que havia uma maneira de explorar esse relacionamento pessoal. Brody concordou com uma entrevista exclusiva, se a sua equipe passasse pelo mata-mata. Isso me deixou bem com meu chefe, por enquanto.

Uma manhã, Brody saiu mais cedo para o primeiro treino após a suspensão. Minhas almofadas vermelhas estavam espalhadas por todo o chão da sala por termos transado no sofá na noite anterior. Eu peguei as duas almofadas vermelhas com monogramas, em seguida, uma retangular marrom que eu tinha desde o ensino médio. Traçando meus dedos ao longo do monograma que dizia LOVE, eu pensei brevemente sobre o menino que a tinha me dado, há tantos anos. Eu me senti culpada por estar começando a deixar Drew para trás, mas era uma decisão que eu sabia que precisava ser tomada. Muitos anos da minha vida tinham passado em um borrão desde o acidente. Esta era a primeira vez que eu não queria ficar e assisti-los passarem. Eu queria vivê-los.

Depois de um longo banho, me preparei para o trabalho. Eu estava sentada na beira da cama, fechando o zíper das minhas botas de couro de cano alto, quando a pequena foto emoldurada na minha cabeceira me chamou a atenção, capturando meu olhar. Brody nunca disse nada sobre isso, apesar de ter sido impossível ele não a ter percebido ali. Eu olhei para o primeiro garoto por quem me apaixonei e fechei os olhos, pensando em todas as boas memórias. Até agora, eu sempre tinha pensado em Drew como apenas meu amor, não o meu *primeiro* amor. Percebendo que ele pode ter sido o meu primeiro, mas provavelmente não será o meu último, dediquei esse momento a pensar nele. Eu fiquei de pé, segurando a foto, então fiz algo que nunca esperava fazer: guardei a foto em uma caixa dentro do meu armário. Drew teria sempre um pedaço do meu coração, mas finalmente havia espaço para mais alguém.

CAPÍTULO 20

Brody

Após o treino, passei na minha casa e peguei as peças de dama de madeira que eu tinha comprado para o aniversário de Marlene. Não era exatamente as que ela costumava ter, essas eram melhores, mas eram parecidas. No caminho, parei no florista e comprei várias flores coloridas.

— Bom dia para você, velho bastardo. — Eu sorri para Grouper.

Ele franziu a testa e olhou para mim com uma expressão engraçada.

— Por que diabos você está tão feliz, seu merda?

— E não é para eu estar feliz? Sou um cara bonito, tenho um braço que poderia ser usado como arma e você trabalha para mim, não o contrário. A vida é boa pra caralho.

Ele balançou sua cabeça.

— Deve ser contagioso. Eu não tinha visto Marlene em um estado de espírito tão bom em anos.

— Ela tem que estar, faz oitenta e um anos hoje. Você não parecia tão bem quando tinha a idade dela. — Grouper resmungou alguma coisa. — Onde está a aniversariante? Na sala de visitas?

— Eu acho que a visitante a levou de volta para o quarto dela há pouco tempo.

— Visitante?

— A pessoa que esteve aqui há alguns dias está de volta novamente. Ela trouxe um presente para Marlene também.

— Do que você está falando? Ninguém visita Marlene, exceto eu.

Grouper deu de ombros.

— Pensei que você sabia. Uma menina bonita com os maiores olhos azuis que eu já vi. A segurança não a teria deixado passar se ela não estivesse na lista aprovada.

O cabelo da minha nuca se arrepiou. *Os maiores olhos azuis que eu já vi.* Eu corri para o quarto de Marlene. No momento em que cheguei à porta, meu coração estava batendo como se fosse a primeira semana de treinos e eu tivesse acabado de correr oito quilômetros completos.

Ao ouvir a voz dela, congelei. Willow havia se mudado de Deep South para Nova York quando tinha dez anos, mas sempre manteve um pouco do sotaque. O jeito que ela falava as palavras era quase lírico, algo que eu sempre amei nela. Eu poderia deitar a cabeça em seu colo por horas, ouvindo-a balbuciar sobre todas as coisas que ela queria ver algum dia. Mas, neste momento, enquanto eu estava do outro lado da porta, o som era pior do que unhas raspando num quadro negro. Eu deveria ter dado um tempo para conter a raiva fervendo dentro de mim, mas não o fiz. Eu abri a porta. Willow estava sentada na cama de Marlene, de costas para mim.

— Que porra você está fazendo aqui?

Ao som da minha voz, sua cabeça virou. Seus naturalmente grandes olhos azuis ficaram ainda mais amplos. Nenhum de nós disse nada. Meu peito queimava. Engolir ácido teria sido menos doloroso do que olhar para ela depois de todos esses anos.

Grouper deve ter me ouvido falar ou sentiu que algo não estava certo, porque apareceu de repente ao meu lado. Ele deu uma olhada no meu rosto, em seguida, em Willow, e se espremeu entre mim e a porta para entrar no quarto.

— Ok, aniversariante, é hora da fisioterapia.

Era apenas uma da tarde, e a fisioterapia não seria até as quatro. Felizmente, na maioria dos dias, Marlene não tinha noção do tempo. Grouper manobrou a cadeira de rodas e imediatamente começou a sentá-la na cama. Ele não estava em má forma, mas eu sabia que não era fácil colocá-la na cadeira. Normalmente, um enfermeiro e um ajudante faziam isso juntos. Ignorando a autopreservação que estava me mantendo em pé no corredor, caminhei para a cama e levantei Marlene, colocando-a suavemente em sua cadeira. Ela olhou para mim.

— Brody, eu não ouvi você entrar. Você veio com Willow?

Eu respondi com uma mentira no piloto automático, da mesma forma que fazia há anos.

— Viemos em carros separados hoje.

Ela assentiu.

Grouper destravou o freio da cadeira e começou a levá-la em direção à porta.

— Espere! — Ela levantou a mão. — Eu preciso dos meus dentes.

Eu beijei a testa de Marlene.

— Você já está com eles.

Ela fez a checagem de costume, levantando a mão e batendo o dedo no dente da frente. O que havia com aquelas coisas? Ela nunca confiava que eu estava dizendo a verdade sobre os dentes, mas alegremente aceitou as milhares de mentiras com as quais eu a tinha alimentado sobre sua neta durante anos. Às vezes, acreditamos nas coisas não porque sabemos que elas são verdadeiras, mas porque as mentiras são mais fáceis de aceitar.

Grouper acenou para mim enquanto tirou Marlene do quarto, fechando a porta atrás dele. Olhei pela janela por um bom tempo. Havia tanta coisa que eu queria gritar para Willow, mas estava tudo preso em minha garganta, obstruindo as palavras.

Eventualmente, foi ela quem falou.

— Como tem passado? — ela perguntou em voz baixa.

Deixei escapar um riso irônico.

— Bem pra caralho. — *Esta merda* não podia estar acontecendo. Virei-me para encará-la, dando-lhe um olhar mortal. — O que você quer aqui, Willow?

— O que você quer dizer? Eu vim ver minha avó.

— Já se passaram quatro anos, porra. Por que agora?

Ela olhou para suas mãos, que se apertavam.

— Eu senti falta dela.

— Mentira. Do que você precisa? Dinheiro? — Eu peguei minha carteira no bolso e puxei um maço de notas, jogando-as sobre a cama. — Vou poupar o trabalho de roubá-la. Pegue. E saia, porra. Estamos bem sem você.

— Você veio vê-la toda semana durante todos esses anos. Eu vi na folha de registro de visitantes.

O JOGADOR

— Alguém tinha que vir.

Ela olhou para mim. Havia lágrimas em seus olhos, e eu tive que desviar o olhar. Eu estava irritado pra caralho para deixá-la me manipular novamente.

— Era eu que deveria ter estado aqui. Obrigada por cuidar dela para mim.

— Eu não fiz isso por você.

O ar no quarto foi se tornando difícil de respirar. As janelas não abriam e meus pulmões estavam constritos, a pressão no meu peito me fazendo sentir como se ele estivesse prestes a explodir. Eu precisava dar o fora dali.

Sem me preocupar em dizer adeus, deixei as flores e o presente que eu tinha trazido para o aniversário da Marlene na cama e me dirigi para a porta. Sua voz me parou quando eu alcancei a maçaneta. Não me virei quando ela falou.

— Estou sóbria há onze meses.

— Boa sorte para você, Willow.

E nunca olhei para trás.

CAPÍTULO 21

Willow

— Você sabia que não ia ser fácil.

Puxei o último lenço de papel da caixa que a Dra. Kaplan mantinha na mesa de centro de vidro entre nós.

— Desculpe.

— Eu tenho mais. Não se preocupe com isso. — Ela me deu o mesmo sorriso encorajador do qual eu tinha me tornado dependente ao longo do último ano. — Respire. Se acalme. E então me fale sobre o dia. Comece com a sua avó. Ela te reconheceu?

Eu sequei meus olhos e enrolei o lenço na palma da mão.

— Reconheceu. Eu estava muito nervosa com medo de que ela não me reconhecesse. Minhas pernas estavam tremendo quando entrei.

— Compreensível. Já faz um bom tempo.

— Ela me conheceu. Ela sabia quem eu era. Mas não parecia saber quanto tempo tinha passado. Era como se ela apenas pegasse uma página da nossa história, e tudo continuasse a partir dali.

Dra. Kaplan concordou.

— Estágio cinco, provavelmente. Declínio cognitivo moderado. Fico feliz que tenha progredido um pouco, nós falamos sobre como alguns casos podem evoluir duas vezes mais rápido do que outros.

— Eu sei. É egoísmo da minha parte, mas fiquei feliz por ela ainda me reconhecer.

— Não é egoísta. Pessoas egoístas tendem a ser boas apenas para si mesmas. Acho que podemos ambas concordar que esse não é o caso. É provável que o que você esteja sentindo seja arrependimento.

— Eu acho que sim.

— O que acontece com o arrependimento é que só é possível se arrepender do passado. Então, para você, isso é saudável. Lamente o passado. Use-o. Faça um novo futuro. Visite-a frequentemente. Quanto mais o pesar for mandado para o passado, mais fácil será.

— Eu vou fazer isso. Eu a visitei todos os dias desta semana.

— Isso é bom. E sobre o outro arrependimento com o qual você precisar lidar?

— Brody?

— Sim.

Nós tínhamos passado a maior parte do último ano falando sobre esse homem. A que outra coisa ela estaria se referindo?

— Eu o vi. As coisas não correram muito bem. — Ela assentiu e esperou que eu continuasse. — Ele me odeia. Não posso culpá-lo. Ele achava que eu estava de volta porque precisava de alguma coisa.

— A história de vocês é mais complicada. Você vai ter que reconquistar sua confiança.

— Eu não tenho tanta certeza de que ele vá me dar essa chance.

— Só há uma maneira de descobrir. Talvez, quando ele vir que você está realmente limpa desta vez, que você tem um trabalho, e está pensando em ficar na vida de Marlene, ele vá entender.

Eu respirei fundo e expirei audivelmente.

— Eu sei. Isso não vai acontecer da noite para o dia. Ele nem consegue acreditar que estou limpa, como posso esperar que acredite que eu dormi e acordei pensando nele todos os dias durante os últimos quatro anos?

CAPÍTULO 22

Delilah

— Está tudo bem? — Brody empurrava o frango tailandês picante e o fettuccini em volta do prato com o garfo. Terça-feira ele disse que não estava se sentindo bem e cancelou sua visita. E, nos últimos dias, se manteve bem quieto. Hoje à noite, o seu humor era algo que se assemelha a mal-humorado. — Você não gostou do macarrão?

— Sim. Está tudo bem. Desculpe, querida. O macarrão está delicioso. É que estou cansado.

O resto da noite foi praticamente o mesmo. Eu senti como se estivesse forçando-o a responder as perguntas. Normalmente, ficar em silêncio era tranquilo para mim; nunca fui uma pessoa que sentia necessidade de falar o tempo todo para se sentir confortável. O problema era que o silêncio não era confortável esta noite.

Mais tarde, tentei assuntos diferentes. Nada parecia interessá-lo o suficiente para falar. Brody também bebeu no jantar, algo que era igualmente fora do normal para ele. Fez uma forte mistura de rum e Coca-Cola e sentou-se no sofá, olhando para o copo enquanto rodava o líquido.

— O que você acabou comprando quando foi fazer compras no outro dia? — Ele tomou um gole de sua bebida e olhou para mim com a testa franzida.

— Humm?

— A amiga da família para quem você estava comprando um presente na semana passada. Você estava em uma loja de presentes quando te liguei e você disse que estava fazendo compras para o aniversário de uma amiga. Lembra?

Brody olhou ao redor da sala antes de tomar um gole considerável. Colocando a bebida na mesa, ele levantou um joelho e se virou para mim.

— Eu lhe dei um tabuleiro de damas de madeira. Ela vive em um lar de idosos e gosta de jogos. Ela os vê na TV todos os dias e gosta de jogar jogos de tabuleiro.

— Ah. Isso é legal da sua parte. Ela é uma amiga do seu pai?

Ele me olhou diretamente nos olhos desta vez.

— Ela é a avó da Willow, Marlene. — Havia mais nesta história. E eu não tinha certeza se queria saber o resto dela. — Depois que Willow desapareceu, Marlene começou a ficar muito confusa. Ela não tinha família, além da filha e uma neta viciadas em drogas. A mulher passou toda a sua vida vendo o lado bom das pessoas e, no entanto, quando chegou sua vez, quando ela precisava desse lado bom para ela, as duas estavam longe de ser encontradas. — Brody tinha um braço pendurado no encosto do sofá, eu estendi a mão, peguei a sua e apertei. — Meu pai e eu nos revezamos cuidando dela por um tempo, depois que eu voltei da faculdade. Mas, então, o meu pai se aposentou e se mudou para o Arizona, e eu estava viajando quatro dias por semanas com a equipe. E não era seguro para Marlene estar sozinha. Então, a coloquei em uma casa de repouso cerca de três anos atrás.

— Uau. E você ainda mantém contato com ela?

— Não perdi nenhuma semana desde que a coloquei lá. Prometi a ela que veria meu rosto sorridente a cada semana. — Brody gargalhou. — Houve segundas-feiras em que eu não estava bem, mas não deixei de aparecer por lá na terça.

— Isso é incrível, Brody. Muita gente não faria isso por outra pessoa. Especialmente alguém que não é nem mesmo da sua própria família.

— Ela sempre foi como da família para mim. Eu era jovem quando minha mãe morreu. Marlene tentava ajudar a mim e ao meu pai sempre que podia. Além disso, alguém tinha que estar lá para ela. Willow é que não estaria.

Eu estava curiosa para perguntar sobre ela desde a noite em que ele me contou sobre o que aconteceu na faculdade, mas a oportunidade nunca tinha se apresentado. Até agora.

— O que aconteceu com Willow? Você mencionou que ela desapareceu após a noite com Colin.

— Ela se foi por bastante tempo depois disso. Não apareceu até o meu primeiro ano jogando como profissional. Foi provavelmente o seu período mais longo sóbrio desde que éramos adolescentes. As coisas estavam bem por um tempo. Até não estarem mais.

— Isso não parece bom.

— Não era. Ela desapareceu novamente uma noite. Eu procurei durante dias. Fui a todos os buracos de drogas de onde eu já a tinha tirado um dia. Perdi metade dos meus treinos, e, quando eu aparecia, era uma porra de desperdício de tempo. Eu não tinha foco. No meio da temporada regular, a polícia bateu na porta de Marlene uma noite. Havia alguns campos de desabrigados perto do East River, principalmente dependentes que tinham desistido da vida em geral. Um barco da polícia patrulhava uma manhã e encontrou-a flutuando com o rosto para baixo.

— Meu Deus.

— Ela ficou sem oxigênio por quase três minutos e estava azul por causa da temperatura da água. Marlene e eu passamos dois dias no hospital. Ela teve duas paradas cardíacas, e eles a reanimaram. Eles não sabiam se ela teria danos cerebrais quando acordasse.

— Isso é horrível.

— Se fosse você ou eu, teríamos morrido ou estado em um tubo de alimentação babando para o resto de nossas vidas. Mas não Willow. Dez dias depois, ela saiu do hospital como se nada tivesse acontecido.

— Uau.

— Eu pensei que talvez a coisa toda a tivesse assustado. E, por um tempo, eu acho que até assustou. Até três de dezembro, há quatro anos.

— O que aconteceu nesse dia?

— Nada. Foi a última vez que a vi. — Brody parou, levantou o copo da mesa e engoliu o resto da bebida. — Até esta terça-feira.

Dormir foi quase impossível naquela noite. Havia tantas coisas passando pela minha cabeça, coisas que me deixavam maluca por causa das minhas próprias inseguranças. Como, por exemplo, o fato de que Brody me deu um beijo de boa noite e deixou por isso mesmo. Eu sabia que não era normal os casais fazerem sexo o tempo todo que passavam a noite juntos.

Eventualmente, haveria noites em que só iríamos dormir. Cairíamos na rotina e a novidade iria desgastar. Era normal. Acontecia em todas as relações. Mas acontecer bem *naquela noite* tinha me feito pensar o pior.

Por volta das duas da manhã, decidi parar de ficar obcecada e ir para a cama. A pequena luz na minha mesa de cabeceira estava acesa, então estendi a mão para desligá-la. Meus olhos pousaram no lugar onde o retrato emoldurado de Drew costumava estar. A ironia me atingiu em cheio. Depois de todos esses anos, eu finalmente decidi tentar colocar o passado para trás. Exatamente ao mesmo tempo em que o passado de Brody decidiu retornar.

Nas próximas semanas, tudo pareceu retomar ao normal. A distância que eu senti por alguns dias quando Willow voltou tinha ido embora, e Brody retomou sua habitual arrogância encantadora. Ele até mesmo quis ir à academia comigo em uma manhã de quinta-feira. Nós tínhamos dormido na casa dele, e havia uma a poucos quarteirões de distância. Durante a caminhada, ele segurou minha mão. Para um cara que não estava procurando nada mais do que uma noite de diversão há seis semanas, ele havia se transformado em um namorado profissional.

— Então, que tipo de merda feminina estamos fazendo neste lugar?

Expliquei o programa que eu fazia. Ele parou na calçada antes que eu pudesse responder.

— Não é aquela porcaria de Zumba, né?

— Não, não é dia de Zumba. Mas Zumba não é uma porcaria. Na verdade, é um exercício pesado. Saio de lá encharcada, o que significa que foi um bom treino.

Ele voltou a andar.

— Você estava encharcada esta manhã, e, considerando que eu prendi você à parede e fiz todo o trabalho, eu não acho que você tenha tido um bom exercício.

— Você é um porco, sabia disso?

Brody soltou minha mão e pegou na minha bunda ali mesmo na rua.

— O que é que você disse? Você quer muito este porco aqui que eu sei.

Revirei os olhos. Mas ele estava totalmente certo. *Eu queria muito.*

A um quarteirão de distância da academia, Brody apontou para o outro lado da rua.

— Ali é onde Marlene vive. Broadhollow Manor.

Eu tinha passado pelo edifício antes. Do lado de fora, parecia mais um complexo de apartamento chique do que algo terrível como eu imaginava que seria uma casa de repouso.

— Esse parece mais com condomínios de luxo do que uma casa de repouso.

— É um lugar agradável. Eles o mantém limpo, e todo mundo está bem cuidado. Você deveria ver alguns dos lixos que fui ver antes de encontrar Broadhollow. Os lugares que o Estado paga estão a um passo de um abrigo. Eu poderia ter comprado um condomínio de luxo mais barato do que os últimos anos me custaram, mas vale a pena. Eu nunca seria capaz de dormir à noite sabendo que ela estava em um buraco, e eu tendo dinheiro no banco parado sem fazer nada por ela.

Nesta manhã, Brody tinha me preparado um café da manhã nu depois de me dar um delicioso orgasmo contra a parede do quarto, mas foi esta última afirmação que fez com que eu me apaixonasse um pouco mais por este homem. *Meu porco.*

Chegando à academia, ele abriu a porta para eu entrar primeiro. Antes de passar, parei, me estiquei na ponta dos pés e beijei-o no rosto.

— Por que isso?

— Por ser você.

Ele entrou atrás de mim e me deu um tapa na bunda enquanto sussurrou em meu ouvido:

— Minha garota gosta de um porco safado.

A mulher na recepção estava no telefone celular enquanto eu assinava. Quando desligou, perguntei a ela sobre um passe de convidado. Ela não se preocupou em desviar a atenção do celular e olhar para cima.

— Meu pacote tem direito a passes para convidados. Eu não trouxe o passe, mas espero que esteja tudo bem e você possa consultar que eu não usei nenhum ainda.

Ela bufou em aborrecimento, tendo que desviar sua atenção do celular para o computador, que era, na verdade, parte do seu trabalho.

— Nome?

— Delilah Maddox.

Suas unhas clicaram.

— Nome do convidado?

— Hum. Brody.

Ela parou de digitar.

— Sobrenome?

— Easton.

Bem, agora eu tinha sua atenção. Sua cabeça virou.

— Você é...

— O convidado da Delilah. — Brody preencheu o espaço em branco quando ela se empolgou.

— Meu Deus. Você é realmente Brody Easton. Eu te amo! Eu sou uma grande fã do Steel.

— Obrigado.

Ela apoiou os cotovelos no balcão e colocou o rosto sorridente entre as mãos. A mulher foi de insuportável para atirada em segundos.

— Então, o que o traz aqui à nossa pequena academia?

— Exercício — Brody respondeu sem rodeios.

Ela riu como se ele tivesse dito a coisa mais engraçada do mundo.

— Esta turma não terá exercício para alguém como você.

Minha resposta estava na ponta da língua porque... bem... porque ela era uma cadela que tinha acabado de insultar meu exercício, o lugar onde ela trabalha e... ela estava ocupada admirando meu namorado.

— Tudo bem. Ele se exercitou em casa esta manhã. Dando estocadas contra a parede.

Ela assentiu.

— Interessante. Nunca tentei isso. Talvez você possa me mostrar como fazer mais tarde.

Eu estampei um sorriso falso.

— Eu acho que não. Mas será que vamos conseguir o passe de convidado?

— Ah. Certo. Não há problema. — Ela apontou para a entrada. — Vá em frente. Este é por minha conta. Ele não precisa de um passe.

A turma estava quase cheia quando chegamos, por isso tomamos um lugar na parte de trás, deixando nossas bolsas de ginástica juntas para demarcar o espaço.

— Você fica ainda mais bonita quando está com ciúmes.

— Eu não estava com ciúmes.

Ele levantou uma sobrancelha e sorriu.

— Estava sim.

— Eu não sou do tipo ciumenta.

— Sério?

— Sim.

— Assuma logo.

— Não sou.

— Você se importa se colocarmos um pouco de dinheiro nisso?

— Você quer apostar que pode me fazer ciúmes?

— Sim.

Eu estendi minha mão.

— Vamos apostar. O perdedor dá ao outro uma massagem.

Brody apertou minha mão e piscou.

— Ok. Mas você não vai massagear minhas costas.

— Tanto faz. Mas esse jogo vale para os dois.

Brody olhou ao redor da sala, que estava quase totalmente preenchida por mulheres.

— Você vai flertar com algumas das mulheres daqui? Tenho certeza de que esta é a melhor competição que vou vencer na vida, e nós nem sequer começamos ainda.

O JOGADOR

A vaca da recepção entrou.

— Alex está com cinco minutos de atraso. Então, por que não fazemos o aquecimento? Quem quer se voluntariar para me ajudar aqui na frente da turma?

A mão de Brody subiu mais rápido do que a de um nerd na sala de aula. A vaca ficou feliz.

— Sr. Easton. Que demais! Senhoras, hoje temos nada mais nada menos que o melhor jogador do Super Bowl, Brody Easton, na turma! E ele virá aqui e demonstrará os exercícios.

Ninguém tinha nos notado, no fundo da sala, mas isso mudou na hora. Mulheres se viraram e ficaram de boca aberta. Brody regozijou-se e se dirigiu para a frente da turma. Eu tinha esquecido completamente quão arrogante e exibido ele podia ser. Vislumbres da primeira vez que eu falei com ele no vestiário estavam de volta quando ele se colocou ao lado da instrutora.

Em determinado momento, ele sorriu para mim, em seguida, tirou a camiseta. Seu short de ginástica estava acomodado bem baixo em sua cintura estreita, e cada músculo definido estava em plena exibição. *Especialmente o V.* O mesmo que recentemente eu descobri que ambos adorávamos quando eu o percorria com a minha língua.

Olhei ao redor da sala. Eu definitivamente não era a única babando. Eu podia jurar que a sala cheirava a feromônios. Eu nunca iria admitir isso, mas não gostava da maneira como estas mulheres estavam olhando para Brody. Mas... não era um ciúme imaturo. Havia um conforto por eu saber que ele não estava realmente interessado nelas. A classe inteira poderia ter sido hipnotizada, mas o homem à frente só estava fazendo isso para me provocar.

Depois de alguns minutos do show de Brody, Alex entrou. Ele dava aulas no local que eu costumo ir, por isso éramos amigos. Talvez até mais do que o meu namorado confiante-de-que-venceu-a-aposta goste. Sorri por dentro, sabendo que bastaria apenas uma frase ou duas depois da aula para eu ganhar a nossa aposta. Eu praticamente já podia sentir meus músculos relaxarem sob o esfregar da massagem de Brody.

Após a aula acabar, as mulheres circularam Brody pedindo autógrafos. Ele regozijou-se, pensando que estava conseguindo me atingir, mas eu realmente achei que a coisa toda era muito divertida e estava muito orgulhosa que o ciúme não tinha aparecido.

Quando a multidão diluiu, fomos para a porta... mas não antes que eu parasse para falar com o instrutor.

— Oi, Alex.

— Pretzel. Que surpresa agradável vê-la aqui hoje.

Alex interrompeu suas brincadeiras de paquera típicas quando olhou para Brody.

— Este é Brody Easton, um velho amigo da família.

Brody olhou para mim quando apertou a mão de Alex. Esse pequeno pedaço de informação, a confirmação indireta de que o homem de pé ao meu lado não era meu namorado, foi o suficiente para relaxar Alex.

— Prazer em conhecê-lo, Brody. Vocês dois são amigos há algum tempo, hein?

— Aparentemente sim.

— Diga-me, nossa pequena Pretzel sempre foi assim tão sexy?

O ar gelou imediatamente. Brody olhou para Alex, que nem sequer pareceu notar que tinha acabado de colocar pólvora em um canhão.

— Sobre o treino, quando você fez a posição do cachorro, vi que ainda precisa melhorar um pouco. Por que não fica por aqui alguns minutos e me deixa ajudá-la a se alongar?

— Parece uma boa ideia. — Eu me virei para Brody e alegremente alimentei o fogo. Já podia sentir o cheiro da fumaça. — Por que não vai para o vestiário enquanto Alex me ajuda com a minha posição? Encontro você em seguida.

Brody tentou muito, mas o olhar obsceno de Alex era demais para suportar.

— Ah, porra. — Sua mão possessiva agarrou minha cintura. — Você ganhou. Vamos dar o fora daqui.

Alex ainda parecia confuso quando Brody rapidamente me guiou em direção ao vestiário.

— Você é uma gracinha — ele rosnou.

— Eu acho que sou sim.

Saindo da academia, eu zombei de Brody pela minha vitória.

— E eu pensando que você seria um duro concorrente. Acho que não.

— Você vai ver só o duro... — Ele pegou minha mão.

— Eu não imaginei que você fosse ciumento.

— Nem eu — ele resmungou.

— Eu tenho que tomar um banho rápido e ir direto para a estação. Temos uma reunião de planejamento matinal. Eles estão adicionando algumas entrevistas de última hora com alguns jogadores do Eagles antes do jogo deste fim de semana.

— Encontro com o inimigo. Você está tentando me matar? Primeiro a brincadeira com o babaca e agora passar tempo com o rival da divisão. Acho que esta noite vou precisar de um pouco de atenção extra. Estou me sentindo negligenciado.

— Ah, você está?

— Sim. Eu acho que preciso que você me mostre como sou especial.

— E o que exatamente isso implica?

— Eu vou pensar em alguma coisa. Quando descobrir, faço questão de enviar uma mensagem de texto para você com os detalhes, bem no meio da sua reunião.

A língua perversa dele era muito bem traduzida em mensagens de texto.

Nós viramos a esquina, descendo a quadra onde Marlene morava. Brody estava me contando sobre sua agenda para o resto da semana, quando de repente ficou em silêncio. Levei um momento para perceber.

— Brody?

Ele estava olhando para o outro lado da rua.

— Tudo bem?

As ruas de Nova York eram movimentadas. No início, não notei nada. Mas então eu vi. Uma mulher tinha parado do lado de fora do prédio de Marlene e estava olhando em nossa direção. As pessoas iam e viam, mas ela ficou lá, olhando sem parar para nós. Ela era absolutamente linda. Magra tipo modelo, com longos cabelos loiros e olhos tão grandes, que pude notá-los mesmo em uma rua movimentada. Meu coração parou. Eu sabia a resposta, mas perguntei de qualquer maneira:

— Você conhece essa mulher do outro lado da rua?

Brody virou a cabeça para frente e continuou andando.

— Sim. É a Willow.

E assim, a confiança que eu tinha sentido mais cedo — todo aquele poder — se transformou em medo e vulnerabilidade. E, sim, até mesmo um pouco de ciúme.

VI KEELAND

CAPÍTULO 23

Willow

— Essa cara bonita nunca deve ter um sorriso triste. — Minha avó estava perdendo a memória, vivia em um lar de idosos, e tinha uma ex-viciada como um de seus únicos parentes vivos, e ainda assim tentava me animar.

Forcei um sorriso.

— Desculpe.

— Você e Brody tiveram uma briga?

Brody, aparentemente, não tinha contado à vovó sobre os últimos anos. Eu não tinha certeza por que ou o que isso significava, mas entrei em sua história.

— Não. Nós estamos bem. — Eu peguei a mão da vovó e apertei.

— Bom. Esse menino é alguém que não se deve perder. Eles não fazem muitos iguais a ele. Lembra-me do meu Carl em alguns aspectos.

— Sério? — Foi a primeira vez que vovó tinha falado do vovô. Eu não tinha ideia se ela se lembrava que ele tinha morrido ou não. Sua memória era muito aleatória e seletiva.

— Sim. Esse menino é leal. Ele se apaixonou loucamente por você e nunca desistiu. Do mesmo jeito que meu Carl fez por mim.

Ela estava certa sobre uma coisa: Brody era leal. Provavelmente a pessoa mais leal que eu já me deparei em toda a minha vida. Mas mesmo a pessoa mais leal tem seu ponto de ruptura. Vê-lo na rua hoje me lembrou disso. Eu não esperava que ele fosse esperar por mim todos esses anos. Não depois de tudo que eu tinha feito com ele. Mas o que vi hoje foi difícil de qualquer maneira. Ele parecia *feliz*, segurando a mão de uma mulher em público. Eu deveria estar feliz por ele. Mas o que eu *devia* fazer e o que *realmente fazia* nunca eram o mesmo.

Passei duas horas com vovó. Ela gostava de companhia e, honestamente, eu adorava estar perto dela. Ela era a minha raiz, me fazia sentir ligada a terra quando eu, de outra forma, estaria ficando fora de controle. Depois que o The Price Is Right terminou, parei no banheiro feminino do corredor, sabendo que teria que ir direto para o trabalho ou corria o risco de me atrasar. Eu puxei meu cabelo para trás em um rabo de cavalo e passei um pouco de rímel e gloss. Quando voltei para o quarto da vovó para me despedir, um homem estava sentado na cadeira ao lado dela. Ele parecia familiar, mas eu não conseguia me lembrar de onde.

— Olá.

O homem se levantou e acenou com a cabeça.

— Eu só estava fazendo minha visita diária a Marlene. Eu não sabia que ela tinha companhia.

Meu casaco estava caído sobre a outra cadeira, então o peguei e comecei a vesti-lo.

— Fique. Por favor. Eu estava prestes a sair. Preciso ir para o trabalho de qualquer maneira. — Eu sorri. — Sou Willow, a neta de Marlene.

— Eu não sabia que Marlene tinha uma neta. É bom conhecer você, Willow. Sou Grouper. Sua avó gosta de acabar comigo no jogo de dama algumas vezes por semana.

— Ah. Sim, ela é ótima nisso. Ela parece inocente, mas é uma vigarista disfarçada.

Grouper olhou para Marlene e balançou a cabeça.

— Você parece o Brody falando.

— Você conhece Brody?

— Claro. Ele vem aqui todas as semanas como um relógio. Bom homem. Apenas não o deixe saber que eu disse isso. — Ele piscou.

— Ele sempre traz sua namorada?

— Namorada? Ah, você quer dizer a repórter. Não. Ele vem sozinho. Terças-feiras. Normalmente, por volta das dez horas.

Fui até vovó e lhe dei um abraço. Seus ombros estavam muito mais finos do que eu me lembrava. Minha avó, que era maior que a vida, agora parecia pequena, quase frágil.

— Eu tenho que ir para o trabalho ou vou me atrasar.

— Tudo bem, querida. Você vai voltar com Brody?

— Quer saber? Eu voltarei com ele sim. Virei na terça-feira. Foi um prazer conhecê-lo, Sr. Grouper.

— Não, não senhor. Apenas Grouper.

— Oh. Ok. Bem, foi bom te conhecer, Grouper. E obrigada por visitar a vovó.

— O prazer é meu. Vamos esperar que o Steel vença este domingo, assim teremos um Brody feliz aqui na terça-feira.

Eu sorri, sem dizer o que estava pensando. *Eu não contaria com Brody feliz na terça-feira, mesmo se ele vencesse.*

Segunda-feira era o meu único dia de folga. Como o horário do restaurante era puxado, era difícil acompanhar todos os programas de TV, então eu tinha parado de me incomodar em gravar a maioria das coisas há muito tempo. Nas raras ocasiões em que me lembrava de gravar alguma coisa, era ainda mais raro que eu realmente assistisse tudo o que foi gravado. Exceto hoje.

Sentei-me na beira do sofá durante os últimos dois minutos do jogo do Steel contra os Eagles enquanto Brody e a linha ofensiva se moviam para a ponta do campo. Eles correram da jarda seis e pararam na linha de trinta jardas no quarto down. Sem pensar, bati o pé no chão quando Brody recuou, e a bola voou no ar. *Vamos, Brody. Vamos.*

Eu segurei a respiração até que a bola caiu em espiral nas grandes mãos do receptor. Estar desse jeito, ansiosa pela vitória quando Brody estava no campo, me lembrou de quando eu sentava nas arquibancadas de metal velhas na escola, tantos anos atrás. Minha melhor amiga, Anna, costumava parar minha perna. *Pare de balançar seu pé, você está tremendo toda a arquibancada.* Deus, esses dias realmente pareciam outra vida.

Depois do jogo, decidi fazer cupcakes. Eu costumava adorar cozinhar, embora realmente fizesse muito tempo que eu não tinha ninguém para quem cozinhar. Meu apartamento era pequeno, com uma cozinha tão pequena que era mais estreita que a maioria dos closets, e um fogão de baixa qualidade, por isso cozinhar não era algo que eu pensava muito em fazer. Mas hoje eu fiz o favorito da minha vó e de Brody. O mesmo bolo Veludo vermelho com cobertura de chantilly que eu assava depois que Brody ganhava um jogo na escola.

Antes de ir para o meu compromisso à tarde com a Dra. Kaplan, bati na porta da minha vizinha do outro lado do corredor, com dois bolinhos na mão. Esperei enquanto ouvia o *clic* do conjunto triplo de fechaduras e travas serem abertas. Eu olhei ao redor do terceiro andar do meu prédio. O local era decadente, e se eu achava isso é porque realmente o era, afinal, só eu sei por onde passei no decorrer dos anos. Mas Nova York era cara, e este era o único lugar que eu era capaz de pagar no momento.

Eventualmente, a porta se abriu um pouco, a corrente do bloqueio superior frágil ainda firmemente presa. Eu me ajoelhei ao nível dos olhos da menina.

— Oi, Abby. Eu fiz cupcakes. Pensei que talvez você e sua mãe gostariam de experimentar.

 Ela assentiu rapidamente com os olhos arregalados. A porta se fechou e, em seguida, reabriu sem a corrente. Abby estendeu a mão para o prato. *Merda. Conheço esse olhar.*

— Sua mãe está em casa? — A pobrezinha estava morrendo de fome. Ela nem sequer se preocupou em lamber o glacê do topo ou prová-lo antes de colocar metade do bolinho na boca com uma mordida.

Abby assentiu durante a mastigação. Ela tinha provavelmente cinco ou seis anos, mas era pequena, mesmo para a idade. Eu a conheci com sua mãe ao longo dos últimos meses. Sua mãe estava em recuperação, como eu. Mas eu tinha um mau pressentimento de que algo poderia ter mudado no fim de semana. Os dois caras que eu vi saindo do apartamento definitivamente significavam que ela tinha falhado e sucumbido. Eu não queria assustar Abby sendo muito intrometida.

— Como está sua mamãe? Posso lhe dar o outro bolinho?

— Ela está dormindo.

Eram quatro horas da tarde.

— Tem mais alguém em casa? — Abby sacudiu a cabeça. — Posso entrar por um segundo, Abby? — Ela assentiu.

Quem mais essa garotinha doce poderia deixar entrar?

Eu andei pelo apartamento e encontrei Lena desmaiada na cama. Verifiquei e ela ainda estava respirando. Algumas latas de cerveja estavam espalhadas ao redor do cômodo, mas não havia sinais de droga, pelo menos.

— Lena?

Ela gemeu em resposta e rolou. Voltei para a cozinha. Abby já estava comendo o segundo cupcake. A curiosidade me fez abrir a geladeira. *Droga.* Estava mais vazia do que a minha. Muito mais vazia. Uma caixa de leite vencido, ketchup, um pote de picles somente com a água e um recipiente com algo dentro semelhante a pão amanhecido. Os armários da cozinha não mostraram nada melhor.

— Eu vou voltar, ok? Tranque a porta... espere que eu bata.

Abby falou com a boca cheia.

— Ok.

Meu apartamento não era exatamente abastecido com uma festa gourmet, mas eu poderia ter certeza de que Abby ficaria com sua barriga cheia. Fiz um rápido sanduíche de manteiga de amendoim e geleia e peguei a caixa de leite pela metade da minha geladeira antes de voltar.

— Você já comeu manteiga de amendoim? — A última coisa que ela ou a mãe precisavam era eu dar a Abby algo que ela era alérgica.

— Eu costumava levar para a escola no almoço às vezes. Mas eu tenho que sentar em uma mesa diferente da de Danny Mendez. Ele é alérgico.

Isso me fez sentir melhor. Coloquei um copo de leite e a assisti comer antes de sair, mas, quando cheguei ao consultório da Dra. Kaplan, eram quatro e cinco. Ela olhou para o relógio.

— Você está atrasada hoje.

Eu sentei no meu lugar habitual.

— Desculpe. Eu tive que cuidar de algo.

Ela pegou um bloco de notas, saiu da mesa e sentou na sua cadeira habitual em frente a mim. Abrindo uma nova página, ela escreveu a data antes de pousar o bloco no colo e me dar sua total atenção.

— Então, do que você teve que cuidar?

○ JOGADOR

— Eu não estou usando de novo, se é isso que você está perguntando.

— Eu não disse que você estava.

— Não. Mas eu senti em seu tom.

— Foi apenas uma pergunta simples, Willow. Não vamos começar com o pé errado hoje.

Talvez eu tenha tirado conclusões precipitadas.

— Eu tive que fazer um sanduíche para a minha vizinha.

— Ah? Ela está doente?

— Não. Ela tem cinco anos. Sua mãe estava dormindo, e eu parei para lhe dar uns bolinhos e percebi que ela estava morrendo de fome.

— Sua mãe estava dormindo no meio do dia?

— Sim. Eu pensei a mesma coisa. Estou esperando, pelo bem de Abby, que eu esteja errada. Sua mãe tem estado sóbria nos últimos quatro meses.

Dra. Kaplan concordou e escreveu algo em seu bloco.

— O que você escreveu? Que eu fiz para uma garota um sanduíche de manteiga de amendoim e geleia?

— Na verdade, eu anotei que você fez amizade com uma menina que tem uma vida familiar semelhante à que você teve enquanto crescia.

— Ah. — *Eu não tinha pensado nisso dessa forma.*

— Então, como foi a sua semana? Você visitou Marlene?

— Sim, visitei.

— E como é que ela está?

— Bem. A doença acaba me colocando em várias épocas de sua vida. Ela não parece perceber por quanto tempo fui embora ou se lembrar de todas as coisas terríveis que fiz com ela.

Ela balança a cabeça.

— E o trabalho?

— Está bem. Meus pés estão me matando, mas o dinheiro é bom. Estou esperando economizar o suficiente para me mudar para um bairro melhor. Eu gostaria de estar mais perto da minha avó. Gasto mais de quarenta e cinco minutos, em um bom dia, para chegar até ela, na melhor parte da cidade.

— Você tem saído socialmente?

— Não. Mas aquele cara bonito de terno me convidou para sair no outro dia.

— No restaurante. Aquele que convidou você há algumas semanas?

— Ele veio com alguns amigos de novo.

— E você concordou em sair com ele?

— Não.

— Por que não? Você mesma disse que ele era bonito e parecia um cara legal.

— Eu não estou pronta ainda.

— Por causa de Brody?

— Como é que eu vou começar a namorar se eu ainda amo outro homem?

— As pessoas fazem isso o tempo todo. Você precisa seguir em frente, Willow.

— Eu sei. Apenas não estou pronta.

— Quando você vai estar pronta?

Eu dei de ombros.

— Não sei. Eu o verei amanhã.

— Você vai? — Dra. Kaplan pareceu surpresa.

— Não fique animada. Ele não sabe ainda.

Sua testa franziu.

— Ele visita a minha avó toda terça-feira. Eu tenho evitado ir nesse dia para não o encontrar.

— Mas agora você vai?

— Sim.

— O que mudou?

— Eu não tenho certeza. — Isso foi uma mentira.

Dra. Kaplan já sabia tudo sobre o meu passado, mas eu estava envergonhada de admitir quão egoísta eu continuava a ser. Ver Brody com sua namorada *tinha* mudado as coisas, eu precisava ver por mim mesma que não havia esperança para nós. Ou eu nunca seria capaz de seguir em frente.

CAPÍTULO 24

Brody

— Em posição. — Eu acenei com a cabeça. Grouper tinha criado uma barricada com cones de aviso amarelo em uma seção do chão enquanto secava o lobby principal. Pegando dois deles, corri pelo corredor e deixei-os a pouco mais de um metro de distância um do outro. — Nada de errar passes ou então a bola vai para a minha enfermeira favorita, Shannon. — Eu pisquei para Shannon, que balançou a cabeça enquanto sorria. — Shannon usa avental com pequenos jogadores de futebol aos domingos. Você os usou neste domingo, Shannon?

Ela riu.

— Claro que sim. Tinha até os brincos combinando.

— Viu isso? Estou pensando que eu não deveria mesmo lhe dar a chance de ganhar essa bola, meu velho. Você usa brincos de futebol?

— Basta jogar a bola já, caramba. — Grouper deixou cair o esfregão e correu em direção aos cones.

Por meio segundo, considerei lançar a bola sobre a cabeça para que ele a perdesse, então me lembrei que ele provavelmente passou o domingo jogando damas com Marlene enquanto torcia por mim, então arremessei a bola para uma captura fácil em sua direção.

— Eu ainda consigo apanhar. — Ele agitou o punho enquanto caminhava.

— Sim, você conseguiu, tudo bem. Hemorroidas, artrite...

— Não me lembre. Tive isso também. O seu dia vai chegar. E eu mal posso esperar para ver o rosto de garoto bonito ter alguns bons sinais da idade.

Eu ri.

— Marlene está em seu quarto ou na sala de visitas?

— Acho que ela está em sua suíte. Sua neta bonita está lhe fazendo companhia novamente esta manhã. Eu não vou ter de interceder lá, vou?

Entre a vitória no domingo, que nos colocou em primeiro lugar, e o tempo gasto de comemoração dentro de Delilah na segunda-feira, eu pensei que nada poderia estragar meu humor. É uma merda que eu estivesse errado. Pensei em me virar e ir embora, mas era terça-feira, o dia que eu passava aqui há anos. Anos durante os quais ela não tinha sequer dado a mínima se sua avó estava viva. Eu estava farto de permitir que ela interferisse em minha vida. Pelo menos desta vez, eu estava preparado para vê-la. Ou pelo menos achava que estava.

Willow se virou quando a porta se abriu, e meu coração parou de bater.

Eu a odiava.

Eu a odiava pra caramba.

No entanto, quando meu coração começou a bater novamente, eu não consegui impedi-lo de acelerar.

— Oi. — Ela sorriu, hesitante, e aqueles grandes olhos olharam para cima por debaixo de seus longos cílios.

Eu te odeio.

Eu também odiava que ela ainda estivesse linda como sempre. Levantei o queixo na direção dela como minha única resposta e caminhei para Marlene.

— Como está minha senhora favorita hoje? — Beijei-a na testa.

— Brody. Você chegou bem a tempo. Pegue um bloco de papel.

Franzi a testa.

— A Roda da Fortuna está prestes a começar — explicou Willow. — Lembra como nós três fazíamos...

Olhei diretamente para aqueles olhos grandes.

— Eu sei quando os programas dela começam. E *nós* não vamos fazer isso.

Seu rosto brilhante vacilou. Isso deveria ter me feito sentir melhor, mas, em vez disso, causou o oposto.

— Você não quer jogar? — perguntou Marlene.

— Eu vou sentar e ficar fora deste.

Marlene pareceu desapontada, mas, no momento em que Pat Sajak apareceu na TV, seu rosto se iluminou de volta. Se ao menos todos nós tivéssemos algo que fizesse tudo ficar bem, mesmo que apenas por poucos minutos...

Roubei um olhar fugaz para Willow. Ela costumava ser a minha Pat Sajak. Quando o primeiro enigma começou na TV, as duas entraram em um túnel do tempo. De volta aos tempos em que nós três sentávamos no grande sofá coberto de plástico da sala de Marlene. Tínhamos que escrever as nossas escolhas antes que os competidores mostrassem a deles e manter o controle de quanto nós ganhamos se eles adivinhassem a nossa carta. O que Marlene não sabia era que Willow e eu tínhamos secretamente jogado com favores sexuais. Quem ganhasse mais no final do show tinha que fazer tudo o que o outro estava no clima naquela noite. Na maioria das noites, deixei Willow vencer, apenas para que eu pudesse ouvi-la me dizer o que ela queria que eu fizesse com ela.

As imagens vieram à tona. Willow aos dezesseis anos olhando para mim enquanto meu corpo pairava sobre o dela. Seus lábios inchados depois de beijar por horas.

Eu te odeio.

Ela sentada, seu cabelo uma bagunça selvagem, enquanto ela tirou sua camiseta branca. Sem sutiã por baixo. Meu polegar puxando o lábio inferior, que ela chupou entre os dentes nervosamente.

Eu te odeio.

Ao som da minha cadeira deslizando abruptamente pelo piso de cerâmica, Willow deu um salto.

— Banheiro. — Foi tudo o que eu disse.

Recusando-me a perder o meu tempo com Marlene, fiquei um pouco mais, em silêncio, sentado e tentando evitar qualquer interação real com Willow. Quando chegou a hora do almoço, ajudei Marlene em sua cadeira de rodas e a levei para a sala de jantar.

— Eu tenho que ir. Tenho treino esta tarde.

— Vocês dois trabalham muito. — Na mesa habitual, o almoço de Marlene estava esperando por ela.

Tive a certeza de que ela estava confortável e me despedi antes de voltar

○ JOGADOR

183

para sua suíte e pegar meu casaco. Ouvi a porta abrindo, mas não me virei enquanto o vesti.

— Eu fiz cupcakes — Willow disse suavemente. — Veludo vermelho com cobertura de chantilly.

Eu olhei para fora da janela.

— Não estou com fome.

Ela deu dois passos em minha direção e parou. Eu podia ver seu reflexo na janela.

— Você quer que eu evite certos dias?

— Faça o que você quiser. Não faz diferença para mim.

Ela assentiu.

— Eu vi o jogo ontem. Sabia que você ainda comemora do mesmo jeito na linha final? Como quando estávamos na escola.

Eu odiava que ela *pensasse* que sabia muito sobre mim.

Eu a odiava. Ela não sabia nada sobre mim.

Tive a certeza de que ela saberia antes que eu saísse pela porta.

— Eu celebrei dentro da minha namorada naquela noite, não na linha final.

CAPÍTULO 25

Delilah

O único momento em que eu não me importava com meu chefe aparecendo em meu escritório era quando Indie estava por perto, principalmente porque o Sr. Porra literalmente tropeçava nas coisas quando chegava perto dela. Hoje, foi no cesto de lixo que estava bem do lado de fora da minha porta.

Indie o tinha visto vindo pelo corredor e se inclinou sobre a mesa como uma bêbada tentando atrair atenção em uma sala cheia de cowboys com tesão. Sua já apertada saia parecia prestes a arrebentar as costuras quando ela mexeu a bunda sugestivamente.

— É bom ver você, Charlie. — Ela ficou inclinada sobre a mesa e olhou para trás por cima do ombro para falar com ele. Ninguém chamava Charles Ulysses Macy de "Charlie". Exceto Indie.

— Indie. — Ele limpou a garganta. — Você está bonita. — Ela sorriu.

— Você está olhando para o meu ângulo bom.

Eu interrompi antes que ele pudesse responder.

— O que posso fazer por você, Sr. Macy?

— Sim... Hum. Precisamos de você para os sessenta segundos de anúncio local para a fase de mata-mata.

— Sério?

Os sessenta segundos de anúncios sempre foram feitos pelos repórteres de grandes nomes e rostos bem conhecidos.

— Precisamos do empate do sexo feminino, por isso estamos fazendo os anúncios com dois repórteres e um de cada será mulher.

— Então, basicamente você a está usando por causa do seu corpo? — Indie levantou-se e cruzou os braços sobre o peito.

— Hum... não. Nós...

— Relaxe, Chuck. — Ela descansou a mão em seu braço. — Eu só estou com um pouco de ciúme. Ninguém usa o meu corpo há algum tempo.

Pobre Charles, teve que ajustar a ereção crescente que Indie estava incitando.

E eu tive que resgatar o nojento.

— Estou feliz por ter a oportunidade.

— Bom. Você vai viajar com Michael depois do jogo no domingo e fará um local com Mara em Miami na segunda-feira.

— Michael?

— Langley. É com ele que você vai dividir seus anúncios.

Levei mais de dez minutos para tirar o Sr. Porra do meu escritório. Quando ele se foi, repreendi Indie.

— Por que você insiste em fazer isso?

Ela jogou uma caneta no ar e apanhou-a.

— Eu me dou mentalmente dois pontos por deixá-lo duro. É um pequeno jogo que eu jogo.

— Que nojo.

— Eu sei. Você acha que ele está se masturbando no banheiro dos homens? Recebo cinco pontos se ele sair e houver uma pequena mancha molhada de esperma.

— Sério, você pode ser mais nojenta do que ele.

— Bem feito. Ele merece ser tratado como carne, afinal, é como trata os outros.

— Mas ele *gosta*.

— Ele gosta quando eu estou jogando com ele, não enquanto está preso jogando sozinho.

Eu peguei a caneta que ela estava jogando continuamente no ar.

— Eu vou ter que viajar um dia a mais agora. Pensei que só precisasse de uma roupa. Preciso chegar à lavanderia antes de fechar. O que significa que estou fora da ioga hoje à noite.

— Sem ioga? — Ela fez beicinho.

Comecei a arrumar minha mesa.

— Sim. Eu vou ter que me exercitar com Brody esta noite — brinquei.

— Vida difícil. Você vai transar com seu lindo namorado quarterback esta noite, em seguida, voar para uma romântica noite com Michael Langley.

— Não vai ser romântica.

— Da maneira que ele te olha, meu palpite é que não será por falta de tentativa dele.

Brody e eu tínhamos planos para jantar em seu hotel esta noite. Eu mandei uma mensagem para ele dizendo que ia chegar tarde, mas, quando terminei minhas tarefas para a viagem de amanhã, era ainda mais tarde do que eu tinha planejado.

Quando cheguei ao Regency, Brody estava sentado no bar Silver Ivy. Siselee, a garçonete batedora de cílios, estava sentada em frente a ele na mesa, ainda de uniforme.

— Oi. — Nenhum deles tinha me notado enquanto eu caminhava.

Ao ouvir minha voz, Brody virou na minha direção, batendo em um copo transparente em cima da mesa quando se virou. O copo caiu no chão e quebrou. Todos os olhos no bar se viraram em nossa direção.

— Aí está ela! — ele disse em voz alta. Quando me aproximei, ele passou um braço em volta da minha cintura e me puxou em sua direção. Um ajudante de garçom correu para limpar a bagunça.

— Nosso cara bebeu um pouco demais — disse Siselee. *Nosso cara?* — Ele teve um dia ruim — continuou ela.

Seu tom de voz alto e potente era irritante, e eu lutei contra a vontade de colocá-la em seu lugar. Em vez disso, falei com Brody.

— Ei, você está bem?

Ele estava definitivamente bêbado. Em uma tentativa de abrir mais os olhos, ele inclinou a cabeça para trás, como se isso pudesse ajudar as pálpebras a se abrirem. Ele sorriu e aconchegou a cabeça em meu peito, é claro.

— Eu estou ótimo, agora que você está aqui.

— Você comeu alguma coisa?

— Não. Eu estava esperando por você.

— Desculpe. Não achei que sairia tão tarde.

— Tudo bem. Siselee me fez companhia.

Aposto que ela fez. Assim que o ajudante limpou a bagunça, Siselee voltou com um copo cheio com um líquido claro.

— Espero que seja água.

— Eu lhe trouxe uma bebida nova.

— Eu não acho que ele precise.

— Claro que eu preciso.

Siselee olhou para mim com um olhar condescendente de eu-te-disse e falou:

— É terça-feira.

— Estou bem ciente disso.

— É o único dia em que ele se permite beber.

— Sim, mas parece que ele já bebeu demais.

— Ele teve um dia ruim.

— Acho que devemos pegar algo para comer no restaurante em vez de ficar aqui no bar.

Quando levei Brody para o local onde a hostess ficava, sua embriaguez ficou muito mais evidente. Seu braço pendia sobre os meus ombros, e ele estava se apoiando um pouco em mim.

— Que tal deixar o restaurante pra lá e pedir serviço de quarto? — perguntei.

— Que tal se pularmos o serviço de quarto e eu comer você?

— Você é pervertido mesmo quando está bêbado. — Eu ri.

Na suíte de Brody, pedi um jantar leve para nós dois, embora eu não estivesse muito certa de que Brody estaria acordado a tempo de a comida chegar. Ele estava atrapalhado com os botões de sua camisa, então o ajudei a se despir quando ele se sentou na cama.

— Já que você está aí embaixo... — Brody riu quando me ajoelhei para tirar seus sapatos.

— Eu acho que você está muito embriagado para isso. — Tirei o segundo sapato e descansei minhas mãos nos joelhos. Brody deslizou minha mão de seu joelho para entre as pernas, colocando meus dedos ao redor de sua ereção.

— Dava para ver pelo decote da sua camisa enquanto você desamarrava os sapatos. Eu não estou tão bêbado para isso. E gostei da vista.

Eu ri.

— Por que você não toma um banho antes do jantar chegar? Pode ficar um pouco mais sóbrio.

— Você irá tomar comigo?

— Agora não.

— Está bem. Mas eu não vou resolver a questão lá no chuveiro. Vou guardar para você quando eu sair.

— Eu não esperaria nada menos.

A comida que pedi chegou antes que Brody terminasse o banho. Ele saiu com uma toalha enrolada na cintura, exatamente como da primeira vez que o conheci. Dois meses atrás, eu nunca teria imaginado que toda a autoestima exacerbada e a arrogância de Brody Easton só serviam para camuflar suas inseguranças.

Não éramos tão diferentes, afinal. Durante os últimos sete anos desde que Drew morreu, todo mundo me dizia que eu evitava relacionamentos reais porque tinha medo de me machucar novamente. Eu não percebia isso... até que vi minhas próprias ações refletidas em Brody. Poderíamos ter métodos diferentes, mas estávamos fazendo o mesmo: protegendo nossos corações da perda. Você não pode se machucar se não deixa ninguém entrar.

Coloquei nossos jantares na mesa da sala de jantar.

— Você estava apenas entediado esperando por mim? Ou realmente teve um dia ruim?

— Talvez um pouco de ambos. — Ele esfregou as mãos sobre o rosto e se sentou à mesa.

— Você teve um treino ruim hoje?

— Não foi tão ruim. — Ele levantou a tampa de prata que cobria seu jantar e olhou para a salada Caesar que eu pedi para ele.

— Amanhã vai ser uma merda com a ressaca que já estou começando a sentir.

— Você normalmente não toma mais do que uma ou duas doses. Está tudo bem?

Brody esfregou a parte de trás do seu pescoço.

— Marlene tinha uma visitante quando fui vê-la esta manhã.

De repente, eu perdi o apetite.

— Quem?

— Willow. Ela acha que pode simplesmente voltar para as nossas vidas e tudo vai ficar bem.

Algo sobre a frase *voltar para as nossas vidas* fez com que eu me sentisse ainda mais desconfortável.

— Vocês brigaram?

— Não. — Balancei a cabeça, e comemos em silêncio por alguns minutos. — Só um monte de lembranças ruins.

Eu não tinha ideia de como responder a isso, então não falei nada. O ar estava pesado e era difícil engolir enquanto nós passamos por vários outros temas durante o jantar.

Depois, Brody estava deitado na cama enquanto eu escovava os dentes no banheiro principal com a porta aberta.

— Eu não vou voar de volta com você na noite de domingo. A estação está me mandando para Miami após o jogo.

— Ah, é? Quem você vai entrevistar?

— Payton Mara.

Terminei de escovar os dentes, tirei a faixa da cabeça que usava enquanto lavava meu rosto, e estava prestes a desligar a luz do banheiro quando notei uma das camisas de Brody pendurada na parte de trás da porta. Essa era uma camisa de treino, mas seu nome estava estampado nas costas. Meus dedos roçaram em cada letra. E-a-s-t-o-n. Eu estava totalmente apaixonada por ele. Não havia nenhuma maneira de parar a essa altura. Só tinha a esperança de que, quando a queda acabasse, Brody estaria lá para me pegar.

Sabendo por que sua cabeça estava onde estava hoje à noite, eu tinha duas escolhas: poderia ir para a cama, me aconchegar ao lado dele e me perguntar se ele estava pensando nela enquanto nós adormecíamos, ou... poderia afugentar essas lembranças ruins e não deixar nenhum espaço para ele pensar em ninguém além de mim. *Se eu vou cair, eu poderia cair bem livre e desfrutar do passeio durante a queda.*

Tirando minha camiseta, bem como a calcinha, vesti a camiseta de treino. Ela deslizou para baixo em minha bunda, mal me cobrindo. *Perfeito.*

Brody estava olhando fixamente para a TV, então eu andei até o armário que ficava no alto e coloquei minhas roupas dobradas de uma forma que revelava toda a minha bunda.

— Porra, eu amo isso. Meu nome em suas costas e essa bunda redonda perfeita.

Me virei e inclinei a cabeça timidamente.

— Pensei que você estivesse com sono.

— Eu teria que estar morto para adormecer com você desse jeito. — Sua voz baixou o tom. — Dê uma voltinha para mim.

— Você só quer olhar para o seu próprio nome — provoquei, mas me virei mesmo assim.

A cama rangeu quando ele se levantou.

— Eu marcaria meu nome em toda essa bunda, se pudesse.

Bruto, mas o sentimento me amoleceu um pouco. Seus passos vibraram no chão enquanto ele caminhava em direção a mim. O hálito quente fez cócegas na minha garganta quando ele se inclinou e falou no meu ouvido:

— Curve-se. Eu quero te usar. — Ele esfregou meus ombros. — Estou um pouco bêbado e quero esquecer qualquer outra coisa que exista por um tempo. Exceto eu, dentro de você. Onde tudo parece certo. Você está bem com isso, linda?

Engoli em seco e assenti. Era exatamente o que eu queria. Sem espaço para ninguém, exceto nós dois.

O JOGADOR

Pelo menos por esta noite.

CAPÍTULO 26

Willow

Domingo à tarde eu tinha acabado de desligar o jogo quando houve uma batida na minha porta, que foi tão leve que eu não tinha certeza se tinha acontecido até que outra veio.

— Quem é?

— Sou eu, Abby Little, do outro lado do corredor.

Enquanto eu destrancava o duplo conjunto de trancas, me pareceu tão engraçado que ela se sentiu compelida a usar seu último nome. Como se "Abby do outro lado do corredor" não fosse suficiente para identificá-la. Ou mesmo apenas "Abby".

— Oi.

— Posso entrar?

Olhei diretamente para a porta fechada do apartamento atrás dela.

— Claro. Sua mãe sabe que você está aqui?

— Ela tem companhia. Ela me disse para vir e ver se você estava em casa.

Isso não era bom.

— É uma das suas tias ou tios de novo? — Eu nem sabia se ela tinha algum.

— Não. É o cara cansado.

— Que cara cansado?

— A pessoa que deixa a mamãe cansada.

O final do efeito das drogas fazia isso com você. Meu apartamento era muito vazio. Além da TV, não havia muito para uma criança de cinco anos fazer. Honestamente, eu não tinha certeza do que uma criança de cinco anos de idade fazia.

— Você tem dever de casa?

O JOGADOR

193

— Não.

Eu não tinha uma mesa na cozinha, apenas um único banco solitário que tinha a altura do balcão. Eu levantei Abby e a sentei sobre ele.

— Quer um lanche?

Ela lambeu os lábios e assentiu. Deus, essa garota era tão fácil de agradar. Eu achava que nós apreciávamos as coisas simples da vida quando éramos privados do básico. Tendo uma viciada como mãe, aquelas coisas básicas muitas vezes incluíam alimentação, cuidados médicos e atenção de qualquer tipo. Puxei uma caixa de cereal de amendoim do armário e mostrei para Abby.

— Pode ser cereal?

Ela assentiu rápido e me deu um grande sorriso. Toda vez que minha mãe me abandonava na casa da vovó, ela sempre cozinhava um banquete. Até aquele momento, eu não tinha pensado em nada disso. Acho que pensava que ela era minha avó e avós cozinham. Mas ver Abby me fez perceber, pela primeira vez, que Marlene provavelmente sabia que eu estava com fome também.

Havia tanto sobre a minha avó que eu tinha como certo... Após a barriga de Abby estar cheia, lavei a tigela e considerei a situação. *O que Marlene faria?* Ela teria me perguntado o que eu queria fazer.

— O que você quer fazer esta tarde, Abby?

— Podemos ir ao parque?

— Certo, mas é melhor irmos dizer à sua mãe e pegar seu casaco em primeiro lugar. — O cheiro familiar de plástico queimado me atingiu quando eu abri a porta do apartamento.

— Lena?

Ela não respondeu, mas o cheiro do crack me disse o que ela estava fazendo.

— Fique aqui um minuto, tudo bem, Abby?

Deixei Abby na cozinha e fui até o quarto.

— Lena? — chamei novamente. Nada. Bati na porta, não percebendo que não estava completamente fechada. — Lena?

O impacto da batida a abriu o suficiente para que eu tivesse um vislumbre do que havia dentro. Lena estava de joelhos, com a cabeça balançando para cima e para baixo enquanto um viciado em crack segurava um punhado de seu cabelo em uma mão e um tubo rachado nos lábios com a outra. Eu congelei. E não por que ver uma mulher fazendo um boquete era chocante. Não havia privacidade nas casas abandonadas em que eu passei muito tempo com outros viciados. Não, eu congelei por causa do cachimbo de crack. Eu queria um sopro quase tanto quanto eu odiava aquela merda.

O viciado me pegou olhando e zombou. Me ver observando-o o excitava. Ele inspirou longamente no tubo, puxou os cabelos de Lena com mais força e empurrou seu quadril. Ela não tinha escolha a não ser tê-lo profundamente em sua garganta quando ele gozou.

Eu queria vomitar.

Eu queria uma tragada desse tubo.

Eu fugi o mais rápido possível para fora de lá.

Agarrei a primeira pequena jaqueta que pude encontrar no armário e corri para Abby na porta. Poderia ter sido ela assistindo isso.

— Nós podemos ir?

Eu já estava abrindo a porta para dar o fora do apartamento.

— Sua mamãe disse que está tudo bem.

Abby e eu pegamos o metrô no centro. De jeito nenhum eu a levaria para um parque cheio de drogas na vizinhança. Essa experiência não seria boa para nenhuma de nós. Eu também precisava ficar bem longe da tentação. Então, a levei para um pequeno parque onde eu caminhava todos os dias, não longe de onde vovó vivia.

Passamos uma hora lá. Sentei-me num banco e vi Abby brincando com outra menina. Em determinado momento, ela correu até mim e perguntou se poderia aceitar uma caixa de suco da mãe da menina. Pelo menos ela era inteligente o suficiente para pedir permissão antes de pegar as coisas de estranhos, mesmo sendo mães no parque. Isso era um bom sinal, uma vez que só Deus sabe ao que ela estaria exposta com a mãe tendo uma recaída nas drogas.

Estava começando a ficar escuro e nós claramente não estávamos prontas para voltar a Uptown. Então, embora eu já tivesse visitado Marlene mais cedo hoje, decidi aproveitar o momento e levar a menina sorridente para visitar minha avó. Fomos em direção ao Broadhollow Manor juntas. A enfermeira me parou enquanto eu assinava.

— Ela não está muito bem esta noite.

— O que você quer dizer? Eu a vi antes, e ela estava bem.

— Não quero deixá-la nervosa. Pode não ser nada, mas ela está um pouco letárgica. Mais do que o habitual.

— Um médico a viu?

— Sim. E nós estamos vigiando-a à procura de qualquer sinal de mudança. Isso às vezes acontece com pacientes que tem Alzheimer, você deve saber. Eles têm bons e maus dias. É difícil às vezes saber se um mau dia é apenas um mau dia normal ou algo com o qual se deva estar preocupado.

— Posso vê-la?

— Claro. Eu não queria te assustar, só queria avisá-la. Ela teve algumas boas semanas, mas ela tem dias ruins, às vezes. Este poderia ser apenas um deles. Ligamos para Brody, mas não conseguimos falar com ele ainda. Só para mantê-lo informado.

— Acho que ele está viajando por causa de um jogo. — Doeu que chamaram Brody e não pensaram em mim. Mas eu merecia. — Está tudo bem se eu levar Abby? Ela é filha da minha amiga, e nós estávamos na esquina no parque, então pensei que eu poderia vir de novo.

— Sem problema. Marlene estava dormindo quando fiz a última checagem. Mas, se ela acordar enquanto você estiver lá, ela pode estar um pouco mais confusa do que o habitual.

Expliquei a Abby durante o caminho pelo corredor que estávamos indo visitar minha avó, que, por vezes, ficava confusa, mas eu não queria assustá-la, então eu deixava por isso mesmo. Com cuidado, Abby e eu entramos no quarto de Marlene. Eu respirei aliviada quando a encontrei dormindo pacificamente.

Ela não acordou durante a hora que nós nos sentamos lá, mas as enfermeiras vieram a cada quinze minutos, verificaram seus sinais vitais e nos disseram que estava tudo bem. Eventualmente, Abby começou a bocejar.

Era quase oito da noite e provavelmente perto da hora de ela deitar. Então, eu disse boa noite e deixei meu número de celular no posto de enfermagem, pedindo para me chamarem se alguma coisa mudasse. Mesmo que a enfermeira dissesse que o faria, eu não ficaria surpresa se esclarecessem com Brody primeiro.

Depois que voltei ao nosso prédio, coloquei Abby no meu apartamento e disse-lhe para trancar a porta para que eu pudesse ir verificar o que estava acontecendo ao lado. A porta do seu apartamento estava destravada, neste bairro ruim. Isso por si só já era suficiente para me dizer que eu não deixaria de jeito nenhum Abby dormir ali esta noite.

No interior, fiquei aliviada ao encontrar Lena dormindo sozinha em sua cama, mas havia a parafernália de droga em todo lugar. Na saída, peguei um celular que estava no balcão da cozinha, esperando encontrá-lo desbloqueado e ver se havia alguém que poderia levar Abby até que as coisas com a mãe se resolvessem. Eu sabia, por experiência própria, que isso não ia ser uma coisa de uma noite. Abby me disse o nome da sua avó, e eu fui para o outro quarto ligar para ela.

Essa definitivamente não era a primeira vez que a mulher recebia um telefonema sobre sua filha. Não houve choque em sua voz. Sophie, a avó de Abby, vivia apenas a algumas quadras, então, quando ela concordou em ficar com Abby, me ofereci para levar a menina para lá. Não havia razão para ela precisar ver a casa da filha do jeito que estava.

O ar frio de novembro me fazia sentir bem enquanto eu caminhava de volta para o meu apartamento. Sophie vivia em um prédio decente, e ela e seu marido tinham me convidado para um café. Eu fiquei até que vi que Abby estava confortável no seu apartamento. Eu não conseguia parar de pensar sobre como Abby parecia não se afetar com o que acontecia. Loucura era o normal para ela. Ela só não sabia que sua vida era louca... ainda.

A poucos quarteirões da minha casa, meu telefone tocou. Um número local estava piscando na tela quando o peguei.

— Alô?

— Srta. Garner?

— Sim.

— É Shannon. Eu sou enfermeira no Broadhollow Manor.

Eu parei na rua.

— Está tudo bem?

— Chamamos uma ambulância agora há pouco. Os sinais vitais da sua avó estão caindo. Pode estar tudo bem, mas...

— Estou a caminho.

CAPÍTULO 27

Delilah

Qualquer que fosse o medo que eu tinha, ele estava começando a se dissipar lentamente. Três noites compartilhando uma suíte com Brody na ensolarada Flórida tinham me devolvido a minha confiança em nós. Eu ainda não tinha desistido do quarto que a WMBC pagava, não querendo que ninguém fizesse qualquer pergunta. Embora, a essa altura, era de conhecimento comum que Brody e eu éramos um casal.

Alguns dos meus colegas do sexo masculino que guardavam rancor porque fui promovida antes deles tinham começado a fazer comentários sarcásticos sempre que eu entrava na sala, aludindo à forma como mulheres repórteres garantiam suas entrevistas. Eu odiava isso, mas não o suficiente para parar de namorar Brody.

Após o jogo contra o Tampa, seguido de entrevistas de vestiário na tarde de domingo, Brody e a equipe ficaram prontos para ir para o aeroporto, enquanto eu ia encontrar Michael Langley para ir até Miami. A equipe estava carregando as malas no ônibus fora do hotel quando Michael parou em um Jaguar conversível vermelho brilhante, com a capota abaixada.

Brody e eu tínhamos conversado sobre com quem eu viajaria, por isso não foi uma surpresa para ele. Mas não significava que ele estava feliz com isso. Ele não estava zangado, realmente. Eu diria que estava mais para uma coisa do estilo possessivo alfa das cavernas. Estranhamente, eu gostei.

Depois de arrumar as malas no ônibus, Brody voltou para dizer adeus. Michael acenou, mas ficou no carro a poucos metros de distância, esperando.

— Você consegue folga na sexta-feira?

— Eu acho que sim.

— Vai ser minha folga. Eu quero levar você para o norte do estado, para te mostrar a minha cabana.

— Você quer me mostrar a sua cabana?

— Sim. E o meu pau. Eu sempre quero te mostrar o meu pau. Mas eu quero mostrá-lo na minha cabana na quinta-feira à noite.

— Como posso recusar uma oferta tão tentadora? — Eu ri.

— Você não pode. — Brody me abraçou apertado e me puxou pela cintura.

— Vamos viajar quinta-feira depois que você sair do trabalho.

— Ok.

Ele se aproximou, nossos narizes quase se tocando, mas eu podia ver o brilho em seus olhos.

— Você me conhece, preciso mostrar a ele que você é minha.

— Você vai levantar a perna e fazer xixi em mim?

— Minha doce menina gosta de umas coisas estranhas. Mas posso entrar nesse jogo, se você quiser. — Eu cutuquei seu peito com meu cotovelo. — Sério. Tenha uma boa viagem. E diga ao babaca para manter os olhos e as mãos na estrada, ou ele vai se ver comigo.

— Sim, Tarzan. — Revirei os olhos, brincando.

— Venha aqui, Jane.

A mão de Brody apertou a minha nuca enquanto sua boca devorava a minha. Eu me perdi completamente no beijo. Ele estava fazendo um enorme espetáculo e me inclinou para trás em um dramático mergulho, me beijando como se não houvesse amanhã. Quando ele nos levantou do mergulho e soltou minha boca, toda a equipe que estava observando no ônibus começou a aplaudir. Eu queria matá-lo, apesar de ele ter me avisado. Antes que afrouxasse o aperto, ele me surpreendeu escorregando algo sobre a minha cabeça. Era sua camisa. Ele não estava brincando sobre querer me marcar.

— Cuide bem dela. — Ele acenou para Michael quando abriu a porta do carro.

Os primeiros minutos do passeio foram desconfortavelmente tranquilos. Eventualmente, Michael falou:

— Bem, eu acho que sei por que você não quis sair comigo.

— Desculpe. Eu provavelmente deveria ter te dito, mas, quando você me chamou da primeira vez, nós não estávamos namorando ainda, e eu realmente estava ocupada como eu disse. Em seguida, da próxima vez, nós ainda não namorávamos quando eu disse que sim, mas, com o tempo, nós...

— Está tudo bem, você não tem que se explicar. — Ele olhou para mim e, em seguida, de volta para a estrada. — Eu não vou mentir e dizer que não estou decepcionado, mas não vou deixar as coisas desconfortáveis.

Meus ombros relaxaram um pouco.

— Obrigada.

A viagem de três horas foi realmente muito relaxante. O sol quente da Flórida batia em minha cabeça enquanto o vento proporcionado pela capota aberta me manteve agradável e fresca. Começar em minha nova posição poucos meses atrás, encontrar Brody, e depois me preocupar com o reaparecimento de sua ex perdida há muito tempo realmente tinha me deixado estressada.

— Eu nunca estive em um conversível. Eu amei. Você alugou este carro?

— Não. Na verdade, tenho uma casa aqui mais ao sul. Em Miami. E tenho um carro na casa.

— Eu não sabia disso. É muito longe do hotel?

— Vinte minutos com o tráfego.

— Ah. Eu posso pegar um táxi de lá, para que você não tenha que sair do seu caminho.

— Eu não me importo. Mas você é bem-vinda para ficar na minha casa, em vez de no hotel. — Meus olhos se viraram para ele. — Relaxe. Eu tenho uma casa de hóspedes. Você pode ficar lá. Nós nem sequer temos que estar na mesma casa.

— Obrigada pela oferta, mas eu vou ficar no hotel.

Michael deu de ombros como se não fosse grande coisa. Ele estava tão descontraído. Ficar em sua casa de hóspedes provavelmente não deveria ter sido um problema, mas, de alguma forma, parecia errado. O hotel era definitivamente a melhor opção.

O tráfego diminuiu quando chegamos a Miami, e meu telefone tocou na bolsa. Peguei-o e li a mensagem de Brody.

Brody: Sentado no avião. Atrasado. O que você está fazendo?

Eu decidi mexer com ele um pouco.

Delilah: Tomando margaritas ao lado da piscina e pegando um bronzeado. Ainda bem que eu coloquei um traje de banho na mala.

Brody: Com Langley?

Delilah: Com quem mais eu poderia estar?

Brody: Isso é a porra de uma brincadeira, certo?

Delilah: Acho que você vai descobrir quando olhar minhas marcas de sol.

Brody: Sua bunda vai ter marcas da minha mão quando eu pegar você.

Delilah: Humm... Eu vou gostar disso.

Brody: Isso é a porra de uma brincadeira?

Delilah: Sobre as bebidas e a piscina? Sim. Já sobre as marcas de mão...

Brody: Estou ficando duro no avião ao lado de um jogador de quase 150 quilos.

Delilah: HAHAHA

Brody: Acabam de anunciar que estamos finalmente liberados para decolar. Tenho que desligar o celular.

Gostaria que você estivesse voltando para casa comigo. Mesmo depois de três dias com você, eu sinto sua falta toda vez que saio.

Meu coração derreteu um pouco no meu peito. O homem literalmente me encantava sem nem tentar. Eu era louca por ele e, finalmente, aprendi a relaxar e me divertir.

Delilah: Eu também.

Era depois da meia-noite quando meu telefone tocou novamente; eu tinha acabado de adormecer. O nome de Brody brilhou na tela. Eu respondi, sorrindo, com a voz grogue.

— Alô.

— Te acordei?

— Está tudo bem. Eu tinha acabado de dormir.

— Eu não deveria ter ligado tão tarde. Desculpe. Te ligo de manhã.

O tom de sua voz me fez sentar. Estendi a mão e acendi a luz.

— Qual o problema?

— Peguei minhas mensagens quando pousamos. Broadhollow Manor ligou. Eles levaram Marlene em uma ambulância para o hospital.

— O que aconteceu?

— Eles não têm certeza. Ela estava um pouco fora de si durante o dia. Então, tirou uma soneca, o que não é normal para ela, e não acordou mais. Seus sinais vitais começaram a cair, por isso chamaram uma ambulância.

— Ah, Deus. Lamento muito. Você está indo para lá agora?

— Sim. Levaram-na para o St. Luke. Estou em um táxi a caminho. — Brody berrou ordens para o motorista pelos próximos cinco minutos, lhe dizendo para não tomar certas ruas. O nível de estresse na voz dele aumentou quando ele se aproximou. — Eu vou sair e correr as últimas quadras. O tráfego está parado na Oitava Avenida. Porra, em plena meia-noite. — Ele puxou o telefone longe de sua boca e falou com o motorista: — Estacione, deixe-me sair. — Eu ouvi a porta do carro e as abafadas palavras enquanto ele saía da cabine.

— Eu vou pegar um voo assim que amanhecer.

— Você tem que fazer a entrevista. Seu chefe de merda já está no seu pé por minha causa. Fique. Eu mesmo não sei o que está acontecendo ainda.

— Mas...

— Durma um pouco. Vou enviar uma mensagem quando eu souber mais.

— Por favor, faça isso.

— Sim, está bem. Eu vou correr. O hospital fica apenas a mais uma quadra de distância, e eu provavelmente deveria ligar para a Willow e contar o que está acontecendo.

Eu fiquei acordada por algumas horas na esperança de saber mais alguma coisa, mas Brody ainda não havia mandado uma mensagem quando eu adormeci. Eu odiava estar tão longe. Queria estar lá para ele. Ainda que fosse apenas para me sentar ao seu lado, ouvir más notícias e o confortar. E talvez, apenas talvez, havia uma parte minha egoísta que queria ter certeza de que ninguém mais estava sentado no meu lugar oferecendo-lhe conforto.

CAPÍTULO 28

Willow

As salas de emergência que você vê na televisão são um monte de merda. Médicos e enfermeiras correndo pelo corredor com macas, um ajoelhado e executando uma massagem cardíaca em um paciente, enquanto outros manobram em direção a alguma grande porta dupla que se abre por conta própria. *Até parece.*

Olhei ao redor da sala cinza deprimente, com quase todos os assentos ocupados enquanto as pessoas esperavam. E esperavam. Três mulheres vestidas em uniformes azuis estavam sentadas atrás de grossas janelas de vidro, conversando e bebendo café. Dois seguranças ficavam na porta de entrada. Parecia mais uma prisão do que uma sala de espera de hospital.

Duas horas se passaram sem notícias. Fui até a janela da recepção e esperei, torcendo meu colar nervosamente. As mulheres continuaram a me ignorar até que, eventualmente, uma olhou para mim, irritada.

— Posso ajudá-la?

— Minha avó foi trazida algumas horas atrás.

— Nós chamamos o seu nome?

— Não.

— Vamos chamar quando o médico tiver terminado de examiná-la e nos atualizar sobre a situação.

Os olhos da mulher focaram por cima de mim, em um não verbal *próximo*. Voltei para o meu lugar e terminei de tirar o esmalte das unhas, depois fui para o banheiro. Passei um tempo segurando por não querer perder se fosse chamada, mas a força da mãe natureza estava impossível de segurar.

Quando voltei, Brody estava no balcão da recepção falando com a enfermeira. Eu não fiquei surpresa por ele ter aparecido. O lar de idosos tinha me dito que deixou uma mensagem para ele. No entanto, ao vê-lo de pé, parei por um segundo. Mesmo que ele deixasse claro que não queria ter nada comigo, andei até a janela e me juntei a ele. Ele acenou para mim em reconhecimento e continuou sua conversa com a mesma enfermeira de cara fechada que tinha acabado de me virar as costas. Só que agora a Sra. Cara Fechada estava *sorrindo*. E ela aparentemente *conseguia* se levantar da cadeira.

— Deixe-me ir verificar para você. O sistema ainda mostra que ela está na triagem, mas faz algumas horas. Tenho certeza de que eles podem me dar uma atualização. Apenas me dê um minuto.

Brody se virou para mim enquanto esperávamos.

— Você acabou de chegar aqui?

— Não. Eu estava no banheiro. Vim na ambulância com ela há cerca de duas horas.

Ele assentiu.

— Eu tentei te ligar. O que eles descobriram até agora?

— Não faço ideia. Levaram-na e não me deram nenhuma notícia ainda.

A enfermeira voltou para o vidro, alguns minutos depois. Ela apontou para a direita.

— Eu vou acompanhar você, por que não dá a volta?

Segui Brody, mesmo que não tivesse sido convidada. A enfermeira nos levou a uma sala de exames vazia e nos disse para sentar. Poucos minutos depois, um médico entrou. Ele tirou uma luva e estendeu a mão para Brody primeiro.

— Eu sou o Dr. Simon. Você é neto da Sra. Garner?

— Eu sou seu guardião legal. Willow é sua neta.

O médico apertou minha mão. Até aquele momento, eu não tinha ideia de que Brody era seu tutor legal.

— Por que não vamos nos sentar?

Eu não estava gostando disso. Nós nos sentamos, minhas mãos se apertando quando o médico falou.

— A Sra. Garner sofreu um acidente vascular cerebral. Existem muitas causas diferentes do AVC. Acreditamos que o dela foi uma hemorragia cerebral produzida pelo rompimento de uma artéria do cérebro.

— Ah, meu Deus. — Minhas mãos voaram para minha boca.

— Ela está bem? Pode ser tratado? Curado? — perguntou Brody.

— Ela está fazendo uma tomografia agora, que vai nos dizer o local do sangramento e o nível de inchaço. Saberemos mais depois de identificar a extensão dos danos e o tamanho do hematoma que eu suspeito que se formou. Neste momento, ainda estamos trabalhando em estabilizar sua pressão arterial e respiração. Nós tivemos que colocá-la em um respirador para ajudar a respirar, e estamos tratando-a com medicação intravenosa, tentando regular a pressão.

— E depois o quê? Você faz a cirurgia?

O médico olhou para Brody, então para mim, depois de volta para Brody.

— A Sra. Garner está muito fraca no momento. Eu não estou descartando nada. Faremos tudo o que pudermos para tratá-la. Mas agora, na condição que está, ela não iria resistir à cirurgia craniana.

Se a gravidade das palavras do médico não tivesse me dito como era sério, eu sabia que as coisas estavam terríveis pelas ações de Brody. Ele estendeu a mão e cobriu as minhas com as dele.

— Ela deve estar de volta da tomografia em poucos minutos se quiserem vê-la. Os resultados devem sair rapidamente depois disso.

— Nós gostaríamos de vê-la. Obrigado.

O médico levantou.

— Desculpe não ter notícias melhores. Por que vocês não ficam aqui? Uma enfermeira virá buscá-los quando ela retornar do exame.

A pequena sala parecia menor, com menos uma pessoa. Brody passou as mãos pelo cabelo.

— Você está bem?

— Eu acho que sim. — Minhas palavras não foram convincentes.

Era difícil soar crível quando você nem sequer acredita nas suas próprias palavras. Dois dedos deslizaram debaixo do meu queixo e ele inclinou minha cabeça para cima.

— Não vamos pensar o pior. Vamos pensar positivo. Isso é o que Marlene faria.

Olhei pela janela do hospital, vendo o sol subir lentamente no horizonte. Tão simples. Tão magnífico. No entanto, passei anos nem mesmo notando ou dando qualquer atenção a isso. Mesmo em minhas horas mais sombrias, eu tive o sol nascendo na manhã seguinte. Assim como as duas pessoas dormindo na sala.

Depois de alguns minutos, parei de admirar a beleza lá de fora e olhei para o resto do meu mundo. As únicas pessoas que eu sabia que estariam lá para mim assim como o sol pela manhã. Agora nada estava certo, exceto o nascer do sol.

Vovó estava dormindo, uma dúzia de tubos ligados a ela, o som do respirador que suga o ar para fora de seus pulmões e sibila a nova vida em junção ao sinal sonoro rítmico do seu monitor. Ela fez isso durante a noite, o que era mais do que o médico inicialmente pensou que iria acontecer. Agora era uma questão de tempo até que pudessem repetir a tomografia computadorizada e ver se o sangramento havia parado.

Meus olhos lacrimejantes caíram sobre o homem dormindo ao lado da minha avó. Brody tinha finalmente cochilado uma hora e pouco atrás, sentado em uma cadeira acolchoada. Eu disse que ele poderia ir para casa e descansar um pouco, durante pelo menos algumas horas, e que eu gostaria de ficar, mas ele sequer considerou. Vovó sempre tinha sido família para ele. Depois que sua mãe morreu de câncer quando ele tinha apenas sete anos, vovó se tornou a figura materna em sua vida vazia. Ela estava sempre lá para ele. E ele, por sua vez, tinha sido a única pessoa confiável em sua vida após vovô morrer. As mulheres sempre tinham amado Brody. Com sua inegável boa aparência, físico de atleta profissional e um dos quarterbacks mais admirados da América, não havia muito o que não gostar. Adicione uma dose grande de confiança e a capacidade de fazer uma mulher se sentir como se ela fosse a única pessoa na sala e ela estaria perdida, literalmente correndo atrás dele.

Mas o que fez dele o homem que era e tornava-o impossível de ser superado era que ele era a pessoa mais devotada que eu já conheci. Quando ama, ele ama mesmo, nada fica em seu caminho.

Deus, eu teria dado qualquer coisa para ter minha antiga vida de volta. Para voltar no tempo, para que eu pudesse apreciar tudo o que tinha, em vez de jogar tudo fora. Eu merecia estar naquela cama, não vovó. Passei a próxima hora brincando com o meu colar sem perceber, observando as duas pessoas com quem mais me preocupava em todo o mundo e me apaixonando por eles mais uma vez.

Quando os olhos de Brody se abriram e me encontraram sentada do outro lado do quarto, nossos olhares se fixaram por um longo momento até que ele cedeu. Ele pode me odiar lá no fundo, mas estava deixando de lado sua raiva. Pelo menos por enquanto.

— Como ela está? — perguntou.

— Na mesma.

— Por quanto tempo eu dormi?

— Duas horas, talvez.

— Você dormiu um pouco?

— Ainda não.

Ele se esticou na cadeira, estendendo os braços e o pescoço de um lado para o outro.

— Por que você não vai pra casa? Durma um pouco. Eu ligo se alguma coisa mudar.

— Eu quero ficar.

Parecia que ele ia dizer algo, mas depois mudou de ideia. Em vez disso, apenas balançou a cabeça.

— Ainda bebe açúcar com um pouco de café? — ele brincou.

— Bebo. Ainda bebe preto e nojento?

Ele riu.

— Eu vou buscar um para nós.

As coisas entre mim e Brody relaxaram muito mais depois disso. Nós não éramos melhores amigos novamente, mas eu também não me sentia como se ele estivesse apontando um arco e flecha imaginário para a minha testa.

— Há quanto tempo ela está em Broadhollow Manor?

— Pouco mais de três anos.

Balancei a cabeça. Eu não tinha ideia de quanto tempo passou desde que eu vi os dois. Anos da minha vida tinham sido desperdiçados e perdidos. A merda era que agora que eu estava sóbria parecia que o mundo tinha parado para mim. Eu tinha envelhecido, mas a vida nunca tinha progredido. Era como se eu estivesse pagando depois de fazer uma pausa na minha vida por um longo tempo. A única coisa que fez uma pausa foi a minha vida. O mundo tinha continuado a girar ao meu redor.

Brody e eu ficamos de conversa fiada enquanto mantivemos a vigília. Foi melhor do que o tratamento do silêncio, embora houvesse tantas coisas significativas que eu precisava dizer e ainda não tinha coragem de falar. Quando a enfermeira entrou, poucas horas mais tarde, e nos pediu para sair um pouco para que ela pudesse lavar vovó e medir seus sinais vitais, Brody e eu fomos para o refeitório pegar algo para comer, mas acabamos indo a uma loja primeiro.

— Você precisa de alguma coisa? — Ele tinha um boné de beisebol na mão.

— Uma escova de dentes seria bom.

A mulher no balcão reconheceu Brody quando ela nos atendeu. Saindo da loja, ele vestiu o boné, cobrindo seu rosto.

— Disfarce?

— Mais ou menos.

— É tudo o que você pensou que seria?

— O quê?

— Ser famoso.

Quando éramos adolescentes, nós costumávamos passar horas sonhando sobre como seria ser um famoso jogador de futebol. Ele olhou para mim.

— Nada saiu do jeito que eu pensava que seria.

Pedimos dois sanduíches de ovo no refeitório e nos sentamos para comer. Brody terminou o dele no que pareceram ser três mordidas. Eu comi apenas metade do meu.

— Você não vai comer isso?

Eu sorri. Brody sempre teve um apetite gigante. Onde quer que fôssemos, os nossos pratos ficavam limpos, mas era normalmente porque Brody devorava tudo do seu prato, em seguida, atacava o meu.

— Não. Fique à vontade.

Ele finalizou o meu café da manhã e bebeu seu café preto pequeno.

— Você se lembra de quando fomos para a Oktoberfest durante o último ano, e você comeu o prato cheio de comida daquele cara pensando que era o meu?

— Sim. Quase levei um chute na bunda de Paul Bunyan, aquele cara que usava roupas da Bavária. Foi a maior pessoa que já vi vestindo macacão na minha vida.

Nós rimos com a lembrança. Escapamos para um festival alemão, mas só tínhamos vinte dólares e estávamos morrendo de fome e sem vontade de renunciar à cerveja. Então, cada um pediu um aperitivo e a maior caneca de cerveja que pudemos pagar. Brody ficou fora conversando com alguns rapazes do time de futebol, e, quando voltou, eu disse que ele poderia terminar o meu aperitivo enquanto eu ia ao banheiro. Ele começou a comer toda a refeição de quinze dólares que estava sobre a mesa. Só que ela estava na mesa ao lado de onde a minha sobra estava. Tivemos que enfrentar um grande e chateado cara alemão quando ele percebeu que a sua refeição tinha desaparecido.

Quando voltamos para o quarto da vovó, a enfermeira tinha terminado, e um médico veio poucos minutos depois. Ele nos disse que, apesar de seu estado ter estabilizado por causa da medicação, ela não estava tentando respirar sozinha, e isso não era um bom sinal. Eles iriam repetir a tomografia no início da tarde para determinar a extensão dos danos. Cada médico que parou se sentiu obrigado a nos advertir de que as coisas não pareciam bem. Foi como se eles estivessem tentando nos preparar para o resultado do teste da tarde.

Brody e eu ficamos em silêncio por um tempo depois que os médicos saíram.

— Ela tem uma procuração de assistência médica. Eu achei os papéis quando estava limpando suas coisas no apartamento. Ela e seu avô a elaboraram anos atrás. Eu nunca tentei refazer, porque meu advogado disse

O JOGADOR

211

que sua capacidade mental seria um problema se elaborasse qualquer documento legal. Então, mesmo que eu seja seu guardião legal agora, sua procuração de assistência médica foi feita quando ela era capaz de tomar suas próprias decisões. E essas decisões eram o que ela desejava.

— O que isso significa?

— Isso significa que suas decisões médicas são tomadas pela pessoa que ela queria que tomasse essas decisões, não eu.

— E quem é?

A resposta era óbvia, mas eu esperava estar errada.

— Você.

CAPÍTULO 29

Delilah

Tentei falar com Brody três vezes desde a manhã, mas todas as chamadas foram direto para a caixa postal. Eu acabei lhe enviando uma mensagem de texto antes que Michael e eu gravássemos com Payton Mara. Quando terminamos, a mensagem ainda não aparecia como entregue. Eu estava ficando preocupada por diferentes razões.

— Tudo bem? — perguntou Michael no caminho de volta para o aeroporto.

— Desculpe, sim — menti. Bem, mais ou menos. — Eu não gosto de voar. Fico nervosa durante horas. — Era verdade, mas não era o que me preocupava hoje.

— Eu acho que nossos lugares são próximos um do outro. Minha mão está disponível para segurar e apertar, se for necessário.

Forcei um sorriso.

— Obrigada. Mas normalmente eu preciso de mais de um limpador de baba do que de uma mão. — Ele olhou de soslaio para mim e voltou a olhar para a estrada, então eu expliquei: — Eu tomo um calmante e apago. É isso ou o meu coração pode quebrar algumas costelas de tanto bater forte.

— Ah. Limpar a baba, então. Mesmo que eu estivesse ansioso por uma desculpa para segurar sua mão.

Esta viagem provou que Michael era o cara legal que eu inicialmente pensava que ele era, não o cara mau que Brody tinha me avisado. Embora eu estivesse feliz por não ter saído com ele. Até Brody, eu evitava qualquer um que pudesse fazer meu coração disparar. Deixar qualquer um entrar depois de Drew parecia como se eu o estivesse traindo. Mas, de alguma forma, Brody encontrou o caminho para o meu coração sem que eu sequer visse acontecer.

Michael e eu tínhamos acabado de passar pela segurança quando meu telefone tocou no bolso da jaqueta. O nome de Brody piscou na tela.

— Ei. Estive tentando falar com você o dia todo. Está tudo bem?

— Desculpe. Eu estava no hospital, e meu telefone estava desligado. Eu só liguei agora. — Ele soou esgotado.

— Tudo bem. Eu estava ficando preocupada. Como está Marlene?

— Nada bem. Eles estão fazendo uma tomografia de verificação agora, então estou indo para o meu quarto tomar um banho rápido e mudar de roupa. Ela teve um derrame.

— Ah, Deus. Sinto muito.

— Obrigado. Eles estão mantendo-a viva por aparelhos agora, mas não nos dão muita esperança de que o segundo exame vá ter um resultado melhor do que o primeiro. Ela tem uma hemorragia no cérebro e não é forte o suficiente para sobreviver à cirurgia.

— Não sei o que dizer. O que eu posso fazer?

— Não há nada que ninguém possa fazer. Os médicos estão fazendo tudo que podem e ainda não estão certos de que será o suficiente.

— Estou no aeroporto de Miami. Meu voo deverá pousar às sete. Você vai estar lá a noite toda?

— Sim. Provavelmente vou ficar novamente esta noite. Eu tenho treino amanhã cedo, e já perdi o de hoje. Não tenho certeza de como as coisas serão, mas quero ficar o máximo de tempo que puder. O treinador vai me multar, mas ele vai entender quando eu explicar as coisas pessoalmente.

— Eu posso levar o jantar ou ficar com ela para que você possa fazer uma pequena pausa.

— Obrigado, mas estou bem por enquanto, linda.

— Eu gostaria de ter tido a oportunidade de conhecê-la antes disso tudo. Pela maneira como você fala, eu sei o quanto ela significa para você.

— Sim. Ela é uma pessoa maravilhosa. Mais família para mim do que a maioria da minha família de sangue. Eles dizem que o sangue é mais espesso que a água, mas isso não quer dizer merda nenhuma. Todo mundo precisa de água para viver.

— Esse é um belo pensamento. Você deve lhe dizer isso, Brody, mesmo que seus olhos não estejam abertos. Talvez ela possa ouvi-lo.

— Quer saber? Você está certa. Há um monte de merda que eu provavelmente deveria ter dito a ela antes.

— Tenho certeza de que ela sabe como você se sente, mas essas palavras podem ajudá-la tanto quanto a você.

— Obrigado, linda.

— Espero que tudo acabe bem.

— Eu também.

Normalmente, eu tomaria meio comprimido antes de entrar em um voo curto. Em vez disso, tomei um inteiro. Deixando de lado os meus temores regulares, eu estava ansiosa para voltar para casa, querendo estar lá para apoiar Brody, se ele precisasse de mim. Infelizmente, eu descobriria logo, logo que eu não era a única pronta para consolá-lo.

CAPÍTULO 30

Willow

Desejo. Deve haver uma razão para que depravada comece com a mesma sílaba.

Eu estava literalmente sentada no leito de morte da minha amada avó, e meu coração acelerou no minuto em que Brody voltou para o quarto. Vestido com uma calça jeans e uma camiseta térmica justa, ele virou o boné que ocultava sua identidade, e eu tive que forçar minha boca a fechar. Com o boné de beisebol para trás e o cabelo saindo, ele parecia com o atleta por quem eu me apaixonei.

— Alguma novidade? — Brody perguntou.

Eu balancei a cabeça.

— Eles a trouxeram de volta há alguns minutos. Estavam resolvendo as coisas e a enfermeira disse que os resultados já viriam também.

Ele pegou algo do bolso e estendeu a mão com a palma para cima, segurando um cartão magnético ou algo do tipo.

— Sua vez. — Minha testa enrugou. — Minha casa fica a apenas quatro quarteirões de distância. Você disse que mora em Uptown. Eu peguei na loja de presentes do hotel uma camiseta e uma daquelas calças de ioga que as mulheres usam e deixei no banheiro para você, caso queira se trocar.

— Loja do hotel?

— Eu moro no Regency Hotel.

— Sério?

— Sim. Durante a temporada. Eu fico na cabana no resto do ano.

— A cabana? Você ainda tem a cabana? Está terminada?

Ele sorriu.

— Ainda estou trabalhando nela, mas está chegando lá.

A cabana no norte do estado foi a primeira grande aquisição de Brody quando se tornou profissional. O terreno era lindo, mas a casa estava um desastre. Ele queria reconstruir tudo sozinho. Eu só a visitei uma vez, mas as lembranças tinham ficado comigo. Era uma das últimas boas semanas que tive antes que eu ficasse fora de controle da última vez. Nós tínhamos batizado cada quarto em nossa semana lá. Uma memória, em particular, se repete muitas vezes em minha mente. Nós tínhamos acabado de fazer amor na frente da lareira com vista para o lago, e conversávamos sobre como gastar as pausas das temporadas juntos lá, consertando o lugar. Ele me disse que iria construir outra lareira no quarto porque amava o jeito como meus olhos pareciam no brilho do fogo. Brody e eu tínhamos um monte de memórias, mas essa, o tempo na frente da lareira, me fazia lembrar de como me senti total e completamente amada.

— Vá. — Ele me puxou de volta para o presente. — Nós provavelmente iremos ficar aqui outra vez esta noite. É a cobertura dois.

— Tem certeza de que você não se importa?

— Eu não iria oferecer se me importasse. Vá. Eu vou ficar aqui por um tempo. Além disso, você não pode deixar tudo aqui fedido, né? Esse é o meu trabalho.

Eu nunca tinha estado em uma cobertura antes, mas, basicamente, parecia como eu esperava que fosse: grande, aberta, limpa e extravagante. O que ela não parecia era com a casa de Brody. Algumas faixas com o logotipo do Steel descansavam na ponta da mesa na sala de estar. A mesa da sala de jantar tinha algumas correspondências e uma camiseta do time dobrada. Mas pouco mais demonstrava que alguém vivia lá quatro meses por ano.

Passei pelo quarto principal. O espaçoso closet estava cheio de roupas e sapatos. Em um lado inteiro estavam as camisetas e as calças de treino, camisas e agasalhos. Devia ter, pelo menos, vinte pares de tênis e chuteiras alinhados neste lado do armário. Abri algumas das gavetas embutidas, e tudo estava dobrado, limpo e arrumado. Brody sempre foi bagunceiro, o que o tornava o típico homem. Com certeza outra pessoa arrumava sua roupa. A ausência de roupas femininas no armário me fez pensar que esse alguém era uma empregada doméstica, em vez de sua namorada.

Atrás de uma parede estava um grande banheiro principal com uma pia dupla e um enorme chuveiro. Sem xampus e condicionadores extravagantes, sem perfume ou maquiagem. Nenhum sinal de que uma mulher passasse as noites ali frequentemente, embora houvesse jatos de água suficientes e espaço no chuveiro para se fazer uma pequena festa. Isto me fez pensar se Brody se entretinha com frequência.

Enquanto eu me dirigia para fora da suíte master, não conseguia parar. Eu já estava ultrapassando fronteiras da espionagem, então, resolvi seguir nisso. Deslizei a mão e abri a mesa de cabeceira. Dentro, havia um conjunto de fones de ouvido, um iPod, alguns cartões de visita e uma pilha de papéis dobrados. Eu mexi os papéis para o lado, revelando uma caixa meio vazia de preservativos e uma garrafa quase no fim de lubrificante. Bem, isso respondia a essa pergunta. Ele devia se *entreter* muitas vezes.

Havia outro banheiro menor no corredor, onde estavam as roupas que Brody mencionou ter comprado na loja de presentes. Sentindo-me ainda mais suja do que me sentia quando cheguei, me obriguei a tomar um rápido banho e me repreendi mentalmente por violar a confiança de Brody quando ele tinha sido tão gentil comigo. Mais uma vez.

Uma hora depois, voltei para o hospital e o médico finalmente entrou. Sua expressão partiu meu coração antes mesmo que ele falasse. Brody estava sentado do outro lado da cama da vovó e ficou de pé, então fiz o mesmo.

De repente, me senti tonta, mas não podia me mover e voltar a sentar. Minha mão estendeu para pegar meu colar. Eu tinha um hábito nervoso de brincar com ele sempre que estava com medo. Só que não o encontrei ali. Então, apertei as mãos em volta da minha garganta e esperei.

— Os resultados dos exames de confirmação chegaram. — O médico fez uma pausa e respirou fundo. — E eu gostaria de ter notícias melhores. — Ele olhou para Brody e depois para mim. — Sua avó sofreu um forte acidente vascular cerebral que afetou o fluxo sanguíneo através da artéria cerebral média principal. O sangue ficou basicamente acumulado em uma área, fazendo com que o outro lado do cérebro fosse completamente privado de sangue.

— Fosse? Isso quer dizer que parou? — Agarrei-me à palavra apenas potencialmente positiva que ele falou.

— É mais lento, mas o dano é extenso. As áreas que foram privadas de sangue estão inchadas. O cérebro é envolto pelas paredes do crânio e o inchaço está causando pressão intracraniana grave. Esta pressão evita que o sangue flua, o que, por sua vez, provoca mais dano. É um ciclo vicioso.

— O que pode ser feito? — perguntou Brody.

— Bem, a maneira mais eficaz de tratar o enorme inchaço do cérebro é com um procedimento cirúrgico chamado de hemicraniectomia. Nós iríamos remover uma parte do crânio para permitir a expansão para além dos limites do osso. Mas, no caso da sua avó, é altamente improvável que ela sobreviva ao procedimento. Como você sabe, nós a entubamos para ajudar a respirar quando ela entrou em coma. Infelizmente, seu corpo não está tentando respirar sozinho. E a reatividade de suas pupilas abrandou. Vamos continuar monitorando suas funções cerebrais de perto, mas você precisa se preparar para o pior. Lamento muito.

Acho que nós dois estávamos paralisados. Tantas perguntas passaram pela minha mente, mas, quando o médico perguntou se eu tinha alguma pergunta, eu só olhava para ele como se eu não falasse sua língua. Eventualmente, ele se virou para Brody. Os dois falaram baixo por alguns minutos. Eu ouvi o som de vozes diferentes, mas não conseguia registrar as palavras. Era um sentimento com o qual eu estava familiarizada: o nevoeiro induzido por drogas.

Um desejo, que finalmente começou a diminuir nos últimos meses, voltou como um barril repleto de vingança. Minhas mãos agarraram os braços da cadeira, me impedindo de desabar.

O médico fechou a porta quando saiu, nos dando privacidade.

— Você está bem? — Brody foi até mim e se ajoelhou ao lado de onde eu estava sentada.

— Não.

Ele cobriu uma das minhas mãos com as dele.

— É muito para lidar, eu sei.

Uma risada saiu muito amarga.

— Você sabe o que eu estou pensando aqui sentada? Depois de tudo o que o médico disse? — Eu olhei Brody no olho, e ele segurou o meu olhar até que eu continuei. — Que eu quero dar o fora daqui para que possa encher a cara de drogas. Minha avó, que me acolheu e nunca perdeu a esperança em mim, está morrendo. E o que eu quero fazer? Fugir. Como de costume.

Brody olhou para baixo por um bom tempo. Eu imaginei que ele estava tentando engolir o ódio que tinha por mim. Mas, quando falou, ele me surpreendeu.

— Isso é normal. Você está com medo e por isso deseja fugir.

Eu zombei, me odiando.

— Eu devo ficar assustada muitas vezes, então.

— Sabe o que eu acho, Willow? Acho que você está com muito medo. Eu não sou psiquiatra, mas as pessoas têm duas opções quando estão com medo. Correr ou lutar. Você viveu uma vida difícil antes de Marlene. Correr era um instinto de sobrevivência para você.

Olhei para minha avó sem vida.

— Eu não quero correr agora. É o mínimo que posso fazer.

— Então, não corra.

— Você diz isso como se fosse fácil.

— Não é. Nada disso é fácil.

Eu cobri sua mão com a minha e olhei para ele.

— Obrigada.

— De nada. Nós vamos vencer isso. Apenas lute comigo.

Brody tinha perdido os treinos de ontem, então ele não tinha escolha, tinha que ir hoje. Ele foi embora por volta de cinco horas. O olhar em seu rosto quando ele voltou para o quarto de Marlene foi de alívio total.

— Como ela está? — disse.

— Na mesma.

Ele assentiu.

— E você?

— Eu estou lutando.

Brody sorriu e tirou o casaco.

— Fico feliz em ouvir isso.

— Como foi o treino?

— Apanhei bastante.

— Difícil se concentrar?

Ele passou a mão pelo cabelo.

— Sim. Minha cabeça não estava nele hoje.

— Eu estava pensando enquanto você estava fora. Devemos colocar seus programas favoritos de jogos amanhã. Talvez até jogar do jeito que estamos habituados a jogar com ela. Talvez ela possa nos ouvir, o que a faria feliz.

— Essa é uma boa ideia. Ela gostaria disso. E eu deveria ligar para a Broadhollow Manor, para que eles saibam o que está acontecendo. Grouper provavelmente iria querer visitá-la.

— Ele parece ser um cara legal.

— Ele é. Basta não deixá-lo saber que eu disse isso.

Eu ri.

— Engraçado. Ele disse exatamente a mesma coisa sobre você.

Brody sorriu.

— Eu sabia que o velho cretino me amava.

Horas mais tarde, o médico voltou. Ele nos disse para ir dormir um pouco e voltar pela manhã. Amanhã eles iriam fazer novamente a verificação, e então nós provavelmente teríamos algumas grandes decisões para tomar. Eu não podia sequer pensar sobre o amanhã ainda.

Por volta de meia-noite, decidimos ir para casa por algumas horas.

— Vamos, vou te dar uma carona. Meu carro está no estacionamento em frente, já que vim direto do treino.

Eu nem ia fingir que tinha um argumento. Os últimos dois dias tinham me cansado e só levantar o braço para abrir a porta realmente se tornara um enorme esforço. O carro de Brody era um Range Rover com um interior de couro flexível e madeira.

— Isto é muito melhor do que o Bronco — eu provoquei, referindo-me ao carro 1981 listrado de vermelho e branco que ele dirigia no ensino médio e na faculdade.

Ele sorriu.

— Só um pouco.

— Apesar de que o Bronco tinha um monte de boas lembranças.

Olhei para o banco traseiro de seu novo carro extravagante, pensando nas horas intermináveis que passamos brincando no grande banco de trás do antigo. Brody pegou meu olhar, e nossos olhos se encontraram por um breve segundo. Nenhum de nós disse nada pelo resto do caminho até Uptown, exceto quando necessário para dar instruções.

Chegando em meu apartamento, eu estava um pouco envergonhada. O edifício ficava em um bairro horrível; a prova disso estava bem na porta da frente. Dois indivíduos que com certeza eram traficantes de drogas observaram quando o carro encostou no meio-fio e parou.

— Este é o lugar onde você mora?

— Sim. É o que posso pagar. Espero poder me mudar em breve, apesar de tudo. — Brody começou a dizer algo, então parou. — Obrigada pela carona. E por tudo.

— De nada.

Eu estava a meio caminho da porta quando Brody me chamou.

— Willow? — Ele correu e me alcançou. — Fique no hotel onde moro. Pelo menos esta noite. Eu arranjo um quarto.

— Isso é muito gentil da sua parte, mas eu estou bem. Realmente estou.

— Eu não estava preocupado com você — mentiu, falando entre os dentes. — Isso iria me ajudar a dormir melhor hoje à noite. Sabendo que você não está... — Ele olhou em volta. Seus pensamentos eram claros, apesar de não dizer.

— Eu vou pegar minhas coisas.

VI KEELAND

CAPÍTULO 31

Delilah

Eu coloquei o meu alarme para seis horas, embora realmente não tivesse decidido se iria ou não. Depois de uma rápida ducha, peguei meu telefone no carregador e olhei nossas mensagens de texto de ontem à noite novamente.

Brody: Não é bom.

Delilah: Eu sinto muito. O que posso fazer por você?

Brody: Uma foto nua pode ajudar...

Delilah: hahaha Fico feliz em ver que você parece mais como você mesmo agora. Esta tarde, quando nos falamos, não havia nenhuma insinuação sexual. Fiquei preocupada.

Brody: Eu também.

Delilah: Você vai ficar no hospital hoje à noite?

Lembrei-me de cortar uma palavra dessa mensagem. O texto inicial dizia: *Você vai ficar no hospital sozinho hoje à noite?* Mas depois me senti egoísta e estava feliz por ter cortado. Ele estava passando por um momento horrível, e o meu ciúme não tinha lugar.

Brody: Não. Vou voltar para o Regency em breve. Estarei de volta para visitar às nove horas da manhã.

Delilah: Ok. Espero que você durma um pouco.

Brody: Me ligue de manhã. Vou colocar um alarme para sete e meia para que você possa conversar sacanagens comigo antes de eu tomar banho.

Minha mente estava ocupada se debatendo sobre se eu deveria ou não ir, enquanto sequei o cabelo e me vesti. Vestindo um conjunto caro de sutiã e calcinha que comprei na semana passada, percebi que a minha cabeça estava descontrolada. A quem eu estava enganando? Eu tinha raspado as pernas e vestido uma lingerie sexy nova.

Eu já tinha decidido mentalmente que, ao invés de ligar, eu acordaria Brody pessoalmente, mesmo antes de eu admitir isso para mim mesma. Felizmente para mim, o ascensorista se lembrava de me ver com Brody. Então, quando expliquei, com o rosto corando, que eu queria fazer uma surpresa para o meu namorado, ele deslizou a chave na abertura com um sorriso malicioso.

Foi providencial porque eu tinha esquecido completamente que, para acesso ao andar da cobertura, era necessário um cartão-chave especial. Não havia razão para eu estar nervosa, mas lá estava eu, em pé em frente à suíte de Brody, com um saco de seus muffins de abóbora especiais favoritos em uma mão e um café na outra. Eu estava muito ansiosa por aparecer sem avisar.

Respirei fundo, levantei meus dedos e bati na porta marcada PH2. Sem resposta. Retirando meu telefone, verifiquei a hora. Sete e trinta e três. Talvez ele ainda estivesse dormindo, ou no banho... ou tinha decidido sair mais cedo. Bati mais uma vez. A segunda batida foi mais alta do que a primeira. Eu tinha acabado de começar a me virar quando ouvi o som de pés andando em direção à porta.

Brody atendeu, vestindo apenas uma cueca boxer preta apertada. Ele tinha uma escova de dente na boca, e seus cabelos estavam uma bagunça muito sexy. Sua boca ergueu-se em um sorriso. Eu levantei o saco de muffins.

— Eu trouxe o café da manhã.

Seus olhos me varreram da cabeça aos pés, me fazendo sentir deliciosamente violada.

— Você certamente trouxe.

Eu estava muito feliz por ter trocado de roupa quatro vezes e decidido por algo sexy. Ele deu um passo para o lado, estendendo o braço para eu entrar.

— Primeiro as damas.

Entreguei-lhe os cafés quando passei.

— Primeiro as damas é apenas a maneira de Brody Easton dizer: deixe-me olhar sua bunda.

— Que bom que você sabe. — Ele riu e desapareceu no banheiro, voltando depois que tinha acabado de escovar os dentes.

— Pensei que talvez você gostaria de um despertar feliz e ter algo para comer.

Brody pegou a bolsa da minha mão e atirou-a por cima do ombro antes de envolver os braços em volta da minha cintura e me puxar para perto.

— Perfeito. Estou com uma fome do caralho.

— O que você está fazendo? — Ele me levou para trás até que as costas dos meus joelhos batessem no sofá.

— Indo comer. — Ele me deu um empurrão suave, mas firme, então eu caí no sofá.

Olhando para ele, meus olhos passaram pelo seu rosto bonito, mas eu estava me distraindo rapidamente. Descendo para seus ombros largos, seu peitoral musculoso e abdômen, meu olhar caiu sobre seu glorioso V esculpido, que poderia fazer com que eu esquecesse do meu próprio nome.

— Parece que você está faminta também. — Ele sorriu, me pegando admirando-o.

— Nossa, você sempre acorda com essa aparência. Seu corpo é ridiculamente incrível.

Ele acariciou o volume de sua ereção através da cueca apertada. Vê-lo tocar a si mesmo me fez apertar minhas coxas.

— Estou feliz que você goste, mas eu quero ver mais de você. Puxe a saia.

Hesitei por um breve segundo. Eu tinha acabado de entrar, e a luz do dia estava brilhando no meio das janelas da sala. Mas eu vim aqui esperando trazer alguma felicidade para ele no meio de dias difíceis. E como extra... olhar aquele V. Cheguei até a parte inferior da minha saia e a peguei, deixando-a em torno do meu quadril. Eu ia chegar toda amarrotada no escritório mais tarde, mas sabia que, quando Brody tivesse terminado comigo, eu não estaria me importando nem um pouco.

— Isso está no caminho. — Ele estendeu a mão, e, com um puxão rápido, arrancou minha calcinha nova.

Antes que eu pudesse responder que eu teria tirado, ele caiu de joelhos e

O JOGADOR

227

enterrou o rosto entre as minhas pernas.

Ah, Deus.

Ele me devorou. Lambendo e chupando, as mãos seguraram meu quadril para me manter no lugar quando eu comecei a me mexer. *Eu preciso me mexer.* Mas, quanto mais eu resistia, mais forte ele me segurava e mais agressivamente sua língua me atacava.

Era frustrante, e eu precisava girar o quadril para encontrar seu ritmo. Percebendo que eu não ia a qualquer lugar, afundei meus dedos em seus cabelos, tentando ter algum controle. Ele riu quando puxei o cabelo dele para mover sua cabeça ligeiramente para cima, mas entendeu o recado e mudou seu foco para o meu clitóris dolorido. Alternando entre vibração e sucção, ele me levou ao orgasmo. E eu só estava dentro de seu apartamento há menos de dez minutos.

Ele me levou para a cama depois disso, e fizemos sexo.

Bom sexo.

Não. Sexo *maravilhoso*.

O tipo de sexo em que ele procurava meu rosto enquanto deslizava para fora do meu corpo com suavidade e, em seguida, quando os meus olhos se abriam, os nossos olhares se encontravam e ele sorria para mim. Sem fôlego e lindo.

Depois, ele tirou o cabelo do meu rosto quando deitamos lado a lado e ficamos um de frente para o outro.

— Obrigado por me dar isso.

Eu sorri.

— Obrigada a *você* por me dar *isso*.

Ele riu.

— Você sabe o que eu quis dizer: por me deixar me perder em você por um tempo. E não reclamar quando eu basicamente te ataquei quando você entrou pela porta.

Reclamar? Ele era louco?

— Eu posso pensar em maneiras piores de ser recebida.

Ele beijou meus lábios suavemente.

— Hoje vai ser ruim. — Apoiei minha cabeça no cotovelo para ouvir. — Eles estão nos preparando para a ideia de remover todos os tubos e deixá-la morrer pacificamente.

— Eu sinto muito. Essa é uma decisão tão difícil para você tomar.

— Não sou o único que está tendo a necessidade de tomá-la.

— Eu pensei que você fosse o guardião legal.

— Sou, mas ela assinou uma procuração de cuidados de saúde anos atrás, antes de começar a mostrar sinais de demência.

— Ah. Quem toma suas decisões de saúde, então?

— Willow.

Fazia sentido.

— Ela está lidando bem com as coisas?

— Está chateada, mas está se segurando até agora. Eu não tenho certeza se ela voltaria algum dia se fugisse agora.

Eu balancei a cabeça.

— Há quanto tempo ela está limpa?

— Ela disse que há onze meses.

— Você acredita nela?

— Acho que sim. Ela parece mais com a Willow que eu conheci há muito tempo.

Tive uma sensação desconfortável. A Willow que ele conhecia era a Willow por quem ele se apaixonou. Se Drew não tivesse morrido e voltasse para a minha vida amanhã, o que eu faria com uma segunda chance?

Ficamos na cama por um pouco mais de tempo e afastei o ciúme imaturo que surgia.

— Conte-me sobre ela.

— Marlene? Ela é muito resistente e suave ao mesmo tempo. Ela fez coisas boas para as pessoas, mas nunca queria que ninguém soubesse que as fez.

— Meu pai costumava dizer que altruísmo era escrito errado, ele deveria ser escrito a.n.ô.n.i.m.o.

— Foi assim que Marlene viveu. Quando Willow estava em uma de suas farras, ela costumava frequentar um edifício abandonado em Bushwick. Era um inferno, não tinha aquecimento nem água, e ainda assim um punhado de viciados o chamavam de casa. Em um janeiro com neve, e Marlene insistiu em ir comigo procurar Willow. Quando entramos, o lugar estava congelando. A maioria das pessoas pelas quais passamos tinha jornais empilhados em cima delas para se aquecer. Nós levamos Willow para casa, e alguns dias depois eu voltei para tirá-la de lá outra vez. Só que fui sem dizer a Marlene da segunda vez. Quando entrei, todo mundo tinha um casaco: eles estavam todos vestindo casacos de Marlene. Ela tinha voltado no dia seguinte sem me dizer e doou todos os seus casacos.

— Uau. Ela parece uma bela pessoa.

— Ela é. Isso a matou também, ir a esses lugares. Ela teve que assistir à neta seguir os passos da filha. Estou feliz que ela conseguiu ver Willow sóbria por algumas semanas antes que isto acontecesse.

— Eu também.

Nós conversamos sobre Marlene até que eu estava atrasada para o trabalho.

— Eu preciso me lavar e ir para o escritório.

— Tome um banho comigo.

— Eu já estou atrasada, e você queria chegar ao hospital quando o horário de visita começasse. Tomar banho juntos definitivamente não é uma boa ideia.

— Você provavelmente está certa.

— Eu só vou prender meu cabelo e tomar uma ducha. Vou usar o banheiro de hóspede.

Brody fez beicinho.

— Eu gosto de você com meu perfume.

Tomei um banho rápido e estava prestes a sair quando algo brilhante perto do ralo chamou minha atenção. No início, pensei que era uma moeda, mas, quando me inclinei para pegá-lo, percebi que era um colar preso no ralo. Eu o desembaracei, e, quando o levantei, um pingente caiu no chão. Um pingente com a forma da letra W.

Eu já estava vestida quando Brody saiu do chuveiro no banheiro principal.

— Você ficou pronta rápido. — Ele riu. — E essa não foi a primeira vez hoje.

Eu estava pirando interiormente, mas, de alguma forma, consegui falar com calma. Estendendo a palma, eu mostrei o colar.

— Isso estava no chuveiro. Quase foi levado pela água, mas o fecho prendeu na tampa do ralo.

Ele franziu a testa e levantou o colar, o W oscilando entre nós. *Simbólico*. Seus olhos fecharam-se por um momento e, em seguida, se abriram para olhar para mim.

— Deve ser da Willow. — Eu sustentei seu olhar, mas não disse nada. — Ela tomou banho aqui ontem. Deve ter deixado cair.

— Ela esteve aqui?

— Sim. Mas sozinha. Cheguei em casa e tomei um banho, então, quando voltei para o hospital, lhe dei minha chave e disse para usar o meu apartamento para tomar banho. Ela vive em Uptown, e queríamos estar lá quando os médicos voltassem.

Eu balancei a cabeça. Então caminhei até minha bolsa e tirei meu celular, verificando-o rapidamente por nenhum motivo além de que eu precisava me concentrar em outra coisa. Brody apenas ficou lá me observando. Quando coloquei meu casaco e permaneci em silêncio, ele falou de novo.

— Você está chateada comigo por fazer isso?

— Eu deveria?

Ele correu os dedos pelos cabelos.

— Eu realmente não pensei nisso. Parecia que era a coisa certa a fazer, mas, agora que estamos aqui, acho que talvez não fosse.

— Como você se sentiria se eu deixasse Michael Langley tomar banho na minha casa? — A mandíbula de Brody apertou. — E não falasse isso pra você.

— Bom ponto.

— Eu tenho que ir trabalhar.

Brody estendeu a mão e me impediu de passar, me puxando para perto para um abraço.

— Sinto muito — ele sussurrou em meu ouvido. — Me perdoa. Eu deveria ter pensado nisso. Eu não quero que fique com raiva de mim.

Inclinei minha cabeça para trás para olhá-lo nos olhos.

— Nada mais aconteceu? Ela estava aqui sozinha, tomando banho?

— Não aconteceu nada. Eu juro.

Eu pensei por um minuto.

— Ok.

Ele soltou um longo suspiro.

— Graças a Deus. Eu não acho que poderia lidar com você estando com raiva de mim hoje.

Forcei um sorriso, lembrando como os últimos dias tinham sido para ele. Com ou sem Willow, o homem amava Marlene. Não era fácil.

— Eu não estou com raiva. Mande-me uma mensagem do hospital. Deixe-me saber o que os médicos falaram esta manhã.

— Obrigado, linda.

Na verdade, eu não estava mentindo. Eu realmente não estava com raiva. Nervosa, ciumenta, assustada, talvez. Estranhamente, eu estava namorando um jogador que nunca tentou esconder que as relações não eram o seu forte, mas acreditei quando ele disse que mais nada tinha acontecido. O que me preocupou foi que ele estava abrindo seu coração para Willow novamente, mais do que sua casa.

Saindo do elevador, esbarrei diretamente em um homem que estava esperando para entrar, sem sequer vê-lo até que meu pé estava em cima do dele. Ele se atrapalhou antes de pegar o café que estava segurando, mas não antes que um esguicho respingasse em sua camisa branca. Eu me desculpei profusamente e tentei andar o resto do caminho sem mais incidentes. Eu quase o fiz. Até colidir com o vidro da porta giratória de saída; meu rosto literalmente se chocou contra o sinal amarelo brilhante com a grande seta apontando para a outra porta.

Este acidente não foi minha culpa, eu estava prestando atenção enquanto caminhava. O problema era que minha atenção foi para a bela mulher sentada no saguão, olhando para mim e não para a porta elétrica que não estava funcionando.

Willow.

CAPÍTULO 32

Brody

Os jogadores de futebol deveriam ser fortes. Dez homens com mais de cento e cinquenta quilos se empilham em cima de você, chutando e arranhando, dando cotoveladas, para chegar ao cara que segura um pedaço de couro. Eu tinha sido o cara no fundo da pilha mais de cem vezes. Levantando, sacudíamos a poeira dos olhos, discretamente endireitávamos um polegar deslocado, e pulávamos de volta para a ação para mais uma rodada.

Mas ser durão tinha seus limites. Mesmo um diamante, se você atingi-lo no lugar certo, onde é vulnerável e fraco, às vezes quebra. Marlene era meu ponto fraco.

Willow chorou enquanto o médico falou. Marlene não tinha mais nenhuma atividade funcional do cérebro. Silenciosas lágrimas caíram quando ele continuou a falar sobre nossas escolhas, uma pior que a outra, mas me segurei e me mantive forte. Até mesmo o agradeci antes de ele sair dizendo que voltaria mais tarde para discutir a nossa decisão.

Quando fechei a porta atrás dele, tive apenas tempo suficiente para agarrar Willow antes que ela caísse. Ela se encolheu em meus braços, sacudindo os ombros, o corpo tremendo, soluços chacoalhando seu corpo. Os sons de seus gemidos revelaram sua dor física e eu a abracei mais apertado.

Horas depois, ela estava melhor, na medida do possível. Inferno, ela até mesmo riu algumas vezes na última hora enquanto jogávamos *Roda da Fortuna*, um de cada lado de Marlene, enquanto escrevíamos as nossas respostas.

O último enigma definitivamente mudou nosso humor.

Categoria: Coisa.

_UCK _E IN THE A_ _ TONIGHT.

Sério?

Apenas um de nós chegou a LUCK ME IN THE AIR TONIGHT, que significava que alguém teria sorte naquela noite. E definitivamente não fui eu. É claro que tudo o que vi foi FUCK ME.

Depois de uma boa risada, Willow desceu para o refeitório para pegar o almoço para nós. Uma enfermeira entrou, mudou os travesseiros de Marlene e trocou a jarra de plástico rosa de água. Ela se endireitou um pouco e acenou antes de sair. Me ocupando, notei que ela tinha deixado a gaveta de cabeceira aberta só um pouco, então caminhei para fechá-la, mas, por alguma razão, a abri primeiro.

Dentro estava apenas uma coisa: o estojo azul-claro da dentadura de Marlene. Eles tinham tirado seus dentes quando colocaram o tubo de respiração em sua garganta. Eu o encarei, não tinha ideia do porquê — foi certamente uma coisa aleatória suficiente para me deixar alterado —, mas ver o estojo mexeu comigo. Eu chorei como uma criancinha. Fazia anos que eu não chorava.

Quando ouvi a porta atrás de mim, eu ainda estava de pé na frente da gaveta aberta. Eu a fechei e me inclinei, beijando Marlene na testa, e fui ao banheiro sem me virar para Willow não ver meu rosto.

A manhã com Delilah parecia ter sido há dias. Entre emoções à flor da pele e um dia de maratona de programas de TV de jogos, eu não mandei nenhuma mensagem para ela com uma atualização durante todo o dia.

Eu peguei meu telefone do bolso e escrevi.

Brody: Ainda no hospital. Saindo logo para o treino. Voltarei aqui hoje à noite. Os médicos vão desligar o respirador às nove.

Delilah: Isso é bom, certo?

Brody: Não.

Delilah: Ah, Deus. Eu sinto muito. Achei que isso significava que ela tinha melhorado.

Brody: É o que ela iria querer.

Delilah: Que bom que você sabe disso. Espero que lhe traga um pouco de paz.

Brody: Café da manhã amanhã, talvez?

Nossas mensagens foram fluindo rápido, mas houve uma longa pausa antes de sua próxima resposta.

Delilah: Na verdade, tenho uma reunião que não posso perder. Almoço, talvez?

Brody: Ok.

Delilah: Me ligue se precisar hoje à noite. Não importa a hora. Estarei pensando em você.

Naquela noite, Willow e eu nos revezamos para dizer adeus a Marlene antes que o médico entrasse. Eu não me lembro de dizer adeus à minha mãe, eu era muito jovem quando ela morreu, mas foi terrível dizer essas últimas palavras para Marlene.

Olhei para seu corpo frágil.

— Há tantas coisas que você me ensinou ao longo dos anos: nunca desistir, amar alguém que vale a pena ser amado, com falhas e tudo. Inferno, eu sei quando alguém não está bem só por sua causa. Mas você também me ensinou a única coisa que eu mais preciso agora: quando a vida te derrubar, pare e olhe em volta à procura de uma coisa boa, porque sempre há algo. Em seguida, se apegue a essa coisa boa. — Beijei a testa dela uma última vez e cobri sua mão com a minha. — Você é o algo bom que estou segurando hoje. Eu tenho sorte de ter conhecido alguém a quem foi tão difícil dizer adeus.

Eu não poderia ter escondido minhas lágrimas de ninguém naquele momento. Não muito tempo depois que nos despedimos, o médico removeu os tubos de respiração e alimentação e desligou todos os monitores. Eu não sabia o que esperar, mas ela simplesmente parou de respirar.

Marlene Elizabeth Garner morreu à 1h03 da manhã.

CAPÍTULO 33

Willow

A vida é cheia de uma série de amarras, fios imaginários que nos conectam com as pessoas a partir do momento em que somos cortados do cordão umbilical da nossa mãe. Eu passei os primeiros vinte e cinco anos da minha vida tentando cortar os fios e voar alto, fora de alcance. Até onze meses atrás, quando acordei uma manhã e percebi que essas amarras não eram correntes que estavam me mantendo no chão. Eram linhas da vida, e as minhas linhas estavam tão desgastadas que não havia mais praticamente nenhuma conectada a mim.

Ontem à noite — ou talvez tenha sido hoje, eu não tinha certeza, uma vez que um dia havia obscurecido o próximo —, a mais forte linha que já existiu na minha vida foi cortada. Brody cuidou de todos os preparativos. Hoje à noite, nós teríamos um pequeno funeral na Igreja da minha avó. Amanhã iríamos ao cemitério e a sepultaríamos. E depois... Eu não sabia o que viria depois disso. Eu só sabia que não queria perder Brody novamente.

Vesti um vestido preto simples. Era um vestido de verão e o ar do final da tarde estava frio, mas um suéter ia ter que ser suficiente, já que eu não tinha dinheiro para fazer compras. Brody bateu na minha porta pontualmente. Eu disse que iria encontrá-lo lá embaixo, porque o estacionamento era difícil de encontrar. Mas, na realidade, eu não queria que ele visse onde eu estava morando.

— Você não precisava subir.

Eu ainda não tinha calçado os sapatos, então ele estava muito mais alto do que eu. Eu o vi olhar sobre a minha cabeça e observar o apartamento. Eu sabia o que ele estava fazendo, e eu certamente não poderia culpá-lo. Eu abri a porta e dei um passo para o lado.

— Sem drogas. Estou limpa.

— Eu não estava... — Arqueei minha sobrancelha, como se dissesse "sim, você estava", e ele confessou com um sorriso. — Tudo bem, talvez eu estivesse.

O JOGADOR

Ele entrou.

— Deixe-me mostrar o lugar. — Eu rodopiei em círculo com os braços estendidos. Era possível visitar todo o meu apartamento, exceto o banheiro, em um giro. — Fim do tour. Então, gostou?

— Eu gosto. É... quente.

— Não é verdade. É melhor ficar com o seu casaco.

— Isso é seu, certo?

— Você é realmente bom em encontrar coisas boas para o coração, não é? —provoquei.

— Sou.

— Dê-me um minuto, eu estou procurando meus saltos pretos.

Meu apartamento era pequeno, mas o teto era alto, típico de Manhattan. Havia pouco espaço na superfície, então eles empilhavam tudo em apartamentos. Uma das paredes tinha um armário embutido com cerca de dois metros. Eu pulei em cima do pequeno sofá de dois lugares que servia como mobiliário em minha sala e fiquei na parte de trás, equilibrando-me enquanto abria diferentes compartimentos.

— O que você está fazendo? Você vai cair. — Brody se aproximou e estendeu a mão para a minha cintura, me firmando enquanto eu procurava em todos os armários.

Ele se moveu comigo, tendo a certeza de que eu não iria cair enquanto andava no comprimento alto do sofá, inspecionando e fechando portas diferentes. Quando cheguei à última, encontrei os sapatos no canto superior e tive que ficar na ponta dos pés para alcançá-los.

— Peguei. — Eu acenei os sapatos no ar como se tivesse acabado de ganhar um prêmio.

Brody me baixou de volta para o chão, como se estivesse levantando uma caixa de leite vazio. Quando afastou as mãos, eu desejei que elas voltassem. *Nossa, eu sinto falta do seu toque.* Virando para encará-lo, era fácil querer de volta um lugar confortável. Passei minha mão em torno de seu bíceps e apertei.

— Obrigada pela ajuda. Grandes músculos. Você tem malhado?

Ele riu.

— Calce seus sapatos, engraçadinha.

Naquele momento inesperado, algo tão completamente insignificante quanto Brody me ajudando a alcançar meus sapatos e, em seguida, brincando, me fez sentir mais como meu velho eu do que me senti em anos.

— Traga uma bolsa para a noite. Eu quero que você fique no hotel novamente esta noite, e amanhã à noite também.

— Eu estou bem aqui, Brody. Mas agradeço.

— Você pode fazer isso por mim?

O homem não tinha ideia do que eu estaria disposta a fazer por ele. Eu balancei a cabeça e joguei as roupas que tinha escolhido para ir ao cemitério em uma bolsa.

Na saída, ouvi vozes vindo do apartamento da minha vizinha, o apartamento de Lena e Abby.

— Você pode me dar um minuto?

Eu tentei ouvir algum barulho lá dentro antes de bater. Brody estava atrás de mim. Houve o som familiar de fechaduras enferrujadas sendo destrancadas e, em seguida, Abby abriu a porta. Seu rosto se iluminou, e ela correu para abraçar minhas pernas, me pegando de surpresa.

— Podemos ir para o parque de novo?

Eu sorri para a pequena bola de energia.

— Hoje não. Eu tenho que ir a um lugar com o meu amigo. Este é Brody.

Ela olhou para Brody, sem se interessar, e voltou sua atenção para mim.

— Quando você fica livre?

— Eu vou ficar ocupada por alguns dias. — Olhei para seu apartamento. — Sua mãe está aqui?

— Não. Vovó me trouxe para pegar mais roupas.

Com isso, Sophie apareceu.

— Eu não te disse para não abrir a porta? — brigou.

— Era só Willow.

Sophie colocou as mãos no quadril.

— E como é que você sabia que era Willow? Perguntou quem era, Abby?

Abby olhou para mim, depois de volta para sua avó.

— Não. — Ela emburrou. — Eu esqueci de novo.

Sua avó tentou esconder um sorriso.

— Nós vamos trabalhar nisso. — Ela voltou sua atenção para mim. — Oi, Willow. Você está bonita.

— Obrigada. Ouvi vozes e queria ver se estava tudo bem.

Seus olhos apontaram para sua neta.

— Tudo está bem. Abby vai ficar comigo por um tempo.

Li as entrelinhas. Ela *provavelmente* vai ficar com a avó porque ela não tinha nenhuma ideia de onde diabos sua filha estava. Isso me fez voltar vinte anos no tempo. Felizmente, Abby tinha Sophie como eu tive Marlene.

— Bem, você está com sorte, Abby. Eu costumava passar muito tempo com a minha avó também. Sua casa era um dos meus lugares favoritos do mundo quando eu tinha a sua idade.

Sophie sorriu.

— Nós vamos no divertir, não vamos, Abby?

Abby e eu tivemos sorte. Eu estremeci ao pensar em como seria a vida para as meninas que não têm uma Sophie ou uma Marlene.

— Nós temos que ir, mas você tem meu número. Se houver alguma coisa que eu possa fazer para ajudar...

Abby interrompeu, pulando para cima e para baixo.

— Como me levar ao parque.

Eu ri.

— Sim. Como levar Abby ao parque. Apenas me ligue. Eu trabalho de noite, então tenho tempo durante o dia.

Sophie nos agradeceu por aparecer e, em seguida, Brody e eu fomos para o carro.

— O que foi tudo isso?

— A mãe de Abby ficou sóbria alguns meses e teve uma recaída há poucos dias. Encontrei-a se drogando com um traficante enquanto Abby estava em casa, então a levei para o parque para tirá-la de lá. Quando as coisas pioraram, liguei para sua avó e levei-a para lá.

Brody assentiu.

— Eu não acho que este seja um bom lugar para você morar.

Um grupo de adolescentes com péssima aparência estava circulando o carro luxuoso de Brody quando chegamos.

— Eu não sei por que você diria isso.

Ele caminhou até os adolescentes com um olhar assustador.

— E aí, rapazes?

— Merda, cara. Você é a porra do Brody Easton.

— Sou. — Ele estendeu a mão e os moleques passaram de bandidos de rua a meninos fãs de esporte quase que imediatamente. — Vocês olharam meu carro por mim?

— Você tem umas rodas bem legais. A gente não sabia que esse carrão era seu.

Brody abriu a porta do carro e esperou até que eu entrasse. Eu não conseguia ouvir o que ele estava dizendo, mas ele conversou com os homens-meninos por mais um minuto antes de apertar as mãos de novo e entrar.

— Fazendo amigos?

— Fazendo amigos para *você*. Disse-lhes para manter um olho em você.

— Eu sou capaz de cuidar de mim mesma.

— Você não pertence a esse bairro.

— Não. *Você* não pertence a esse bairro. Eu me encaixo perfeitamente bem. Acho que você está esquecendo de quem eu sou.

Ele ligou o carro e engatou a marcha.

— Você está certa — ele murmurou baixinho. — Eu preciso me lembrar disso.

O JOGADOR

Eu esperava que, talvez, uma enfermeira ou duas apareceriam na igreja. Não estava preparada para as centenas de pessoas que vieram ao funeral da Marlene. Nem uma única pessoa estava lá por minha causa. A grande igreja estava cheia de amigos e colegas de time do Brody também. Não sei por que eu estava surpresa, todo mundo o amava. Ele me apresentou a algumas pessoas, e, na primeira chance que tive, me desculpei e fui sentar em um banco.

Logo antes de a cerimônia começar, Brody foi até o banco da frente para se juntar a mim. Ele estava de mãos dadas com a sua namorada e havia outra mulher com eles. Felizmente, o padre começou a falar, acabando com quaisquer introduções desconfortáveis.

O serviço foi simples, e eu pensei que conseguiria não me debulhar em lágrimas. Até que o padre perguntou se alguém gostaria de dizer algumas palavras, e Brody levantou. Ele falou sobre a morte de sua mãe quando ele tinha sete anos, o fato de seu pai nunca ter se casado novamente, uma avó que vivia em um país distante, e que ele não tinha nenhuma experiência real com garotas, o que fez a plateia dar uma boa risada. Então ele contou uma história que eu nunca tinha ouvido.

— Após o enterro da minha mãe, todo mundo veio até a nossa casa. Eu não me lembro de muita coisa, mas lembro que as pessoas estavam sentadas ao redor conversando e rindo. Não entendia como elas poderiam estar sorrindo quando minha mãe tinha acabado de ser enterrada. Então fui lá fora um pouco, e minha vizinha, Marlene, me encontrou na varanda. Ela sentou-se ao meu lado e tentou me fazer falar, mas eu não estava muito no clima. Depois de um tempo, ela me disse para segui-la, e nós fomos para sua casa ao lado.

"Ela me levou para a cozinha e começou a me pedir para pegar as coisas para ela: baunilha, leite, farinha. Ela apontava para o armário onde estavam, e eu os pegava. Eventualmente, nós começamos a falar ao mesmo tempo em que ela fazia cookies. Quando terminamos, me lembro de sentar à mesa da cozinha com um grande copo de leite e uma torre de biscoitos de aveia com passas na minha frente. Ela explicou que íamos ter dias na vida que seriam muito difíceis, e a melhor maneira de passar por eles era encontrar uma boa coisa para nos concentrarmos. Minha mãe tinha acabado de morrer, e foi impossível encontrar o lado bom em qualquer coisa, mas Marlene foi tão boa para mim que eu não queria decepcioná-la. Então, antes de sair para voltar para a minha casa, eu agradeci e disse-lhe que a única coisa boa para mim naquele dia foi que ela me fez cookies."

"Eu nunca disse isto a ninguém, e Marlene e eu nunca conversamos sobre isso, mas, nos vinte anos seguintes, eu muitas vezes descobria uma fornada de biscoitos de aveia e passas deixadas onde eu poderia encontrá-los. Na quinta série, quando capotei com a bicicleta tentando fazer um cavalinho e quebrei meu braço, biscoitos de aveia e passas me fizeram companhia naquela noite. Na oitava série, quando fiz um passe errado que nos fez perder o jogo no mata-mata contra nosso maior rival, apareceu um pote cheio de biscoitos na minha porta. No último ano, quando eu não entrei em minha primeira escolha de faculdade, biscoitos. Cinco anos atrás, quando meu pai se aposentou e foi para o Arizona, nós arrumamos suas coisas no caminhão e encontrei biscoitos no banco da frente do meu carro após eu dar um abraço de adeus nele."

"Esta manhã, no meu caminho para cá, eu parei na padaria da esquina de onde moro. Era a padaria favorita de Marlene. Eu comprei uma sacola cheia de biscoitos de aveia e passas. Por mais de vinte anos, ela me fez esses cookies, e, cada vez que eu os encontrava, eu sorria. Mas, nesta manhã, enquanto eu comia um, não foi a mesma coisa. Sabem por quê? Porque nunca foram os cookies. Era a senhora que me presenteava com o seu tempo para me lembrar que eu poderia não ter nada para sorrir e, ainda assim, ela me daria uma razão. Ela era o meu motivo para sorrir."

"Marlene sobreviveu por sua filha, Amanda, e sua neta, Willow. Ela pode não ter sido do meu sangue, mas estava lá com todo o meu suor e lágrimas, de modo que ela é a minha família também. Eu sei que Marlene não gostaria que qualquer um de nós chorasse hoje. Ela desejava que todos nós descobríssemos uma coisa boa e nos agarrássemos a isso, até que as coisas melhorassem. Mas, para realmente honrar a vida de Marlene Garner, da próxima vez que você vir alguém tendo um dia ruim, dê a essa pessoa uma fornada de biscoitos de aveia e passas. Isso pode significar mais do que você jamais saberá."

Eu estava sobrecarregada com as emoções quando Brody terminou. Quando ele voltou ao seu lugar entre mim e Delilah, me viu chorando e se inclinou para sussurrar:

— Encontre a coisa boa nisso, Willow. É o que ela iria querer que você fizesse.

Minha respiração falhou quando eu olhei para ele. Fiquei calada, mas tudo que eu conseguia pensar era: *isso me trouxe de volta para você.*

CAPÍTULO 34

Delilah

Depois do funeral, eu voltei para o escritório, e Brody teve que ir para o treino. Amanhã de manhã, eu deveria dirigir até Buffalo para uma entrevista, e não tinha sequer começado minha pesquisa. Esta época do ano, mesmo antes das finais começarem, a estação gastava muito tempo e dinheiro reunindo entrevistas com equipes do mata-mata. Dependendo de quem realmente passasse para a final, várias delas seriam arquivadas e nunca iriam ao ar. Buffalo era um tiro no escuro para uma entrada coringa de última hora no mata-mata.

Minha mesa estava uma confusão de papéis quando Indie entrou. Já eram quase oito horas, e eu tinha muito trabalho a fazer antes de dar a noite por terminada, mas sua visita foi uma distração bem-vinda de qualquer maneira. Ela sentou na cadeira de visitas no meu escritório, com uma caixa nas mãos.

— Entre. Eu não estou ocupada. — Acenei para o desastre que me fez parecer ocupada. Mas a verdade era que eu não conseguia me concentrar.

A tristeza no rosto de Brody e a forma como a sua voz quebrou quando ele falou na igreja hoje tinham me afetado profundamente. Eu só conseguia pensar nisso.

— Eu fiz uma coisa para você.

— Você fez algo para mim?

Ela olhou em volta no meu escritório.

— Tem eco aqui?

— Eu provavelmente vou me arrepender... — Joguei minha caneta sobre a mesa e recostei-me na cadeira. — Mas vamos ver o que você fez.

Indie enfiou a mão na caixa.

— Esta é você. — Ela tinha confeccionado uns bonequinhos usando clipes, que haviam sido encaixados de várias maneiras para fazer duas pernas, dois braços, e um corpo. O metal de dois clipes formava um pescoço e um removedor de grampos parecia uma cabeça. A forma como o removedor de grampos tinha a boca aberta, com pontas afiadas, fez a figura parecer mais como um dinossauro rugindo e com afiados dentes do que com uma pessoa.

— Eu acho que você tem muito tempo livre.

— Tive algumas horas por dia para fazer isso, já que você não estava por aqui para sairmos nos últimos dias. — Ela enfiou a mão na caixa novamente e tirou outra criação.

— Este é Brody. — Parecia com o meu, apenas uma cabeça mais alto.

— Nós parecemos irmãos? — Eu arqueei uma sobrancelha.

Ela me ignorou e pegou outra criação da caixa. Esta era fácil de identificar: era uma serpente feita com clipes. O corpo era enrolado, e, novamente, um removedor de grampos foi anexado como cabeça. Pelo menos as presas e a boca aberta pareciam um pouco mais realistas para uma cobra.

Ela colocou-a na minha mesa com as outras duas.

— Por que você tem três removedores de grampos?

— Não tenho. Entrei no seu escritório enquanto você estava na reunião do Sr. Porra e roubei da sua gaveta superior direita. Eu vi que Fred Nagel estava na reunião também, então parei no escritório dele quando estava voltando para o meu e peguei o dele. A propósito, por que o seu fede?

Eu ri pela primeira vez em dias.

— Eu não sabia que ele fedia.

— Quer dizer que você não cheirou todo o escritório ainda?

— Cala a boca.

Indie reorganizou sua obra de arte na minha mesa, movendo a serpente entre Brody e mim.

— O nome de cobra é Willow.

— Por que não estou surpresa?

Depois do funeral ontem, Indie tinha me atormentado falando sem parar. Enquanto eu estava focada em Brody, Indie tinha vigiado Willow. Ela tinha certeza, pela maneira como Willow olhava para Brody, que a mulher estava usando a simpatia de Brody para se aproximar dele novamente. Eu não sabia quais eram suas intenções, mas não conseguia parar de pensar sobre o que Brody sentia por ela. Vê-los em pé juntos na igreja tinha feito tudo o que eu sabia sobre a sua história parecer mais real.

Será que ele ainda a amava?

E se ele quisesse dar a eles uma segunda chance, agora que ela estava sóbria?

— Você precisa chegar lá e pôr um fim nessa história de amores do passado.

— Eles acabaram de perder alguém que amavam e têm um passado. Se eu não posso confiar nele em luto com ela, então não posso confiar nele em nada e toda essa situação não era para ser.

Indie jogou as mãos para o ar.

— Isso é uma grande besteira. Nós não deixamos tudo nas mãos do destino, nós lutamos pelo que queremos.

— E se ele ainda a amar?

— Então você vai se machucar. Eu vou comprar sorvete, e nós duas vamos ganhar alguns quilos sentadas no seu sofá assistindo filmes de Nicholas Sparks por um mês.

Eu pensei nisso por um momento.

— Vai ser o Cherry Garcia, da Ben & Jerry's?

— Com cobertura de chocolate.

Eu respirei fundo.

— Ele me pediu para encontrá-los para o jantar hoje à noite. Eles vão jantar com algumas pessoas que trabalhavam na casa de repouso onde Marlene vivia.

— E você disse não?

— Eu disse que tinha muito o que fazer antes de sair de manhã.

— Como o quê?

— Pesquisa.

— Sobre?

— O time.

— Você sabe cada estatística para cada merda de equipe na NFL. O que mais você acha que precisa aprender, você não precisa.

Ela provavelmente estava certa. Olhei para a hora no meu telefone.

— O jantar já está provavelmente em mais da metade.

— Então você vai levar a sobremesa.

CAPÍTULO 35

Willow

Rindo durante o jantar com um homem com mais do dobro da sua idade foi como vi, pela primeira vez, o velho Brody que eu conhecia: o garoto de dezesseis anos, que era convencido e cheio de arrogância, mas que, diferentemente da maioria dos garotos da sua idade, tinha tudo para ser daquele jeito. Ainda mais hoje.

Eu observei, hipnotizada pelo seu queixo anguloso, enquanto Brody comia. Os ângulos tornaram-se ainda mais salientes ao longo dos anos, transformando um menino com alguma suavidade na aparência em um homem com linhas fortes e esculpidas. A sombra de uma barba corria ao longo de sua mandíbula bronzeada, trazendo um tom mais escuro à sua pele, que fazia seus olhos verdes pálidos parecerem ainda mais surpreendentes.

Ele me pegou olhando e franziu as sobrancelhas, então me deu um leve sorriso que me fez sentir como se nós dois tivéssemos um segredo, antes de ele voltar a falar com Grouper. Fiquei quieta enquanto ele terminava a refeição.

À medida que os segundos passavam, fiquei ciente de que só teríamos mais algumas horas. Depois desta noite, não haveria nenhuma razão para nós nos vermos. Marlene era a única coisa que nos unia neste momento. E ela se foi. O pensamento causou uma dor em meu peito.

— Você está bem? — Depois que tinha dito adeus a Grouper e Shannon, Brody e eu caminhamos juntos para o elevador.

Eu balancei a cabeça. Ele apertou o botão do sétimo andar para mim e do trigésimo terceiro para ele. Quando chegamos ao meu andar, eu saí, e Brody colocou um braço na parte superior das portas, impedindo-as de fechar.

— Eu tenho treino às nove. O treinador foi compreensível com minhas faltas e atrasos na última semana, mas, se eu não chegar a tempo amanhã, ele vai acabar comigo. Vou encontrá-la para o café de manhã às sete e depois te dou uma carona, ok?

Uptown não estava no seu caminho, mas concordei de qualquer maneira.

O JOGADOR **249**

Eu aceitaria o que quer que ele pudesse me dar. Meu quarto de hotel estava tranquilo. Eu sempre odiei o silêncio, porque não deixava nada para abafar meus pensamentos. Ainda mais agora que eu estava sóbria. Essa era a parte mais difícil da sobriedade: a impossibilidade de escapar dos meus próprios pensamentos.

Ao longo dos últimos anos, eu tinha pensado em Brody quase diariamente. Mas, nas últimas semanas, eu me perguntava constantemente como as coisas teriam sido para nós se eu nunca tivesse desaparecido da última vez, se minha vida não tivesse saído completamente de controle. Será que nós ainda estaríamos juntos? Estaríamos casados? Meus pensamentos foram sempre cheios de *e se*.

Tomei banho e usei a TV como companhia. Eu me enterrei debaixo das cobertas em uma tentativa de me perder em um programa. No primeiro canal que parei, um casal estava no meio de um beijo apaixonado. Brody era fantástico nisso. Tão dominante e controlador, ele não beijava delicadamente. Havia sempre uma crueza na maneira como sua boca consumia a minha. Estendi a mão e corri os dedos sobre os lábios, deixando meus olhos se fecharem com a memória.

E se...

Mudei de canal. A Fox estava repetindo uma série que tinha terminado no ano passado, Sons of Anarchy, sobre uma gangue de motociclistas. Era cheia de armas e violência. *Perfeito*. Eu assisti durante alguns minutos. Então, de repente, a cena de um grupo de motociclistas vestindo couro desgastado em um clube acabou, e eu estava olhando para as costas tatuadas de um homem loiro nu. A câmera foi para baixo da bunda do homem enquanto ele furiosamente dava estocadas em uma mulher. Ela gemeu. *Brody era tão bom com aquele corpo incrível.* Nossa, fazia tanto tempo desde que um homem me fez gemer.

E se...

Mudei de canal de novo. A ESPN estava mostrando os destaques de jogos de futebol da semana passada. O quarterback da Filadélfia atirou a bola na linha final nas mãos de um receptor. Ele ergueu o punho e comemorou a vitória do jogo. *Brody e eu costumávamos celebrar vitórias dos jogos no seu quarto.* Eu afastei o pensamento da minha cabeça e apertei o botão do controle remoto.

E se...

Eu precisava limpar a minha mente. Voltando para o canal de informações do hotel, desisti da televisão e cliquei na música. A tela exibiu escolhas como Top 40, Classic Rock, Hip Hop e Country. Escolhi Classic Rock. *Feel Like Making Love*, da Bad's Company, começou a ser transmitida na televisão.

Deus, eu realmente...

Escutei Paul Rodgers cantar sobre sonhos dourados do passado por tanto tempo quanto eu poderia. Quando não aguentei mais, coloquei música country. *Remember When*, de Alan Jackson, soou, me lembrando sobre a minha primeira vez. *Brody foi o meu primeiro*. O universo estava completamente contra mim.

Ou... Talvez fosse um sinal.

E se...

Havia dezenas de canções em minha lista que me lembravam de Brody. Eu sempre pulava, mas nunca excluía nenhuma.

E se...

Depois de amanhã, não haveria nada nos mantendo ligados. Eu não queria passar a vida inteira pulando músicas e me perguntando e se...

Era hora de eu apagar todas elas e seguir em frente, ou deixar as canções tocarem. Minha vida foi preenchida com tantos arrependimentos. Naquele momento, eu sabia que, se não tentasse, seria a decisão que mais lamentaria.

Eu afastei as cobertas, saí da cama e me vesti, minha mente saltando em polvorosa. As chances de Brody ainda ter outros sentimentos além de desdém e ódio por mim eram praticamente inexistentes. Mas...

E se...

Eu tinha me esquecido de devolver a Brody seu cartão-chave do elevador no outro dia. Ele nem sequer saberia que eu estava chegando à sua suíte até que ele abrisse a porta. Não me dando tempo suficiente para pensar sobre todas as razões pelas quais eu não deveria, peguei o elevador para a cobertura. Eu não tinha ideia do que ia dizer ou fazer, só sabia que era minha última chance, e eu não queria viver me perguntando *e se*.

Brody respondeu na primeira batida. Ele ainda estava usando a calça do terno, mas sua camisa e cinto estavam desabotoados.

Deus, ele era magnífico.

— Willow? — Eu ainda não tinha dito nada. — Tudo bem?

Eu balancei a cabeça, e nós olhamos um para o outro por um longo momento.

— Posso entrar?

Por um segundo, eu pensei que ele poderia me mandar embora. Ele fechou os olhos, mas, quando os abriu, se afastou para eu entrar.

CAPÍTULO 36

Delilah

Indie teria rido de mim. Eu estava na fila do supermercado no fim da noite na rua de baixo do Regency com uma variedade de doces do balcão da padaria que estava prestes a fechar. Quando ela disse para levar para Brody uma sobremesa, cannolis foi o que veio à minha mente. Eu sabia que estava totalmente apaixonada.

Depois de Drew, nunca pensei que iria me sentir assim com outro cara. Quando o nome de Brody brilhava na tela do meu celular, eu sorria. Vê-lo pessoalmente fazia meu coração bater mais rápido. Às vezes, eu lia uma mensagem de texto simples dele uma dúzia de vezes.

Com Drew foi diferente. Eu poderia fazer uma lista de um milhão de coisas que amei nele. Eu pensei que era o que o amor verdadeiro é. Lógico. Prático. O amor era uma lista de coisas tangíveis que mostravam que ele era o cara certo. Mas com Brody eu não conseguia encontrar as palavras para descrever o que sentia por ele. Eu provavelmente poderia fazer uma lista de um milhão de razões pelas quais eu deveria ter ficado longe. No entanto, eu sabia no meu coração que ele era o cara certo. Minha alma o tinha escolhido, não minha mente.

A fila do caixa estava ladeada por prateleiras de itens sazonais de compras por impulso. Borrachas escolares cor-de-rosa com perus desenhados, abóboras pequenas pintadas, pacotes de figurinhas da NFL. Levei a borracha ao nariz e o cheiro me lembrou do ensino fundamental. Joguei uma em minha cesta, juntamente com um punhado de pacotes de figurinhas.

No momento em que o caixa me chamou, minha compra tinha me custado trinta e três dólares. O elevador vazio compensou o tempo perdido. Ele acelerou para o andar de Brody tão rápido que minha cabeça estava um pouco tonta quando saí. Uma mistura de excitação e nervosismo me bateu quando levantei a mão para bater na porta. Minha batida foi leve, mas ecoou pelo corredor silencioso. Esperei. Meu batimento cardíaco acelerou enquanto os segundos passaram. Talvez ele já estivesse dormindo. Bati novamente.

Desta vez, mais alto.

Passos vibraram no chão enquanto ele se aproximava. Quando a porta se abriu, levantei a sacola de cannolis, balançando a caixa de padaria por sua corda vermelha e branca.

— Pensei que você poderia gostar de uma sobremesa.

Brody ainda estava vestido com as roupas que tinha usado no jantar. Bem, na verdade, parecia que ele tinha acabado de ser interrompido de se despir. Sua camisa branca estava desabotoada, o cinto, solto, e seus pés já estavam nus. Meu primeiro pensamento quando o vi foi: que desperdício comprar cannolis quando há melhores coisas para comer. Eu sorri. Mas algo nos olhos dele fez meu coração despencar antes que ele pronunciasse uma só palavra. Ele se virou, olhando para trás em sua suíte de hotel. Quando me encarou, sua expressão dizia tudo.

— Eu não estava esperando você.

— Devo ir embora?

— Não. É que... Willow apareceu há poucos minutos e...

— Willow está em seu quarto de hotel com você?

Ele passou a mão pelo cabelo.

— Não é o que parece. Eu juro.

— Então me diga. O que é? — Eu olhei para a suíte de Brody e vi Willow em pé na sala de estar. Seus pés estavam descalços, e ela nos observava de longe.

— Ela precisava de um amigo. Tem sido dias um pouco difíceis.

— E você a estava consolando seminu... em seu quarto de hotel?

— Não era isso que eu ia fazer.

— Diga-me então. — Eu levantei a voz. — Que porra é essa que você ia fazer?

— Nada. Eu simplesmente não consegui... Eu não podia mandá-la embora.

— Por que não?

Brody sustentou meu olhar.

— Porque eu não podia.

Eu deixei cair a caixa de cannolis e voltei para o elevador. O maldito já havia ido. Apertei o botão vinte vezes, desesperada para ir embora dali. A porta da suíte de Brody bateu e, por um segundo, pensei que ele tinha entrado. Mas então ele surgiu atrás de mim e colocou a mão no meu quadril.

— Não vá. Por favor. Nada aconteceu. Eu juro.

Felizmente, o elevador veio rápido. Entrei e me virei para Brody.

— Na verdade, acredito em você. Eu não acho que qualquer coisa física tenha acontecido entre vocês dois. Não é por isso que preciso ir.

— Então por quê?

— Você precisa descobrir por conta própria. — Nós nos encaramos enquanto as portas se fechavam.

Eu segurei as lágrimas até que cheguei à rua. Então, tudo me inundou de uma vez. A tristeza. O desapontamento. O desgosto. Engoli em seco o ar, encostada do lado de fora do hotel, tentando ficar em pé. Brody deve ter pegado o próximo elevador, porque o vi correndo para fora da porta assim que entrei em um táxi e fugi.

O táxi parou no meio-fio do meu prédio, e então decidi que não queria ir para casa.

— Mudei de ideia. Você pode me levar para Chelsea, One Fifty-Five West, rua 22ª?

— Você vai pagar a tarifa desde o ponto onde te peguei?

— É claro.

Eu não ligaria nem se a conta desse mais de quinhentos dólares, só não queria ir para casa. Eram quase dez, mas Indie não se importaria. Olhando para fora da janela para a rua quando voltamos para o tráfego, eu não chorei. Era como se meu interior estivesse oco e, mesmo que eu quisesse chorar, quisesse tirar tudo de mim, as lágrimas não podiam sair.

Entrei no prédio de Indie em uma névoa. No elevador, eu olhava para o painel, incapaz de imaginar o que deveria fazer. Por sorte, um senhor mais velho entrou com um cão pequeno e assumiu o comando.

— Qual andar?

— Hummm. Sete. — Depois que falei, não tinha certeza se era a resposta certa.

O corredor cheirava a maconha, confirmando que eu tinha saído no andar certo. O vizinho de Indie, Devin, era um maconheiro. Bati levemente, e ela abriu a porta sem perguntar quem era. Um sorriso iluminou seu rosto quando ela me viu ali de pé, mas desapareceu rapidamente.

— Ah, querida. — Ela não tinha ideia do que tinha acontecido, ainda assim me puxou para seu apartamento para me envolver em um abraço. Lágrimas ameaçaram cair, mas ainda não vieram. — Vamos. — Ela me levou até a cozinha e acendeu a luz. — Sente-se. — Ela apontou para uma cadeira, e eu obedeci.

Honestamente, fiquei contente por ter ido para sua casa porque estava tão perdida que teria aceitado ordens de um completo estranho. Ela abriu os armários, tirou tigelas e pegou colheres, servindo duas porções de Ben & Jerry's. Colocou uma na minha frente, me deu uma colher e, em seguida, sentou perto de mim.

— O que aconteceu?

— Podemos falar de outra coisa? Eu não sei. O clima? Trabalho? Aquecimento global? Qualquer outra coisa.

Ela assentiu e enfiou uma colher de sorvete na boca.

— Estou pensando em dormir com Devin.

— O maconheiro?

— Ele fode como uma lebre.

Eu quase esbocei um sorriso. Quase.

— Como você sabe disso?

— Nós compartilhamos a parede do quarto.

— Ele leva dez minutos para dizer uma frase, é sempre tão lento. Como isso pode ser possível?

Ela encolheu os ombros.

— Você interrompeu uma boa sessão. Quer ouvir?

— Acho que vou passar.

Ela ficou em silêncio por alguns minutos.

— Tem certeza de que não quer falar sobre isso?

Olhei para minha tigela meio vazia.

— Eu realmente me apaixonei por ele.

— Eu sei.

— Eu coloquei a foto emoldurada de Drew dentro do meu armário.

Dizer nome de Drew causava uma rachadura na parede dentro de mim.

— Já estava na hora, querida. Seja lá o que aconteceu com Brody, era hora de deixar Drew ir.

Balancei a cabeça, meus ombros pesados.

— Essa é a ironia da situação. Eu estava finalmente dando passos para frente, e ele foi para trás.

A primeira lágrima caiu e, em seguida, o mundo desabou. Uma vez que comecei, não podia parar. Solucei como não fazia há muitos anos. O choro me parecia tão monumental, eu não estava perdendo apenas um namorado, estava perdendo Drew mais uma vez, também. Meu coração o havia traído por outro homem, e agora estava de luto por duas perdas.

Indie me abraçou apertado.

— Solte tudo, querida. Deixe tudo ir.

VI KEELAND

CAPÍTULO 37

Delilah

— Você poderia dizer ao Sr. Porra que precisa de mais consertos no seu laptop? — Indie esticou o pescoço, observando o cara bonito e muito jovem do TI que passava do meu escritório para o elevador.

Eu abri o meu computador, conectei e verifiquei se todos os meus arquivos estavam intactos. Eles estavam apenas atualizando meu software de vírus, mas, da última vez que entreguei meu laptop para qualquer um da manutenção, perdi uma semana de pesquisa. Eu cliquei na pasta Steel e puxei meu itinerário para amanhã.

— Você tem certeza de que não se importa de fazer isso?

— Você está louca? Eu mal posso esperar.

O celular de Indie tocou. Ela olhou para baixo, sorriu e virou o telefone para me mostrar. A tela exibia uma imagem de uma lebre de desenho animado. Eu estava baixando as estatísticas do jogo da semana passada do banco de dados da empresa quando ela respondeu.

— Devin, docinho, você pode me fazer um favor? — Eu ouvi um lado da conversa enquanto Indie pedia a seu vizinho para alimentar seu peixe. — A comida? Sim. Está no meu quarto. Na pequena mesa ao lado da cama. — Houve uma pausa e em seguida: — Isso seria ótimo. Que tal se eu te fizer um jantar quando eu voltar como agradecimento? — Ela estava sorrindo como um gato Cheshire quando desligou.

— O que está rolando?

— Nada. Apenas sendo uma vizinha amigável e pedindo a Devin para alimentar meu peixe.

— E você deixa a comida do peixe na gaveta do quarto?

Ela encolheu os ombros.

— É Manhattan. Qualquer armário é um luxo. — Olhei para a minha amiga superfeliz.

— O que mais está na gaveta?

Ela parou.

— O que você quer dizer?

— Você mandou ou não mandou o maconheiro procurar bem na sua gaveta que contém o vibrador e a comida de peixe?

— Não! — Meu rosto dizia que sabia que ela estava mentindo. — Não tem um vibrador nela, eu o mudei para minha gaveta de calcinhas. — Ela caminhou até a porta do meu escritório. — Tem lingerie de renda preta, algemas de pelúcia, preservativos com sabores e loção. Sairemos às dez amanhã?

— Sim. E Indie?

— Hum?

— Obrigada por fazer isso.

Eu mal tinha dormido na noite passada. Só de pensar que teria que ir para o vestiário do Steel amanhã e fingir que estava tudo bem eu sentia náuseas. Eu não pensei no que iria acontecer depois que saí do Regency há quatro dias, mas certamente não esperava o que aconteceu: absolutamente nada. Eu nunca tinha sido o tipo de garota que queria ser perseguida, mas algum tipo de tentativa de contato teria me feito sentir melhor. Isso me fez me perguntar se Brody tinha apenas voltado para sua suíte e seguido em frente.

Mas então eu vi uma foto dele andando no treino. Seus olhos estavam escuros e fundos, a cabeça baixa em derrota. Contra meus próprios conselhos, salvei a foto no meu computador. Ele estava tão triste que parecia que tinha perdido o Super Bowl. Tudo o que eu fazia quando olhava para a foto era uma força tremenda para não ligar para ele. E, aparentemente, eu estava me impondo a dor, porque fiz questão de olhar para a foto muitas vezes nos últimos dias. Um parte minha se sentiu culpada por ter fugido, depois que ele tinha acabado de enterrar uma mulher com quem se importava profundamente. Fazia dois anos desde que meu pai tinha falecido, e a agonia da perda ainda era fresca em alguns dias. Mas depois me lembrei de que Brody não estava sozinho; ele tinha *Willow* para consolá-lo. Eu precisava me forçar a lembrar disso a cada vez que tinha o desejo de ligar para ele. E se eu ligasse, e ela atendesse ao telefone?

— Você está pronta, Thelma? — Indie colocou a cabeça dentro do meu escritório.

— Pode apostar, Louise.

A viagem até Maryland levou cinco horas, embora tenha realmente passado mais rápido do que eu esperava. Indie era uma baita de uma companheira de viagem. Ela não só fez um estoque essencial para a viagem — Pringles e mais uma porção de aperitivos —, como também, de alguma forma, conseguiu manter minha mente livre de todas as coisas sobre Brody Easton, durante pelo menos algumas horas da viagem.

O nosso hotel era perto do estádio. O escritório de viagens corporativas tinha reservado vários quartos, sabendo que a cidade ia ser uma loucura durante os dias que antecedem os primeiros jogos do mata-mata. Eu queria mudar para qualquer lugar que o Steel não se hospedasse, mas a cidade estava inteira reservada.

Quando nos aproximamos do estádio, Indie abordou o assunto.

— Vai ser impossível evitá-lo. Eu pesquisei as sorveterias mais próximas. Há um Baskin Robbins na quadra ao leste e um Scoops cerca de quatro quadras para o oeste.

— Obrigada. — Eu ri.

— Posso te perguntar uma coisa?

— Claro.

— Você tem que prometer que não vai ficar chateada comigo.

Eu não gostei de como esse pedido soou.

— Ok...

— Você acredita que Brody não trairia você, mas não acredita que ele superou Willow?

Não fazia sentido, mas, por alguma razão, era nisso que eu acreditava.

— Sim.

— Você já se perguntou por que acredita nele sobre uma coisa, mas não sobre a outra?

Mesmo tendo gasto os últimos dias apenas pensando em tudo que aconteceu, se eu fosse honesta, eu realmente não tinha me perguntado por que confiava nele sobre uma coisa, mas não sobre a outra.

— Eu acho que é porque sinto que ele pode controlar seus desejos, mas não seu coração.

— Mas como você sabe que seu coração ainda a ama?

A pergunta pareceu ridícula para mim.

— Ele a amava e perdeu. Por que ainda não a amaria?

Indie estendeu a mão e pegou a minha.

— Docinho, você está falando de Brody e Willow ou sobre você e Drew?

Michael e Indie conversaram durante todo o jantar. Éramos seis da WMBC em uma reunião de negócios na churrascaria do hotel, embora nós realmente não conversássemos muito sobre negócios. Eu tentei me divertir, mas um estado taciturno me acompanhou como uma sombra da qual eu não podia fugir.

— Qual é a sua opinião sobre isso, Delilah? — Marvin Clapman, chefe da divisão de engenharia da estação, perguntou.

Ele era um dos poucos colaboradores restantes que esteve lá desde que a estação foi fundada quarenta anos atrás. Tendo começado no setor de manutenção dos equipamentos, ele agora era responsável por tudo, desde os microfones de trabalho para as notícias chegarem à televisão da sala dos telespectadores. E ele estava olhando para mim com expectativa, à espera de uma resposta.

— Hum, me desculpe, você poderia repetir a pergunta?

Seus olhos se estreitaram.

— O Pro Bowl. É melhor para a estação que eles o mantenham durante a semana de pausa entre mata-mata e o Super Bowl? Ou ele deve vir depois, assim os jogadores das duas equipes de futebol que foram selecionadas poderiam ir?

— Ah. Eu acho que é melhor para a estação que ele permaneça na semana de pausa. As pessoas querem algo para assistir durante essa semana, assim a publicidade é primordial. Mas é melhor para os jogadores que ela seja depois.

Felizmente, Aileen Fisher, um dos chefes do departamento de Marvin, entrou na conversa, então pude ficar de fora. Inclinei minha cabeça para trás enquanto bebi o último gole do meu vinho e olhei através do fundo da taça.

Havia uma agitação perto da frente do restaurante. Meu estômago se apertou ao ver rostos familiares. Rostos familiares *de jogadores*. O restaurante todo parou para assistir a hostess os acomodar. Mesmo que eles não fossem jogadores de futebol famosos, a visão ainda teria causado silêncio. Seis grandes homens extraordinários vestidos em ternos, um mais alto do que o outro.

Dei um enorme suspiro de alívio por não encontrar Brody entre eles. Até que vi que o grupo de seis estava sendo sentado em uma mesa para oito, com duas cadeiras vazias. Se eu estava distraída antes, agora era totalmente inútil enquanto olhava para a porta, esperando ver quem iria preencher os lugares vagos. Indie estava sentada na minha diagonal, e seus olhos viram o meu pânico. Eu soube que isso ia acontecer no momento em que entraram pela porta. Fiquei olhando para o meu celular no meu colo, tentando me manter distraída com qualquer coisa, quando um leve murmúrio começou.

O som cresceu enquanto os homens caminhavam pelo restaurante. Brody estava com o treinador da linha ofensiva. Ele não me viu no início, mas eu não conseguia desviar o olhar. Ele parecia triste, cansado e mesmo o seu normalmente arrogante sorriso estava longe de ser encontrado. Isso me feriu e de repente eu estava tão nervosa que poderia ser esmagada por uma onda de emoções, e não seria capaz de me controlar sentada no restaurante.

No meio do caminho para a mesa, ele parou. Vi seus olhos percorrem o lugar, procurando por algo. Desde o dia em que conheci Brody, eu o sentia antes que pudesse vê-lo. Parecia impossível, então pensei que era meu coração louco e romântico brincando comigo. Mas, quando seus olhos pousaram nos meus, eu sabia que não era louca. Ele tinha me sentido e me procurou.

Nossos olhares se encontraram. O impacto de ver a dor em seus olhos verdes sem brilho me atingiu como um golpe direto no peito. Senti como se alguém tivesse chutado meu peito com uma bota com bico de aço e chegasse a segurar o meu coração na mão. Ficamos assim por alguns segundos, mas pareceu muito mais tempo. Então, de alguma forma, seus olhos conseguiram capturar os meus, enquanto eles percorriam a mesa. Sua mandíbula se apertou ao encontrar Michael Langley sentado ao meu lado. Eu vi dor em seus olhos, logo antes de ele virar a cabeça e caminhar até sua mesa.

— O que diabos aconteceu? — perguntou Marvin.

A mesa inteira estava assistindo a troca de olhares. Com a cabeça enterrada em equipamentos, Marvin era provavelmente a única pessoa na estação que não sabia sobre o meu relacionamento com Brody. Indie chutou Marvin sob a mesa e respondeu por mim.

— Apenas alguns jogadores encarando uma garota bonita.

A garçonete apareceu do nada.

— Você está pronta para pedir o prato principal?

— Eu vou querer um Martini de maçã.

— Ok. E para o jantar?

— Não estou com fome.

Indie murmurou:

— Merda.

Com razão. Eu não era muito de beber e, da última vez que bebi Martini, fiquei de cama por dois dias. Eu não conseguia sequer me lembrar de metade da noite. Na época, eu tinha pensado que era a coisa mais assustadora e que nunca gostaria de estar bêbada assim de novo. Mas, naquele momento, eu queria seja lá o que fosse necessário para me fazer esquecer. E rápido. Durante o meu primeiro Martini, olhei discretamente para Brody.

Durante meu segundo Martini, olhei-o como se ele tivesse acabado de chutar o meu cachorro.

Depois do terceiro Martini, eu mal podia conter as lágrimas.

Ele não olhou mais para mim pelo resto da noite.

Indie viu meu rosto e terminou o jantar o mais rápido possível. Quando levantamos para sair, eu não consegui segurar as lágrimas por mais tempo. Elas vieram tão rápido que borraram minha visão. Quando as limpei, pude ver claramente Brody olhando para mim do outro lado do restaurante.

Eu afundei na cama. Indie tentou me despir, mas eu era um peso morto. Ela só conseguiu me rolar e tirar meu casaco e sapatos.

— Você está bem? — Eu balancei a cabeça e puxei meus joelhos para cima, passando os braços em torno deles. Pelo menos o choro tinha parado. — Eu vou lavar o rosto e escovar os dentes. Precisa de alguma coisa?

Balancei a cabeça de novo. O álcool me deixou muda. Ela estava amarrando o cabelo em um coque alto quando houve uma batida suave na porta. Ela foi até lá, suspirou alto e caminhou de volta para mim.

— É o Brody. Vou me livrar dele. Fique aqui.

Eu balancei a cabeça, duvidando que poderia até mesmo levantar se eu quisesse.

— Ela está bem? — A voz de Brody foi baixa.

— Está. Só precisa de uma boa noite de sono.

— Eu quero vê-la.

— Não acho que seja uma boa ideia.

— Você parece uma boa amiga, mas, só para você saber com antecedência, eu vou te levantar e passar por você, se não sair do meu caminho.

— Brody... — Indie advertiu.

Eu murmurei da cama, me levantando.

— Deixe-o entrar. Está tudo bem. Eu não estou tão bêbada.

Indie balançou a cabeça.

— Não tão bêbada, hein?

Acenei para ela com a mão.

— Ele está acostumado a lidar com as mulheres nessa situação. Certo, Beaston? — Minha tentativa de falar Brody Easton, obviamente, falhou. — Talvez eu devesse ter feito isso. Cheirado um pouco de heroína, então, ele se apaixonaria profundamente por mim. — A mandíbula de Brody apertou. Virei-me para Indie, franzindo o nariz. — Você fuma heroína? — Indie deu de ombros, ela parecia muito desconfortável em pé entre nós.

Ela virou-se para mim, segurou meu rosto nas mãos e me fez olhar para ela.

— Você quer que eu fique?

Eu cobri as mãos dela com as minhas.

— Estou bem.

Ela analisou meu rosto, em seguida, assentiu. Andando em linha reta e quase se chocando com o homem em pé na porta, ela apontou o dedo em seu peito.

— Eu volto em quinze minutos. Se você machucá-la mais do que já fez... que Deus me ajude, vou fazer um boquete no primeiro funcionário do hotel que eu achar que tenha chaves de acesso, me infiltrar no seu quarto enquanto você estiver dormindo, e, quando você acordar, vai pensar que Lorena Bobbitt o visitou. Você vai acordar sem pau. — Ela pegou seus tênis de corrida no armário e desapareceu depois de mais um olhar ameaçador.

Em seguida, ficamos só eu, ainda bêbada, e Brody.

— Podemos nos sentar?

— Por quê? Você não vai ficar por muito tempo.

Brody cerrou os dentes tão forte que pensei que ele poderia rachar o branco perolado.

— Porque você está balançando para frente e para trás. Pensei que poderia ser melhor se colocasse a bunda na cama.

Voltei para o quarto. *Não* porque ele queria que eu me sentasse, mas porque o quarto começou a girar. Sentei na beira da cama. Brody ficou na minha frente. Eu olhei para cima. Mesmo em meu estado de embriaguez, podia ver o meu futuro com apenas um vislumbre de seus verdes olhos. De repente, eu estava apavorada. Meus olhos dispararam ao redor da sala. A cômoda, a TV, a outra cama... em qualquer lugar, menos no homem de pé na minha frente. Ele se ajoelhou.

— Delilah?

— Você devia ir embora, não há nada para falar.

— Besteira. Nada aconteceu.

Olhei para as minhas mãos por um momento.

— Não importa.

— É claro que importa, porra.

Eu esperei e depois ergui meus olhos para os dele.

— Você a ama?

Ele fechou os olhos e respirou fundo antes de reabri-los.

— Sim, mas não como você pensa. Temos uma longa história. Eu só não quero vê-la se machucar mais. — Quando o olhei de novo, ele colocou dois dedos debaixo do meu queixo e o levantou para que nossos olhos se encontrassem. — Eu amo você, Delilah.

— Ninguém pode amar duas mulheres ao mesmo tempo.

— Pode sim. Você simplesmente não as ama do mesmo jeito. Se você se apaixonar por alguém, a outra pessoa, que você ainda ama, nunca foi para ser.

Suas palavras evisceraram o que restava do meu coração frágil. Eu não podia fazer isso com Drew. Eu simplesmente não conseguia. Brody cobriu minhas mãos com as dele.

— Você me ama? — Eu não respondi. — Delilah?

Eu não poderia amá-lo. Eu ainda amava Drew. Eu estava apavorada. Se eu olhasse em seus olhos, ele poderia ver minha mentira.

— Não. Eu não amo.

VI KEELAND

CAPÍTULO 38

Delilah

— Você parece um monte de merda.

Toda vez que eu piscava, minha cabeça latejava mais forte. Tentei levantar a cabeça explodindo do travesseiro, mas tive que colocá-la de volta. Eram quase quatro da manhã quando finalmente fomos dormir. Eu chorei muito e sabia que parte da dor tinha sido causada por desidratação.

— Que horas são? — Minha voz era um gemido rouco.

— Hora de você tirar a sua bunda chorona da cama.

Tirei o lençol de cima da minha cabeça.

— Eu gostava mais de você quando você sentia pena de mim e sentava-se me entregando lenços.

Depois que Brody saiu, Indie me segurou por horas enquanto eu chorava, totalmente embriagada e de ressaca.

— Você tem que estar no pré-jogo a uma e vai levar uma hora para se livrar do inchaço sob seus olhos. Eu pedi um café da manhã. Torrada, um bule de café, suco de laranja e um pouco de gelo para essa cara.

Puxei o cobertor para baixo o suficiente para colocar um olho para fora.

— Aonde você está indo?

Ela estava amarrando os sapatos.

— Correr.

— Eca. — Puxei o lençol sobre a minha cabeça.

— Há dois comprimidos na mesa ao seu lado e água. Tome-os e fique na cama até o serviço de quarto chegar.

— Sim, mamãe.

Ela riu.

— Volto em uma hora. Não volte a dormir.

Pelo menos eu pareço muito melhor do que me sinto. Olhei para o meu reflexo na porta de metal e vidro brilhante do corredor que levava para o vestiário. O Steel tinha ganhado de 21 a 14, com Brody correndo para marcar um touchdown trinta segundos antes do fim do jogo. Ele merecia ser feliz. A semana passada tinha sido horrível, para dizer o mínimo. Um jogador mais fraco poderia não ter sido capaz de se concentrar no jogo do jeito que ele tinha feito. Eu estava orgulhosa dele, mas também extremamente ansiosa para entrar naquele vestiário.

Jogos de mata-mata tinham o triplo de repórteres. Todo mundo precisava de uma notícia hoje à noite, principalmente dos jogadores principais. As filas para entrevistas demorariam uma hora. Tínhamos três repórteres, não só eu. Nick se aproximou com Michael Langley ao seu lado.

— Vocês estão prontos? — Nick tinha chegado nesta manhã e eu duvidava que ele soubesse que Brody e eu terminamos.

— Sim. — Peguei minha bolsa e comecei a segui-lo, mas Michael me parou, colocando a mão no meu braço.

— Você está bem?

Forcei um sorriso.

— Estou pronta. Não se preocupe.

— Não foi o que eu perguntei. *Você* está bem?

Eu suspirei.

— Eu vou ficar. Obrigada.

Ele assentiu. Esperamos na fila uma eternidade e definimos o nosso plano de ataque de entrevistas com os jogadores. Michael ficou com Brody e um atacante defensivo que tinha recuperado uma jogada. Indie mencionou ter visto Michael na academia esta manhã, e eu tinha a sensação de que ela tinha lhe contado um pouco mais do que o suficiente para que ele se certificasse de que eu não teria que entrevistar Brody, o que me deixou grata.

Peguei dois dos jogadores menos emocionantes, tendo o cuidado de ficar também longe de Colin, que teve o melhor jogo de sua carreira. Isso significava que as filas para minhas entrevistas seriam mais curtas. Eu tentei evitar olhar para Brody, mas meus olhos não seguiam a direção que meu cérebro mandava. Ele estava vestindo sua marca registrada, a toalha enrolada na cintura, mas o seu sorriso arrogante estava longe de ser encontrado.

Em determinado momento, Nick, Michael e eu estávamos de pé no centro do vestiário, e meus olhos travaram em Brody. Ele estava entre as entrevistas e esperava que Angie Snow e seu operador de câmera concluíssem os preparativos para filmar.

Uma pontada de ciúme me bateu. Angie era linda, jovem, loira, curvilínea e adorava falar o que pensava. Ela disse algo a ele e estendeu a mão para tocar seu braço, e eu tive que desviar o olhar. Mas, como em um acidente de carro, eu voltei para ver mais. Os olhos de Brody se revezavam entre mim e Angie enquanto ele falava com ela e o câmera ajeitava o seu equipamento. Eu estava tão preocupada em assistir os dois que não percebi que Michael tinha me feito uma pergunta e estava à espera de uma resposta.

— Delilah?

— Hummm? — Eu me virei para Michael. Ele franziu a testa. Então se inclinou para mim e sussurrou: — Nós podemos lidar com isso se você precisar dar um tempo.

Assegurei-lhe que estava bem e apenas um pouco sobrecarregada pela loucura da minha primeira viagem do mata-mata. Quando Michael se inclinou para mim, sua mão foi para a parte inferior das minhas costas. Eu não tinha percebido que ainda estava lá até que vi o olhar no rosto de Brody. Seus olhos estavam queimando onde Michael estava me tocando. Ele olhou furioso, a ponto de explodir. Devo ter parecido um bichinho assustado quando seus olhos se ergueram para encontrar os meus.

O câmera de Angie disse alguma coisa e a atenção de Brody foi forçada a voltar para a iminente entrevista. Assim que a luz brilhou sobre Brody e o operador ergueu a câmera para a posição, Brody olhou para mim mais uma vez. Foi no exato minuto em que Michael se inclinou de novo para dizer algo. Eu fiz uma careta enquanto observava o rosto de Brody mudar de raiva para um sorriso maligno. Ele voltou a focar sua atenção em Angie, e ela disparou sua primeira pergunta. Sua resposta parecia em câmera lenta para mim.

Ele sorriu largamente, em seguida, sua mão lentamente foi para o nó da toalha, e ele deu um pequeno puxão. Ela caiu no chão. Eu não fiquei para ver o resto, eu já sabia o que vinha depois. E o meu palpite era que Angie não iria se incomodar nem a metade do que me incomodei.

CAPÍTULO 39

Delilah

15 de janeiro. Drew teria feito vinte e seis anos hoje. Este seria o primeiro ano que eu não passaria seu aniversário com sua família. O Sr. Martin se aposentou há alguns meses e tinha, finalmente, convencido a senhora Martin se mudar para Atlanta, onde a irmã de Drew já vivia. Eu estava feliz por eles, mas a mudança significava que mexeriam nas coisas de Drew. Até o ano passado, seis anos depois que Drew morreu, seu quarto ainda estava intocado quando eu fui para celebrar seu aniversário.

O passeio de carro ao cemitério foi longo. Eu estava sozinha com meus pensamentos e tentei recordar memórias dos bons tempos que Drew e eu compartilhamos. A cerimônia de volta às aulas, no último ano do ensino médio. Eu sorri. Alguns dos caras da equipe tinham reservado quartos de hotel, e todos nós voltamos após o jogo.

Aquela primeira vez que Brody me beijou em seu quarto de hotel me atingiu tão forte que eu não teria sido capaz de ficar de pé se ele não estivesse me segurando.

Tirei Brody da minha cabeça. Mais uma vez. Isso estava se tornando um trabalho de tempo integral recentemente. Como estávamos nas proximidades do aeroporto, um avião passou voando baixo.

Lembrei-me de quando Drew e eu voamos para o Alabama para encontrar o treinador de futebol da faculdade que ele estava pensando entrar. Foi o meu primeiro voo, e meus nervos estavam no limite. Drew segurou minha mão e me acalmou, fazendo piadas safadas.

Brody tirou meu fôlego no avião com um beijo e tentou enfiar a mão na minha saia sob o cobertor.

Liguei a estação de rádio, mas só atrapalhou ainda mais a minha mente. Enquanto estacionava no cemitério, meu telefone tocou, então o coloquei no viva-voz e permaneci no carro para conversar.

— Oi, Senhora Martin.

— Quantas vezes eu tenho que lhe dizer para me chamar de Jana, querida?

Eu sorri.

— Oi, Jana.

— Melhor assim. Como você está, coração?

— Estou bem. Como estão as coisas em Atlanta?

— Quentes.

Olhei para a temperatura no painel do carro: dois graus.

— Gostaria de poder dizer o mesmo.

Nós conversamos um pouco sobre a mudança e como eles estavam se acostumando com a vida em Atlanta. Então ela me surpreendeu.

— Como as coisas estão indo entre você e o bonito quarterback?

A briga entre Brody e Colin tornou a minha relação com Brody pública. Eu já tinha me perguntado se havia chegado a Atlanta.

— Hum... não estão...

— Ah. Sinto muito, querida. Eu pensei... bem, vi algumas fotos de vocês dois, e a forma como você olhava para ele... Eu apenas pensei que talvez você tivesse encontrado alguém.

— A maneira como eu olhava para ele?

— Você parecia feliz. Pensei ter visto o mesmo brilho que você tinha quando olhava para Drew nos olhos. Eu estava esperançosa.

Eu não sabia o que dizer.

— Não deu certo.

Ela ficou em silêncio por um longo tempo. Achei até que talvez tivéssemos sido desconectadas.

— Sra. Martin? Jana?

— Estou aqui.

— Ah. Por um minuto, pensei que tinha te perdido.

— Minha querida, eu posso estar passando dos limites, mas vou dizer de qualquer maneira. Você se lembra de algumas semanas antes do resultado da escolha da faculdade quando você terminou com Drew porque você queria que ele fosse capaz de focar na escola e no futebol, e ele não queria deixá-la para trás?

— Sim.

— Você se importava tanto com ele e queria que ele tivesse sucesso e fosse feliz, mesmo que isso significasse que você não estaria com ele.

— Eu lembro. Eu lhe disse que não queria mais sair com ele. Ele ficou chateado por dez minutos, em seguida, voltou, percebendo o que eu estava fazendo. Ele podia sempre ver através de mim.

— Bem, você sabe que ele sentia o mesmo sobre você.

— Eu sei. — Nunca houve qualquer dúvida em minha mente de que Drew me amava.

— Mas você entende o que estou dizendo? Drew iria querer que você conhecesse alguém. Ele iria querer que você seguisse em frente. Fosse feliz. Se apaixonasse. Tivesse uma família algum dia.

— Claro que ele iria querer. É que não conheci ninguém que pudesse substituir Drew.

— Isso é o que me preocupa, Delilah. Ninguém tem que substituir Drew. Ele sempre terá um lugar no seu coração. Mas você pode amar dois homens ao mesmo tempo. Você apenas vai amá-los de forma diferente.

Eu me lembrei que Brody tinha me dito basicamente a mesma coisa.

— Obrigada, Jana.

— Não tenha medo de amar novamente, querida.

Passei muito tempo naquela tarde sentada ao lado da sepultura de Drew. Ao contrário das outras vezes que vim visitar, meu tempo não foi gasto chorando. Em vez disso, pensei sobre o que Jana tinha dito. Eu tinha medo de amar novamente? Neve começou a cair antes de eu sair.

Diferente da maioria dos nova-iorquinos, eu amava o inverno. Chocolate quente, luzes brilhantes, blusas quentes, neve, futebol. Eu inclinei a cabeça para trás, abrindo a boca, e estiquei os braços para pegar os flocos quando eles caíram.

Depois de alguns minutos, desejei a Drew um feliz aniversário e voltei para o carro. Chegando à calçada, a poucos metros do calor do interior do meu Jetta, escorreguei em toda a neve branca que eu tinha acabado de desfrutar.

Acabei caindo de bunda com os dois pés para o ar. Por alguma razão, eu ri histericamente.

Um homem idoso que andava por perto com sua esposa parou para me ajudar a levantar, mas eu acenei dispensando-os, incapaz de falar em meio ao meu ataque de riso.

Fiquei ali sentada sozinha na calçada, a neve caindo no meu cabelo, e gargalhei até que meu riso se transformou em um grito. O grito se transformou em um soluço antes de eu finalmente me levantar. Meus dentes batiam, meus lábios estavam inchados pelo frio, e meu corpo tremia. Eu estava uma bagunça... mas, por algum motivo, tudo parecia claro, de repente. Eu não estava com medo de me apaixonar. Eu tinha certeza de que já estava apaixonada. O que eu tinha era medo de que algo acontecesse outra vez e eu não fosse capaz de levantar.

CAPÍTULO 40

Brody

— Você está pronto para ir, seu velho decrépito?

Grouper levou um tempo para levantar, seus ossos rangendo enquanto se erguia da cadeira na sala de jantar. Ele abanou o dedo ossudo para mim.

— Você vai ter muita sorte se chegar aos sessenta anos em uma forma tão boa quanto a minha.

— Sessenta? Com quem você está brincando? Suas manchas de idade são mais velhas do que isso.

Grouper resmungou baixinho. Ele levantou uma caixa da mesa.

— Esta é a última das coisas de Marlene. Há um belo colar de cruz de ouro e algumas moedas velhas. Não tenho certeza se têm qualquer valor ou não. Todo o resto é praticamente papelada. Nós doamos tudo para a Casa Phoenix, como você pediu. Eles ficaram bastante animados em pegar todas aquelas roupas. Mais da metade tinha etiquetas de marcas ainda. Você com certeza a mimava.

— Ela mereceu. — Peguei a caixa de Grouper e dei adeus para Shannon e os enfermeiros do posto enquanto nós caminhamos para a porta da frente.

— Você ficaria surpreso com aquele lugar. Os pacientes não são crianças ou jovens. Mais de trinta por cento das pessoas que estão em reabilitação por causa do uso de drogas e álcool são mulheres com idade superior a cinquenta. — Ele balançou a cabeça.

— Nunca teria imaginado.

Eu não conhecia as estatísticas, mas sabia que Marlene iria querer que as coisas dela fossem para um lugar onde as pessoas estivessem tentando conseguir ajuda.

— Obrigado por cuidar disso para mim.

— Você vai levar a cruz para Willow?

— Eu vou enviar. Ela se mudou para o norte do estado ontem. Sua companheira de quarto da reabilitação comprou um lugar perto de Saratoga, e Willow precisava sair da cidade. O lugar onde ela estava vivendo tinha muita tentação para uma viciada em recuperação. Era mais fácil comprar drogas do que leite no bairro dela. Marlene deixou uma quantia razoável de dinheiro. Espero que ela comece uma nova vida.

Ele assentiu.

— Que bom. Marlene ficaria feliz com isso.

Nós apanhamos Grouper III e um de seus amigos no caminho para o Dia de Entrevistas. Os dois vestiam camisetas do time com meu nome e não calaram a boca na parte de trás do carro todo o caminho até o estádio. Seu entusiasmo era contagiante.

— Eles sempre são barulhentos? — Olhei para Grouper.

Ele assentiu.

— O bom Deus faz as pessoas velhas ficarem surdas por uma razão.

Mesmo chegando ao Dia de Entrevistas quatro horas antes do início, o lugar estava cercado. Mais de dois mil membros da mídia de todo o mundo e quatro mil fãs eram esperados para participar do evento, que era o pontapé inicial extraoficial para a próxima semana do Super Bowl. Se hoje fosse algo parecido com anos anteriores, a multidão no campo seria mais semelhante a um circo do que um evento. Fãs loucos vestidos como super-heróis, mulheres com corpos pintados, e perguntas muitas vezes sem sentido.

A liga tinha arranjado segurança extra e um manobrista, com uma área de estacionamento cercada para cada equipe. Eu me orientei pelas indicações para a entrada do Steel.

— Assim que entrarmos, vigie de perto esses dois. Os fãs podem ficar bastante agitados.

Grouper sorriu.

— Tão mole por trás da aparência durona. Seus companheiros de equipe sabem quão covarde você realmente é?

— Cala a boca, linguado.

O manobrista saiu disparado com o meu carro, cantando pneu, e nós quatro caminhamos para a entrada através das barricadas de madeira da polícia. Ambos os lados estavam alinhados com os fãs que tinham, provavelmente, acampado a noite toda. Levantei Grouper III sobre os ombros e caminhei para a multidão alinhada em três filas para dar autógrafos. Um garoto de quatorze ou quinze anos tinha metade do corpo inclinado sobre a barricada de madeira. Peguei o seu primeiro, escrevendo meu nome, em seguida, passei o bloco e a caneta para o meu passageiro.

— Você quer ambos os autógrafos, certo?

O garoto balançou a cabeça, mesmo que ele não tivesse ideia de quem era o menino que estava em meus ombros.

— Você assina também, peixinho.

— Eu não sei como escrever meu nome.

— Basta fingir, é o que eu faço. Rabisque muito.

Guppy equilibrou o bloco em cima da minha cabeça e fez o que eu lhe disse. A multidão estava entusiasmada. Nós autografamos por quinze minutos e, em seguida, fomos para dentro antes que eu fosse multado por estar atrasado para a reunião do pré-evento da equipe. Entreguei a Grouper e aos garotos o crachá VIP para colocarem em volta de seus pescoços e os bilhetes de admissão de fã.

— De volta aqui às seis?

— Você que manda, chefe.

— Chefe? Agora você está falando como deve. — Eu sorri para Grouper. — Gostei.

Quinze minutos antes de o evento começar, eu estava sozinho em um camarote de luxo acima do enxame de pessoas no chão da arena. Olhei para fora através da janela de vidro e tomei um gole da minha garrafa de água. Os dois lados da arena estavam alinhados com cabines criadas para cada um dos jogadores se sentar. Microfones pendiam dos fios acima do solo, e eu sabia por experiência própria que as multidões de repórteres logo estariam gritando suas perguntas e empurrando ainda mais microfones na nossa cara. Esta semana era o ápice pelo que cada jogador trabalhou: chegar ao Super Bowl. No entanto, eu não me sentia com vontade de comemorar com o resto da equipe depois da nossa reunião.

Em vez disso, desci para a primeira área privada que encontrei a fim de ter alguns minutos para olhar para ela. Fazia dez longos dias desde que eu tinha visto seu rosto, e eu gostaria de aproveitar o que pudesse ter. Agora eu sabia o que sentia um fã enquanto perseguia um jogador. Uma parte de mim ainda estava chateada com ela por dizer que não me amava. Mas uma grande parte minha não acreditava que era verdade. Seus olhos disseram algo diferente do que seus lábios mentirosos pronunciaram.

Depois que a minha raiva diminuiu, eu tinha repetido os últimos meses mais e mais na minha cabeça. Uma garota ferida terminando com o cara antes que fosse machucada de novo. Isso não significava nada. A única coisa boa foi que sempre que eu estava exausto no treino, eu pensava no desprezível Langley com a mão nas costas da minha garota, e de repente eu tinha uma nova explosão de energia. Energia cheia de raiva, mas dava certo no meu trabalho.

Encontrá-la no meio da multidão de milhares de pessoas levou menos de um minuto. Engoli o último gole de água, seguindo-a com meus olhos. Ela estava usando um vestido preto, blazer vermelho ajustado e botas de salto alto de couro preto que iam até a bainha do vestido. Sexy pra caralho, mesmo que mal expusesse um pedacinho de pele.

De repente, ela parou de andar e olhou para cima, examinando a arena como se estivesse procurando algo. Quando seus olhos encontraram os meus, mesmo tão longe dela, tive todo o sinal que eu precisava. *Esta merda não tinha terminado*. E eu ia descobrir de uma vez por todas por que ela estava fingindo que tinha.

CAPÍTULO 41

Delilah

Eu pensei em ligar para Brody dezenas de vezes ao longo da última semana. Até mesmo disquei seu número em mais de uma ocasião, mas todas as vezes eu acabava apenas encarando seu nome. O que eu diria? Não lembrava claramente de muita coisa que aconteceu na noite no quarto do hotel, mas a forma que ele ficou quando eu lhe disse que não o amava estava queimando em minha memória. Era a única coisa que eu não queria lembrar, mas justamente a que me assombrava.

Sabe aquela sensação que começa quando alguém está te olhando? Bem, multiplique a intensidade por mil vezes, e foi isso que me fez olhar para cima. Eu o senti em meus ossos, na aceleração dos meus batimentos cardíacos, no brilho de suor que cobriu minha pele. A questão não era mais se Brody estava olhando para mim, era de onde ele estava olhando.

Não demorou muito para descobrir, e eu não conseguia desviar o olhar, mesmo quando deveria. Quando ele se afastou sem olhar para trás, foi como se tivessem jogado sal em uma ferida aberta que se recusava a curar. Olhando para o camarote de luxo vazio, eu não prestava atenção ao redor enquanto caminhava.

A massa de pessoas invadia em todas as direções, e eu bati na parte de trás de outro repórter. De todas as pessoas, tinha que ser Angie Snow.

— Delilah Maddox. — Seu sorriso era doce, mas a entonação em sua voz era falsa.

— Angie. Como você está?

Havia pouquíssimas mulheres no mundo dos esportes profissionais dos homens. Não era como se tivéssemos um clube ou qualquer coisa, mas todos nós sabíamos nomes e rostos umas das outras. Eu conheci Angie em um evento há alguns anos quando estávamos ambas cobrindo os jogos universitários.

— Eu estou bem. Um pouco decepcionada, no entanto.

— Decepcionada?

O JOGADOR　　　　**281**

— Easton. Você é uma garota de sorte. Pensei que você tivesse terminado com ele, e ele estava de volta ao mercado. Eu não sabia que ainda estavam juntos.

Eu tinha feito minhas unhas naquela manhã e o desejo de deixá-las afiadas como garras surgiu de repente na minha cabeça.

— Nós não estamos mais juntos.

— Ah. Bom saber. — Ela sorriu, e eu fechei os dedos na mão, cravando as unhas na pele.

— Bem. Boa sorte hoje. — A loira jogou o cabelo e se virou para ir embora.

— Espere, Angie. O que te fez pensar que ainda estávamos juntos?

— Bem, geralmente, quando um caubói me mostra o seu cavalo, ele me deixa dar um passeio nele.

Eu me encolhi.

— E Brody não fez isso?

— Ele colocou a toalha ao redor da cintura após intencionalmente a deixar cair. E depois da minha entrevista, quando sugeri a ele que me desse uma exibição privada do que estava sob a toalha, sozinhos na minha casa naquela noite, ele me dispensou.

Eu respirei um pouco.

— Ah. Tenho certeza de que não acontece frequentemente.

Uma de suas perfeitamente feitas sobrancelha se arqueou.

— Frequentemente? Isso nunca acontece.

Senti Brody atrás de mim antes que eu ouvisse sua voz. Os olhos de Angie se arregalaram quando ele pegou meu cotovelo.

— Pode nos dar um minuto, Andy, por favor?

— É Angie.

No momento seguinte, ele me levou para fora da arena em direção ao corredor. Brody continuou se movendo, me segurando firmemente ao seu lado como se eu pudesse correr se tivesse a oportunidade.

Quando chegamos à entrada do vestiário dos homens, ela era vigiada por Henry Inez.

— Oi. — O cumprimento saiu tão nervoso como na primeira vez que nos conhecemos, talvez até mais.

Ele assentiu.

— Dam. Sr. Easton.

Brody franziu a testa.

— Eu preciso usar o vestiário por alguns minutos.

— Não posso deixar ninguém entrar. Nem mesmo os jogadores.

Senti a ansiedade de Brody.

— Nós não vamos demorar, são apenas alguns minutos. É simplesmente impossível escapar de todos aqueles repórteres. Eles podem ser muito chatos — brinquei.

Henry se afastou, balançando a cabeça.

— Alguns minutos. É só isso. Nós faremos um rodízio quando as entrevistas começarem.

— Obrigada, Henry. — Brody não perdeu tempo empurrando a porta aberta. Mas eu parei. — Como está o braço de Larissa?

O segurança sorriu.

— Vai tirar o gesso amanhã. É uma coisa boa. Ela está ameaçando cortar o gesso ela mesma para voltar à quadra.

— Isso é ótimo. — Brody puxou meu braço, me guiando para o vestiário.

Lá dentro, eu olhei para ele.

— Isso foi rude. Eu estava conversando.

— Temos apenas alguns minutos. — Eu cruzei os braços sobre o peito. Ele sorriu. — Mas eu nunca precisei de tanto tempo para te fazer gozar.

— Brody...

Seus olhos escureceram quando ele se virou para mim. A cada passo que dava, eu recuava, até minhas costas baterem em uma parede de azulejos. Ele baixou o rosto para o meu, nossas bocas a centímetros de distância.

— Acho que você mentiu.

— Sobre o quê? — Eu tive a imensa vontade de me esticar e pressionar meus lábios nos dele.

Ele se mexeu e se inclinou para o meu pescoço, correndo o nariz ao longo da veia que pulsava com os meus batimentos cardíacos. Meu coração estava descontrolado, como se estivesse numa corrida.

— Sobre o que você sente por mim. Eu acho que você mentiu. — Ele se direcionou para o meu ouvido, sua voz dura. — Eu acho que você sente tudo o que eu sinto. — Eu não disse nada e minha respiração saiu ruidosa. — Aposto que, se eu enfiasse minha mão em sua calcinha agora, você estaria tão molhada quanto eu estou duro.

— Brody...

Ele se afastou alguns centímetros e segurou meu rosto com as duas mãos.

— E não é apenas o seu corpo que tem uma reação ao meu. Eu acho que você sente isso... — Ele deslizou uma mão do meu queixo, meu pescoço, e parou quando a palma da mão cobriu meu coração. — Aqui. Eu acho que você sente isso também. — Meu coração estava batendo debaixo da sua mão. — Do que você tem medo, Delilah?

Ele olhou nos meus olhos, tão abertos e vulneráveis, e, como uma covarde, eu fechei os meus. Nenhum de nós se moveu por um longo tempo. A porta do vestiário se abriu.

— Easton. As entrevistas estão começando e o rodízio está acontecendo. O tempo acabou — Henry gritou, e, em seguida, a porta se fechou novamente.

Abri os olhos. Minhas palavras foram quase inaudíveis.

— Eu sinto muito.

Ele deslizou meu cabelo para trás, e seu polegar acariciou minha bochecha. Seu sorriso era sincero, mas triste.

— Não há nada para se arrepender nem desculpar. Você vai descobrir. — Ele me soltou e deu alguns passos em direção à porta antes de se virar. O sorriso arrogante que eu odiava amar estava de volta. — Ah, e Delilah? Agora é a sua vez. Você voltará. Mas, quando vier, acho que vou te fazer implorar por mais uma chance.

CAPÍTULO 42

Brody

Eu me senti como um menino de doze anos novamente. Em dois dias, eu iria jogar na porra do Super Bowl. Haveria uma arena cheia de mulheres que usam o meu nome nas costas, e aqui estava eu me masturbando no chuveiro. Dizer que eu estava frustrado era pouco.

Quando disse a Delilah na semana passada que a bola estava no seu lado, eu não estava pensando em quantas vezes iria vê-la. A semana do Super Bowl foi um frenesi da mídia, e vi seu lindo rosto todos os dias. Após o nosso entendimento no vestiário, algo mudou e os sentimentos tristes e a raiva entre nós se foram. Até estávamos amigáveis, o que tornava extremamente difícil manter minhas mãos longe dela.

Na noite passada, ela esteve no campo de treino para entrevistar o treinador. Eu esperei como um maldito filhotinho só para levá-la até seu carro depois que terminou. Quando chegamos ao carro, ela estava com as costas contra a porta, e eu sabia que, se a tivesse inclinado e reivindicado sua boca, ela não teria contestado. Eu estava mais certo do que nunca de que ela me queria, o que eu precisava agora era que ela estivesse certa de que eu era o que ela queria. Delilah precisava deixar o passado para trás e tomar a decisão de ficar comigo.

Então abordei intencionalmente um assunto que eu queria, sobre como Grouper havia me entregado uma caixa com as últimas coisas da Marlene no Dia das Entrevistas. E casualmente mencionei que eu tinha enviado o crucifixo de Marlene para Willow, que agora vivia no norte do estado. Ela havia dito que acreditava que nada tinha acontecido entre mim e Willow, mas eu precisava que ela soubesse que Willow não seria mais parte da nossa vida futura.

Naquela noite no hotel, após o funeral, Willow e eu tivemos uma longa conversa. Ela admitiu que tinha ido à minha suíte esperando que nós ficássemos juntos. Apesar de eu odiar ter machucado Delilah, a conversa entre nós dois precisava acontecer. Eu precisava dizer adeus a ela de uma vez por todas, e ela precisava me ouvir dizendo-lhe para seguir em frente. Foi uma longa jornada para nós dois. Quando lhe desejei boa sorte, não havia mais nenhuma conexão nos mantendo juntos. E eu estava bem com isso. Seja qual fosse a fresta da porta que eu tinha deixado aberta para Willow, foi finalmente fechada de uma vez por todas.

Me ofereci para levar Delilah para o estádio hoje para a conferência de imprensa final, uma vez que ambos estaríamos participando, e fiquei extremamente chocado quando ela concordou. Ela me disse para lhe mandar mensagem quando tivesse chegado, então eu não teria que estacionar, mas uma viagem de carro até o estádio não era tempo suficiente com ela. Então cheguei uma hora antes do combinado e toquei a campainha, fingindo que ela tinha misturado os horários.

— Desculpe. Eu pensei que você tinha dito onze.

Eu tinha.

— Não. Dez.

Quando abriu a porta, era óbvio que ela tinha acabado de sair do chuveiro. Seu cabelo estava molhado, e ela vestia uma calça de agasalho do Steel e um top rosa sem sutiã.

— Bonito agasalho. — Bonitos seios. Aqueles benditos peitos estavam me saudando.

Ela se afastou para eu entrar.

— Não estou pronta, mas sou rápida. Terminarei logo.

Levantei uma sobrancelha. *Ainda bem que eu tinha me masturbado há uma hora.*

Delilah riu.

— Tão pervertido. — Ela acenou em direção à sala de estar. — Fique à vontade.

Assisti o balanço do seu quadril até que ela estava fora de vista, e, em seguida, me senti em casa. O lugar todo cheirava ao perfume dela. Sentei-me no sofá com o controle remoto e liguei a TV. Todas os canais estavam falando sobre a próxima partida. Os atletas são supersticiosos. Eu, por exemplo, não gosto de saber as probabilidades antes de um jogo, então apertei o botão de desligar e olhei em volta.

No final da mesa havia um álbum de fotos que eu nunca tinha visto antes. Sem pensar duas vezes, peguei-o e comecei a folhear. Era página após página de Delilah e um cara, que eu só poderia assumir que era Drew. Em metade das fotos ele usava um uniforme de futebol, e, aparentemente, Delilah não tinha mudado sua aparência como muitas mulheres faziam. Ela era sexy e linda em qualquer idade. A maioria das fotos parecia ser do ensino médio, mas algumas poderiam ter sido na faculdade. Os dois estavam abraçados na maioria das imagens. Sorrindo, rindo.

Uma pontada de ciúme nasceu dentro de mim quando parei em uma deles dois se beijando. Era provavelmente de oito anos atrás, e o pobre rapaz estava morto há tantos anos. Deus, eu era um babaca.

Coloquei o álbum de volta na mesa de centro e fechei os olhos por alguns minutos para limpar minha cabeça. Senti seu cheiro voltando para a sala.

— Você quer algo para beber? — Ela estava sorrindo, e, de repente, seu rosto se fechou. Eu segui a linha de visão para o álbum de fotos. Ela caminhou até a mesa e o pegou, guardando-o no móvel sob a TV.

— Não, obrigado — respondi. Ela franziu o cenho. — Você me perguntou se eu queria algo para beber.

— Ah. Sim. Certo. — Ela fez uma pausa e olhou ao redor da sala. — Estarei pronta em mais alguns minutos.

Quando ela desapareceu, olhei para onde Delilah tinha colocado o álbum de fotos. *Amor jovem. Perda. Futebol.* Era como se uma lâmpada tivesse sido ligada pela primeira vez. Minha cabeça caiu para trás no sofá. Como eu não tinha percebido antes? Me acertaram tantas vezes assim na porra da cabeça nos treinos? Bati a mão na testa e gemi. *Jesus Cristo, Brody. É tão óbvio.*

Levantei-me e andei para frente e para trás por alguns minutos, tentando acalmar meus pensamentos antes de caminhar para o quarto.

— Ei. — Eu me inclinei contra o batente da porta e esperei que ela saísse do closet. Ela saiu vestindo uma saia azul-marinho e uma camisa branca, com um conjunto de pérolas em torno do peito e pendurado até a cintura. Elegante, mas sexy. Embora eu preferisse o top rosa sem sutiã.

— Estou demorando muito? — Ela estava carregando um par de saltos azul-marinho na mão.

— Não. Podemos sentar?

— Aqui?

O JOGADOR   **287**

— Eu só quero falar por um minuto.

Ela hesitou, mas, em seguida, caminhou até a cama e sentou-se na borda. Eu me ajoelhei, me equilibrando em um joelho, e tirei os sapatos de sua mão, deslizando um de cada vez. Ela olhou para mim, confusa.

— Obrigada.

— A qualquer hora. — Havia tanta coisa que eu queria dizer, mas não tinha certeza de como.

— Tudo bem? — perguntou ela.

— Tirando o fato de eu ser idiota pra caralho? Sim, está tudo bem.

— Eu não estou entendendo.

— Posso te perguntar uma coisa?

— Claro.

— E você vai responder?

— Vou tentar.

— Por que não estamos mais juntos?

Ela fechou os olhos. Quando os abriu novamente, seus olhos estavam tristes.

— Eu não sei como explicar isso.

— Experimente. Eu vou escutar.

— Bem. Naquela noite, quando fui à sua suíte e Willow estava lá, eu fiquei triste. Com ciúmes mesmo. Eu odiava a ideia de outra mulher estar perto de você. Mas quando você me disse que nada aconteceu, eu acreditei em você. Nunca duvidei que você manteria sua palavra sobre ser fiel.

— Mas você ainda acha que eu tenho sentimentos por ela. O mesmo tipo de sentimentos que tenho por você.

Ela desviou o olhar.

— Eu não sei o que pensar.

— Olhe para mim, Delilah.

Lágrimas brotaram em seus olhos.

— Você quer saber o que eu acho? Eu acho que você amou Drew da mesma forma como eu amava Willow. E quando o perdeu, ficou ferida por muito tempo. Tanto que você estava com medo de se apaixonar novamente. — Eu limpei uma lágrima solitária de sua bochecha. — Esse tempo todo eu pensei que você estava com medo de se apaixonar por mim, que eu era o problema.

— Não é você.

— Eu sei disso agora. Você tem medo de se apaixonar.

— Me desculpe.

— Não se desculpe. Isso torna o meu trabalho muito mais fácil.

— Mais fácil? Como assim?

— Mudar quem eu sou ia dar um monte de trabalho, mas te provar que, se você me der uma chance, eu vou estar lá para te pegar, não vai ser tão difícil. Vamos encarar isso, eu sou um idiota. Não é fácil mudar um idiota.

Ela riu no meio das lágrimas.

— Eu acho que só preciso de tempo.

— Eu vou ficar aqui esperando.

Ela colocou os braços ao redor do meu pescoço e me abraçou por um longo tempo. Não foi o resultado que eu tinha esperado, mas pelo menos eu sabia que estava no caminho certo.

VI KEELAND

CAPÍTULO 43

Delilah

Duas semanas depois que o Steel venceu o Super Bowl, a vida tinha finalmente começado a se acalmar. Brody cumpriu sua promessa de estar sempre lá para mim e me deixar ter meu tempo. A única vez que ele tinha sequer tentado me tocar foi logo depois que ele ganhou o jogo. Todo mundo estava comemorando em campo, e ele conseguiu me encontrar. Ele me pegou, me virou no ar, e, em seguida, plantou um beijo molhado em meus lábios.

Passamos os próximos sete dias correndo muito. Entre a cobertura da mídia, o desfile da equipe e as dezenas de entrevistas, fiquei surpresa por ele ainda encontrar tempo para me ver. Mas ele o fez. Todos os dias ele tinha tempo para mim. Não houve grandes gestos ou tentativas de mudar as coisas, ele simplesmente me mostrou que estaria lá para mim sempre. Como poderia uma garota não se apaixonar quando sabe que pode contar com o homem que adora para pegá-la quando ela cair?

A campainha tocou na hora certa, às três. Eu perguntei a Brody se ele se importaria de fazer uma curta entrevista esta tarde na emissora. Ele disse que faria, sem hesitação, mesmo que eu soubesse que ele estava praticamente no seu limite de tanta cobertura da mídia. Eu também sabia que ele não me ouviria quando eu lhe disse que mandasse uma mensagem quando chegasse. Ele sempre subia. Eu não tinha certeza se estava sendo um cavalheiro ou se esperava que eu tivesse um momento de fraqueza, e então ele não teria mais que ser um cavalheiro. Conhecendo Brody, era meio a meio.

Abri a porta, e lá estava o homem mais delicioso em quem eu já tinha posto os olhos. Ele usava um casaco azul de lã e cachecol azul e verde-claro, que dava um brilho dourado aos seus verdes olhos. Na manhã após o Super Bowl, ele me ligou dizendo que tinha que sair da cama para se barbear antes do dia cheio de entrevistas. Eu tinha mencionado que gostava mais dele com barba sem fazer por alguns dias. Desde então, notei que a barba tornou-se um elemento permanente.

— Você está atrasada?

— Não. Você chegou cedo. — Eu estava usando um roupão felpudo e o cabelo preso em um rabo de cavalo.

Ele olhou para o relógio.

— Você disse às três.

— Não, eu disse às quatro. — Eu usei uma de suas técnicas. Ele realmente acha que eu iria acreditar que tinha constantemente marcado o horário errado? Ele achava que precisava ser astuto para passar uma hora extra no meu apartamento. Mas hoje eu seria a dissimulada. Revirei os olhos e dei um passo para o lado. — Você tem um problema sério com horários.

— Eu poderia jurar que você disse três.

Porque eu disse.

— Bem. Você sabe o que fazer. Sinta-se à vontade. Eu só vou tomar um banho rápido. — Desapareci no banheiro e meu banho rápido se transformou em uma sessão de maratona de preparação.

Depilei até o último pelo da cintura para baixo, com exceção de uma linha fina entre as minhas pernas. Depois, passei o hidratante em toda a superfície do meu corpo e escovei meu cabelo úmido. Inicialmente, pensei em caminhar até a sala totalmente nua, e ele se encarregaria do resto. Mas decidi fazer as coisas ao estilo Brody. Enrolei uma toalha macia seca em volta do meu corpo e me preparei para cruzar uma linha da qual não haveria como retornar.

— Mudança de planos — gritei do quarto enquanto me olhava no espelho de corpo inteiro. — Você se importaria se fizéssemos a entrevista aqui?

— Não. Como você preferir.

Brody estava assistindo TV, de costas para mim, quando entrei na sala. Eu respirei fundo, rodeei o sofá e fiquei na frente dele. Ele estava largado no sofá, mas animou-se no momento em que me viu de pé envolta em uma toalha.

— Acha que posso lhe fazer algumas perguntas, Sr. Easton? — falei usando minha escova de cabelo como microfone. Ele franziu a testa, mas embarcou no meu jogo. — Como é a sensação de ser duas vezes o melhor jogador do Super Bowl?

— É uma sensação muito boa. Mas eu já respondi essa pergunta cerca de mil vezes, Srta. Maddox. Você não tem perguntas originais?

Na primeira vez que ele me perguntou isso, eu fiquei com vontade de chutar sua bunda. Desta vez, amei que ele se lembrou do nosso primeiro encontro. Eu arqueei uma sobrancelha.

— Eu tenho uma pergunta original, na verdade. — Despreocupadamente, estiquei a mão e puxei o nó da toalha enrolada no meu corpo. Ela caiu no chão. — Se eu te dissesse que te amo mais do que qualquer coisa neste mundo, você me daria outra chance?

Brody levantou. Sua resposta foi séria e ele falou diretamente nos meus olhos.

— Eu te daria cada porra de chance que eu tenho para estar com você de novo.

Colidimos, acabando com a distância entre nós. Brody me beijou longamente e duro, envolvendo seus grossos braços tão apertados em torno de mim que era difícil respirar. Mas nada nunca me tinha feito sentir melhor. Ele me levantou no ar e me embalou contra seu peito. Antes que eu percebesse o que aconteceu, ele estava me carregando para o quarto.

— Espero que essa seja a única entrevista que eu realmente tenho que dar. Por favor, me diga que não temos que ir para o seu escritório para fazer outra.

— As únicas coisas que você tem que fazer nos próximos dias são *comigo*.

Ele me colocou no chão ao lado da cama e começou a tirar a roupa. Ele balançou a cabeça enquanto seus olhos acariciavam meu corpo.

— Então você finalmente admitiu que me ama, mas eu não posso fazer amor com você ainda.

— Por que não?

— Porque, agora mesmo, preciso te foder com força e gozar dentro de você de uma forma que me faz sentir como um animal.

— Eu quero isso também. Deus, eu quero isso também.

Ele me levantou, posicionando as minhas pernas em torno de sua cintura, e nos levou em direção à parede.

— Bem, vamos deixar a cama para fazer amor. Eu vou tomá-la contra a parede agora.

Ele me beijou até que meus lábios estivessem machucados, e eu ofeguei. Tudo o que ele vinha segurando finalmente explodiu, e a maneira como ele olhou para mim, como se eu fosse sua próxima refeição, foi a coisa mais direta e sexual que eu já vi na minha vida. Com minhas costas firmemente presas contra a parede, a mão de Brody deslizou da minha bunda para a minha abertura, e ele mergulhou dois dedos dentro de mim.

— Nossa, você está encharcada. — Ele agarrou meu quadril e me penetrou com força. Meus olhos se fecharam, e me senti tão bem sendo preenchida por ele, tão certo. — Delilah, abra os olhos. — Ele me bombeou com mais força enquanto seu olhar capturou o meu. — Diga-me. Diga-me de novo.

— Eu te amo.

Ele sussurrou na minha boca:

— Mais uma vez.

Meu corpo começou a se direcionar para o clímax. Minha respiração ficou mais espaçada, e as minhas palavras saíram roucas.

— Eu te amo, Brody Easton. Eu te amo.

Ele me disse que me amava sem parar enquanto empurrava mais e mais fundo.

— Eu te amo, porra — ele gemeu quando gozou dentro de mim.

Nós ficamos contra a parede por um longo tempo com nossas testas coladas. Um momento de clareza absoluta me surpreendeu quando olhamos nos olhos um do outro, nossos peitos subindo e descendo em uníssono. Nos últimos sete anos, eu estava à procura de paz. Eu pensava que a paz era um lugar onde não havia nenhuma turbulência ou medo. Onde não havia altos e baixos e a felicidade encontrava a calma. Mas, naquele momento, eu finalmente percebi que a paz não era sobre como evitar coisas. Era sobre fazer a escolha de viver a vida com todo o caos ao seu redor, e, no meio de tudo isso, ter a calma em seu coração.

Brody Easton, o homem que entrou na minha vida como uma tempestade, tinha acabado por ser minha calma. Quão irônico isso era?

EPÍLOGO

Delilah

Saí de casa enquanto Brody ainda estava dormindo para que eu pudesse me esgueirar para uma consulta médica antes ir para o escritório. Eu não esperava que eles fizessem uma ultrassonografia hoje. Meu açúcar no sangue tinha estado um pouco alto na minha primeira gravidez, então eles acharam melhor manter uma vigilância rígida.

Brody estava uma pilha de nervos com qualquer coisa que pudesse indicar um problema para o bebê ou para mim, então vim ao meu teste de urina sozinha, de modo a não causar-lhe estresse hoje. Era o nosso aniversário. Ou *aniversários*, para ser exata.

— Seu açúcar parece estar bom, Delilah. Já que você está aqui, por que não fazemos também uma rápida ultrassonografia para verificar o seu nível de líquido?

Aconteceu algo novo nesta gravidez: oligoidrâmnio, baixo nível de líquido amniótico. Não era motivo para alarme, mas, com meus níveis de glicose, o médico queria manter um olho nisso também.

— Claro.

Me senti mal por fazer uma ultrassonografia sem Brody. O homem se enchia de lágrimas cada vez que olhava para a tela, mesmo quando estava no começo, e o feto só parecia um grande girino. Eu coloquei um avental e o médico entrou na sala de exames. Depois de esguichar gel frio na minha grande barriga, ele começou a girar em torno sua varinha mágica. Eu ouvi o forte batimento cardíaco no segundo em que o som foi ligado.

Depois de alguns minutos, o médico me disse que o nível de líquido tinha aumentado, e tudo parecia bem até agora. Então, ele se concentrou em uma área em particular.

— Você quer saber o sexo hoje?

— Sério? Eu pensei que fosse muito cedo.

— Às vezes é. Mas este pequeno não é tímido e está se expondo para mim neste exato momento.

Eu trabalhava com uma carga horária reduzida desde que o nosso bebê nasceu no ano passado. Dois dias por semana ainda me seguravam na vaga e também me davam uma desculpa para viajar com meu marido para os jogos fora de casa. Afaguei minha barriga. As coisas iriam ficar mais difíceis uma vez que este pequeno chegasse.

— Pare de se tocar. — Indie sentou-se na cadeira de visitas do meu escritório e virou o dispensador de fita na direção dela. Desenrolou uma longa tira e a prendeu no rosto de orelha a orelha, empurrando o nariz para se assemelhar ao de um porco.

— Que atraente.

Poucos minutos depois, o Sr. Porra entrou e fez uma dupla checagem no rosto de Indie. Ela apenas sorriu como se não houvesse nada de errado. Isso deixou-o perturbado.

— A pré-temporada começa na próxima semana. Posso contar com você para conseguir que seu marido faça uma entrevista?

Não havia nada que o homem me negasse.

— Vou ver se ele pode fazer.

Quando o Sr. Porra saiu, Indie levantou uma sobrancelha.

— Se ele pode fazer? O homem comeria merda por você. Literalmente.

— Quão encantadora analogia. — Eu comecei a arrumar minha mesa. — Não posso deixar que o Sr. Porra ache que meu trabalho é fácil agora, posso?

O telefone de Indie tocou, e seu rosto se iluminou. Eu sabia quem era sem ter que perguntar. Alguns meses atrás, ela conheceu seu próprio jogador no churrasco que Brody e eu tínhamos feito na nossa nova casa em Larchmont. Os dois eram inseparáveis desde então. Isso significa que tenho passado mais tempo com Indie, o que eu amei. Eles até mesmo se juntaram a nós em um fim de semana em nossa cabana recém-terminada, há duas semanas. Ela olhou para cima.

— Você vai sair mais cedo?

— Não cedo. Na hora, para variar.

— O que te levaria a fazer isso? Ter um marido bonitão em casa com um bebê e levando outro na barriga? — Ela fez um *pfft* para mim com um sorriso. — Suas prioridades estão bagunçadas.

— Eu tenho que comprar algo para Brody para nossos aniversários no caminho de casa.

— Vocês dois realmente continuam com essa merda de presente tradicional?

Nós casamos no aniversário do dia em que nos conhecemos, então tínhamos duas coisas para comemorar a cada ano.

— Sim. O primeiro ano é papel. O segundo, algodão.

— Parece horrível. O que Brody deu? Calcinhas de maternidade e um guardanapo?

Eu ri.

— Não tenho ideia. Nós não trocamos presentes ainda.

No caminho para casa, parei na loja para pegar um presente de última hora. Eu tinha escrito para Brody uma carta de amor e lhe comprei uma camisa de algodão que achei que destacaria a cor de seus olhos. Mas então houve uma mudança de planos esta manhã.

A casa estava estranhamente quieta quando entrei. Só Tank, nosso ridiculamente grande cachorro, veio me cumprimentar na porta.

— Tudo bem, garoto. — Ele abanou o rabo, e eu tive que me segurar na pequena mesa perto da porta, pois ele quase me derrubou. — Acalme-se. Onde está o homem louco e sua irmã?

Largando meu casaco e bolsa de couro do laptop no chão na entrada, tirei meus sapatos e me dirigi para a cozinha. Estava vazia, mas havia três notas adesivas amarelas na geladeira e uma pequena caixa no balcão.

Frase, a primeira nota lia-se em letras grandes. Meu marido tinha começado a assistir jogos na TV durante o dia no fim da temporada.

A segunda nota dizia: *Dica* (já que você não é ruim em jogos): O que você é para mim.

Por baixo, em uma nota separada, ele tinha desenhado uma seta, e abaixo dela lia-se:

Vá para o sofá agora.

Sorrindo, caminhei para a sala de estar. Brody tinha empilhado todas as almofadas sobre o pufe adornado. Peguei cada uma e as coloquei sobre o tapete.

D - estava bordado sobre a almofada vermelha. Eu costumava ter um M referente a Maddox. Mas Brody tinha jogado fora e a substituído por outra almofada na semana depois que casamos: **E**.

M - Eu nunca tinha visto esta antes. Uma nova adição à nossa coleção mesclada. Era um travesseiro de soft rosa, recheado com o tradicional algodão de aniversário e o monograma com a primeira inicial da nossa filha.

Y - Outra nova adição. Macio, rosa e bordado para corresponder ao novo M. Os nomes das mães de ambos era Yvonne, por isso ele o tinha escolhido como nome do meio da nossa filha.

B - de Brody. Eu tinha adicionado o travesseiro bordado vermelho quando fomos morar juntos.

LOVE. A almofada marrom retangular que Drew tinha me dado quando éramos adolescentes. A almofada esfarrapada e remendada e que ainda me lembrava dele também servia como um lembrete diário do homem incrível com quem eu tinha casado.

Depois que Brody e eu fomos morar juntos, guardei a almofada no armário. Parecia estranho exibir um presente que outro homem tinha me dado. Um dia, cheguei em casa e a encontrei no sofá. Quando Brody me encontrou olhando-a, ele passou os braços em volta da minha cintura e me disse que Drew ajudou a me tornar a mulher por quem ele se apaixonou e que a almofada não tinha que ficar escondida.

D-E-M-Y-B-LOVE

Eu reorganizei cada almofada para formar a mensagem que Brody tinha me deixado até que resolvi o quebra-cabeça.

MY BELOVED

Minha amada. Eu realmente tinha o melhor marido do mundo.

Na primeira vez que ele me disse que qualquer homem que me comprasse rosas não valia o meu tempo porque eu merecia algo único, pensei que ele estava falando besteira, mas ele tinha apoiado suas palavras com ações desde o dia em que o conheci. Seus presentes sempre tinham sido tão pensados e originais quanto ele.

Se fosse mesmo possível, meu coração inchou um pouco mais no meu peito quando encontrei minha família no andar de cima. Ao chegar à porta do nosso quarto, ouvi Brody conversar com a bebê; ele não tinha me ouvido subir.

Afastei-me da porta e o ouvi trocar a fralda da nossa filha.

— Você fede, sabia, bebezinha? Sua mãe sempre cheira muito bem. É por causa disso que provavelmente você vai ter uma irmã ou irmão apenas um ano mais novo do que você.

Cobri minha boca para abafar o riso.

— O que há com este pó? Eu nunca consigo fazer esta coisa sair. — Eu o ouvi bater no pote de plástico algumas vezes e, em seguida: — Merda. — Eu o imaginei abanando uma nuvem de talco branco. O rasgar da fita de plástico soou de um lado e depois do outro. Marlene riu. — O que você acha que é tão engraçado, hein? Você é a única sem dentes.

A cadeira de balanço rangeu, e eu sabia que ele tinha sentado com ela em seu colo. Os dois passavam muito tempo nessa cadeira recentemente. Ele gostava de contar à nossa filha histórias loucas quando pensava que ninguém mais estava escutando.

— Sabe, com essas grandes gengivas cor-de-rosa, você parece muito com a senhora de quem herdou o nome.

— Pa Pa Pa. — É claro que ela não tinha aprendido Ma Ma ainda. A minha filha era definitivamente uma filhinha do papai.

Brody começou a contar ao bebê alguma história sobre sua xará, a queda acidental de seus dentes dentro da lixeira, e eu deixei os dois terem o seu tempo juntos e escapei de volta para baixo.

Um pouco mais tarde, Brody desceu. Sua camisa preta estava metade branca com pó de talco. Ele me puxou para um beijo, então se inclinou e beijou minha barriga.

— Marlene adormeceu há pouco. Há quanto tempo você está em casa?

Eu passei meus braços em volta do seu pescoço.

— Tempo suficiente para resolver o meu quebra-cabeça da Roda da Fortuna. Eu amei. Obrigada. Eu ganhei um prêmio?

— Um grande. Vou lhe dar mais tarde. — Ele piscou. — Você abriu sua caixa?

— Na verdade, não. Eu queria lhe dar o seu presente primeiro. — Fui até a bolsa que tinha deixado na porta e tirei uma caixa branca simples envolvida com uma fita vermelha.

— Levei a bebê para o parque na metade do dia para que ela pudesse dormir mais cedo. — Ele balançou a caixa. — Espero que tenha uma lingerie de pelúcia sexy para você aqui.

— Teria de ser um ursinho de maternidade neste momento. — Minha barriga estava definitivamente maior desta vez. Eu a esfreguei. — Não acho que maternidade e conjuntos de pelúcia sexy combinariam muito.

— Você está louca. Eu acho que você está sexy pra cacete desse jeito. Curvas extras. — Suas mãos ficaram em concha, o gesto universal para grandes seios. — Seios extras. Eu a deixaria assim por anos.

Bati em seu abdômen. *Duro como pedra*. Eu realmente era uma mulher de sorte.

— Abra o meu presente, pervertido.

Brody desfez o laço e abriu a caixa. Ele coçou o queixo, em seguida, pegou a luva marrom de couro.

— Você sabe que isso é uma luva de beisebol, certo? Eu jogo futebol.

— Espertinho. — Peguei a bola da caixa e entreguei a ele. — O centro da bola é feito de algodão. Para o nosso aniversário de dois anos.

— Ah. Obrigado, querida. — Ele se inclinou para me beijar, mas coloquei a mão em seu peito e o parei.

— Experimente a luva.

Ele fez beicinho para a minha rejeição, mas fez o que pedi. Deslizando os dedos para dentro, ele encontrou o meu segundo presente. Depois que removeu os papéis da luva, ele colocou-os sobre a mesa.

— Esses não são enchimento. São o seu presente de aniversário de papel.

A testa de Brody enrugou enquanto ele desenrolava a primeira de uma série de impressões de ultrassom. Ele olhou para a foto e depois de volta para mim.

— O que é isso?

— Eu tive que fazer um teste de urina no obstetra hoje. Só para verificar o meu açúcar no sangue. Minha contagem foi normal, mas o médico fez uma ultrassonografia para verificar o meu nível de fluido.

— Tudo certo?

— Sim. Mas dê uma olhada mais de perto na foto.

Ele a segurou perto de seu rosto.

— Aquilo é...

— Um pênis.

Os olhos de Brody se alargaram. Ele nunca admitiria que queria que esse bebê fosse um menino. Com toda honestidade, ele ficaria perfeitamente feliz com uma casa cheia de meninas saudáveis. Mas se pudesse escolher o sexo... Ele me surpreendeu ao me levantar e me girar.

— Um pau! Meu bebê tem um pau!

Eu ri.

— Esse é um bom jeito de se referir a isso. — Quando ele finalmente me colocou no chão, falou para o meu ventre.

— Você ouviu isso, garoto? Você vai ser um homem.

— Hum... Acho que ele vai ser um menino primeiro.

Meu louco marido me pegou de novo e me virou novamente, desta vez gritando.

— Um menino, nós vamos ter um menino! Um menino, nós vamos ter um menino! — Eu ri. Quando ele me colocou para baixo, abriu as portas de correr que levavam para o quintal e gritou para quem pudesse ouvi-lo. — Um menino. É um menino, porra! — Ele gritava tão alto que o bairro inteiro provavelmente sabia agora.

Adorei ter podido dar a ele este presente. Éramos tão abençoados, não havia muito mais a fazer na vida. Nós encontramos o amor verdadeiro, tínhamos uma menina saudável e um menino a caminho, além de amigos que adorávamos e empregos que amávamos. Éramos felizes além dos nossos sonhos. Sonhos que não eram sequer imagináveis por nenhum de nós há apenas cinco anos.

Quando Brody parou de gritar, caminhou até mim e segurou meu rosto entre as mãos, falando baixinho.

— Eu te amo, Delilah Easton.

— Por que você está sussurrando agora? — provoquei. — Não quer que o mundo inteiro ouça o quanto você me ama?

Ele beijou meus lábios.

— Você não ouviu? Eu acabei de dizer a eles.

FIM

AGRADECIMENTOS

Obrigada a todos os maravilhosos blogueiros que investem seu tempo divulgando meus livros. Sempre serei grata por tudo que vocês fazem que me proporcionam novos leitores todos os dias. Suas resenhas, citações e compartilhamentos são muito valiosos e significam muito para mim.

Um recado especial para algumas pessoas a quem sou incrivelmente grata.

Penelope, obrigada por ir ao infinito e além por este livro. Editando, procurando imagens, título... Eu tenho certeza de que o seu nome deveria estar na capa junto ao meu porque você dedicou todo o seu tempo a este livro.

Julie, por sempre estar lá quando eu preciso (às vezes, uma dúzia de vezes por dia).

Cheri, por horas e horas procurando um homem seminu. E por encontrar o corpo maravilhoso que estampa a capa.

Sommer,: por mais uma deslumbrante capa.

Luna: por criar teasers maravilhosos e todo tipo de apoio.

A todos os meus leitores: obrigada por me permitir contar a vocês todas as minhas histórias. Seu apoio contínuo não é nada além de maravilhoso. É uma honra oferecer a vocês um escape por algumas horas. Eu amo seus e-mails e resenhas, então, por favor, continuem enviando.

Com muito amor,

Vi

*Entre em nosso site e viaje no nosso mundo literário.
Lá você vai encontrar todos os nossos
títulos, autores, lançamentos e novidades.
Acesse www.editoracharme.com.br*

*Além do site, você pode nos encontrar em
nossas redes sociais.*

https://www.facebook.com/editoracharme

https://twitter.com/editoracharme

http://instagram.com/editoracharme